时钟女孩

［美］彼得·斯旺森 著

沈丽凝 译

THE GIRL
WITH
A CLOCK FOR
A HEART

Peter Swanson

中国友谊出版社

图书在版编目（ＣＩＰ）数据

时钟女孩 / (美) 斯旺森著；沈丽凝译. -- 北京：
中国友谊出版公司, 2015.7
ISBN 978-7-5057-3526-2

Ⅰ.①时… Ⅱ.①斯… ②沈… Ⅲ.①长篇小说—美国—现代 Ⅳ.①I712.45

中国版本图书馆CIP数据核字(2015)第098584号

著作权合同登记号 图字 01-2014-7862
Copyright © 2014 by Peter Swanson
This edition arranged with Sobel Weber Associates, Inc.
through Andrew Nurnberg Associates International Limited

书名	时钟女孩
著者	［美］彼得·斯旺森 著 沈丽凝 译
出版	中国友谊出版公司
发行	中国友谊出版公司
经销	新华书店
印刷	环球印刷（北京）有限公司
规格	880×1230毫米 32开 8.25 印张 206 千字
版次	2016年2月第1版
印次	2016年2月第1次印刷
书号	ISBN 978-7-5057-3526-2
定价	32.00元
地址	北京市朝阳区西坝河南里17号楼
邮编	100028
电话	（010）64668676

献给查伦；

并以本书纪念我挚爱的祖父

亚瑟·格莱斯顿·埃利斯（1916—2012）

世界上最善良的人兼最棒的作家

序　章

已是黄昏时分，然而当他出现在布满车辙的车道上时，他仍能依稀辨认出黄色警用带还围绕着那片房产。

乔治把他的绅宝汽车停好，但没有让引擎熄火。他努力不去想自己上次进入这栋隐蔽难寻的房屋时的情景。它就藏在新艾塞克斯县的一处死胡同里。

警用带围成了一个非常大的圈，从一棵松树延伸到另一棵松树。房屋的前门用红白相间的胶带贴上了一个大叉的标志。乔治关掉了引擎。空调停止了吹风，他几乎立刻感觉到了当日令人窒息的炎热。太阳低低地挂在空中，松树林的浓密树冠让天色看起来更晦暗了。

他走出了汽车。潮湿的空气闻起来有一股海的味道，他还能听到远处海鸥的鸣叫。那座深棕色的甲板小屋混在周围的树林里，影影绰绰的。它那高高的窗户黑洞洞的，黑得就像那脏兮兮的墙板。

他从黄色警用带底下钻了过去，虽然它代表的是：不能跨越的警戒线。然后，他艰难地走向房屋的背面。他希望能通过玻璃移门进入里面，它连接着后面腐朽的露台和房屋内部。如果这扇门也锁上了，他会用一块石头砸破玻璃门。他的计划是进入房子内部,尽可能快地搜查一番,寻找可能被警察错过的证据。

移门已经被贴上了警方的封条,但并没上锁。他走进了凉爽的屋里,本以为自己一进来就会被恐惧所吞噬。然而,恰恰相反,他只有一种冷静的超现实感,仿佛自己正在做白日梦。

等我找到它的时候,就知道自己在找什么了。

显而易见,警察已经彻底搜查了这栋房产。在一些表面上,留下了一条条指纹提取粉的残余物。放在咖啡桌上的吸毒工具已经不见了。他转身走向房屋东面的主卧室。他从来没有进过这个房间。他打开房门,本以为会见到一片狼藉,恰恰相反,他发现一个相当整洁的空间。这是一个低矮的大型卧室,里面放着一张特大号的双人床,上面铺着印花床单。在床的对面,有两张低矮的书桌,每张书桌上都压着一块玻璃板。满是灰尘的玻璃下面固定着一些宝丽来①相片,都是诸如生日聚会或毕业典礼之类的场景。

他打开了抽屉,却一无所获,里面只是一些陈年旧物:衣物、梳子、躺在盒子里未开封的香水瓶。所有这些都混在灰扑扑的花香味樟脑丸之中。

一个铺着地毯的楼梯井通往下面的楼层。经过前门边的楼梯平台时,他费了好大的劲才从脑海里赶走那些图像。然而,他还是花了格外长的时间凝视着尸体曾经倒下的地方,就在那里,皮肤失去了原本的颜色。

走到楼梯的底部,他往左转,进入一个巨大而设施完善的地下室,里面没有窗户,因此有一股发霉的味道。他试了一下墙上的那些开关,但这里已经断电了。他从后面的裤兜里拿出他带来的小手电筒,在一

---

① 宝丽来,美国著名的快速成像相机品牌。——编注

束细弱昏暗的光线下，环顾着地下室。在房间的中央，有一张漂亮的复古台球桌，上面铺着红色的毛毡，而不是通常的绿色，桌球随意散落在台面上。在远处的角落里有个吧台区，配有几个高脚凳，以及一面巨大的镜子，镜子上刻着"乔治·迪克尔的田纳西威士忌"的商标。镜子前是一排空荡荡的架子，他能想象得出那里曾经保存着一批瓶装酒，只是早就被喝空并扔掉了。

等我找到它的时候，就知道自己在找什么了。

他回到楼上，并查看了较小的卧室——一共有两个，寻找最近的住户留下的任何蛛丝马迹，但还是一无所获。警察已经做过同样的事了，将所有他们认为重要的东西作为证据装进袋中，但他还是得来一趟，亲自寻找一遍。他知道他会找到一些东西。他知道她会留下某些东西。

他在客厅的一面书墙上找到了它，就在与眼睛齐平的书架上。那是一本白色的精装书，包着塑料封皮，好像曾经属于一个图书馆。与其他书相比，它非常显眼，因为这里大部分都是技术类图书，比如船只使用手册、旅行指南，还有一套古老的儿童百科全书。书架上也有一些小说，但都是平装的畅销小说，比如科技惊悚小说，迈克尔·克莱顿[①]或汤姆·克兰西[②]的作品。

他摸了摸那本书的书脊，书名和作者名用的是一种纤细优雅的红色字体。《蝴蝶梦》，达夫妮·杜穆里埃著。

这是她最喜欢的小说，也是她唯一喜欢的小说。在他们相遇的那年，她送给了他一本。那是他们在大学的第一年。在无数个寒冷的冬夜，在她的宿舍里，她曾经为他大声朗读了书中的许多部分。他将这

---

① 迈克尔·克莱顿（Michael Crichton），《侏罗纪公园》的作者。
② 汤姆·克兰西（Tom Clancy），《猎杀红色十月号》的作者。

些段落都铭记在心。

　　他把那本书抽出来,手指在它的毛边上游走。书不知不觉翻到了第六页,上面有两句话被仔细地画上了方框。他记得这就是她在书上做标记的方法。没有荧光笔,没有画线的段落,她只是精确地框出那些词语、句子和段落。

　　乔治没有立刻去读被标记的词句;那本书翻到那一页并不是偶然,因为有一张明信片夹在这页。由于年代久远,明信片的背面有些微微泛黄,上面什么也没写。他将它翻过来,看着玛雅遗迹的彩色照片,它屹立在一个有着低矮灌木的悬崖边,稳如泰山,背靠大海。这是一张老式的明信片,海洋的颜色太蓝了,草的颜色太绿了。他又把它翻了个面儿。"图卢姆的玛雅遗迹,"简介是这么写的,"位于墨西哥的金塔纳罗奥。"

1

在一个周五晚上的五点零五分，乔治·福斯穿过波士顿黏糊糊的热浪，直接从他的办公室走到了杰克乌鸦酒馆。他把上班的最后三个小时花在仔细校对一份插画师合同的修改稿上，然后盯着窗外发呆，看着城市天空那种迷蒙的蓝色。他不喜欢这里的夏末，就像其他波士顿人不喜欢新英格兰的漫漫冬日。蔫巴巴的树木、发黄凋零的公园、湿漉漉的漫漫长夜，所有这些都让他渴望飒爽的秋天，渴望清透的空气，不会让他的皮肤粘在衣服上，让他的骨头感觉疲惫不堪。

他以最慢的速度走过了六个街区，来到杰克乌鸦，只希望他的衬衣不要沾上太多的汗水。汽车都挤在狭窄的后湾街上，试图躲开城市的喧嚣。在这个特定的社区，大部分居民都会选择去韦尔弗利特、爱德加镇或肯尼邦克港的酒吧喝晚上的第一杯酒，其他的海边小镇也行，只要开车的距离不太远。那天，乔治的心情好到想去杰克乌鸦，那里的酒很一般，但空调通常能保持冻肉冷库的温度，因为它是由一个法裔加拿大人控制的。

而且，他的心情也好到想去见见艾琳。离他最后一次见她，已经超过两个礼拜了。那是在一个他们共同的朋友举办的鸡尾酒会上,当时,他们几乎没怎么说话,当乔治率先退场时,她只是丢给他一个假装生气的眼神。这让他很好奇,他们若即若离的关系是否到了周期性的危急时刻。乔治与艾琳相识相知已经有十五年了,他在他一直就职的杂志社邂逅了她。当时,她是一个助理编辑,而他是负责应收账款的会计。在一家知名文学杂志担任财务人员,对于一个有着文学情怀却没有文学才能的人来说,看起来是一份完美的工作。如今,乔治是这艘特别的沉船上的业务经理了,而艾琳则步步高升,跳槽到了《环球报》不断扩张的网站部门。

有两年时间,他们是完美的一对。然而,紧随而来的是十三年的减少付出、互相揭丑、偶尔不忠,以及长期的低期望值。然而,当放弃了他们是有着普通命运的普通情侣的想法很久之后,他们还经常来他们最爱的酒吧,还会互诉衷肠,无话不谈。他们偶尔还睡在一起,而且虽然困难重重,他们还是成了彼此最好的朋友。尽管如此,他们也会有周期性的需求,想要厘清双方的关系,想要好好谈谈。然而,在这个特别的夜晚,乔治不觉得自己有这种需要。这跟艾琳本人没有什么关系。在某种程度上,这十几年来,他对她的感觉一直没变。这与他对人生的看法有很大的关系。年近四十,乔治感觉到自己的世界仿佛慢慢失去了颜色。他已经过了这个年龄,不再有这种合理的期望:疯狂地爱上某人并与之组建家庭;或者名扬海内外;或者做出任何惊人之举,让自己跳出日常生活。他永远不会把这种多愁善感告诉任何人——毕竟,他有一份稳定的工作,住在美丽的波士顿城,头发也还没有掉光——然而,他把大多数时光都花在他不感兴趣的杂事上。虽然他的一只脚还没有踏进棺材里,但他真的觉得对今后的岁月已经没有了期待。他没有兴趣结交新朋友,或展开一段新恋情。在工作上,虽然收入在增长,但他对工作的热情却是起起伏伏。在前些年里,当每个月的杂志出版时,他还能感到一种自豪感和成就感。而这些天来,他已经几乎不读上面的文章了。

快要接近小酒馆的时候,乔治开始想今晚艾琳会是何种心情。他很确定地听说了,今年夏天,她办公室里一个离了婚的编辑已经约过她很多次了。如果她答应了,该怎么办?如果他们之间是认真的,而自己最终被扔出了局,又该怎么办呢?他试图收拾好心情,而事与愿违,他发现自己不知道该如何消磨今后的空闲时间。他该如何填满它?谁能够填满它?

乔治推开了杰克乌鸦那水汽凝结的玻璃门,直接走向了他常坐的雅座。稍后他才意识到,利安娜·德克特正坐在吧台的一角,就在自己刚刚走过的地方。在其他许多个夜晚,更凉爽的夜晚,或者乔治对自己的生活没那么沮丧的夜晚,他可能会好好观察一番周五晚上当地小酒馆里稀稀拉拉的常客。甚至曾经有那么一瞬间,乔治偶然瞥见一个皮肤白皙、曲线毕露的独身女郎,以为她就是利安娜,并为这种可能性而惊跳起来。他一边梦想着再次见到她,一边又害怕再次见到她,已经有二十年了。在这个世界上,他经常能认出她惊鸿一瞥的变体:她的头发出现在一个空姐的头上,她那致命的丰满胴体躺在凯普海滩上,她的声音飘荡在深夜的爵士节目中。有六个月的时间,他甚至坚信利安娜已经变成了一个名叫"珍·荡妇"的色情片女演员。他甚至不惜去追查那个女演员的真实身份。她是一个牧师的女儿,来自北达科他州,名叫卡莉·斯温森。

乔治在雅座上坐定之后,向女服务生楚蒂点了一杯古典鸡尾酒,并从他那旧了的邮差包里拿出当天的《环球报》。他为这种非常时刻留了一些填字游戏。艾琳会来见他的,不过要等到六点。他小口啜饮着自己的酒,并做完了填字游戏,然后不情愿地转而去做数独,甚至是拼图游戏。然后,他听到背后艾琳熟悉的脚步声。

"拜托，我们换个位置吧。"她说道，顺便打了个招呼，她指的是他们的座位。杰克乌鸦里只有一个电视机，这在波士顿的酒吧很少见。而艾琳是波士顿红袜队的忠实粉丝，热爱程度远超乔治，她想要一个更好的观赛视野。

乔治嗖地从雅座上站起来，亲吻了艾琳的一边嘴角（她闻起来有股倩碧护肤品和欧托滋口香糖的味道），并在另一边安顿下来，从这里能看到橡木吧台和从地板一直延伸到天花板的落地大窗。外面还有些阳光，一抹粉红色的残阳装饰在街面的褐色沙石上。阳光洒在玻璃窗上，让乔治突然注意到了吧台一角的单身女郎。她正在喝玻璃杯里的红葡萄酒，同时读着一本平装书。乔治胃里的悸动告诉他，她看起来很像利安娜。只是像而已。这种悸动他之前经历过很多次。

他转身面对艾琳，后者已经转向吧台后面的黑板，上面列出了当天的特色菜和畅饮啤酒。一如既往地，她对酷热完全免疫，她的金色短发往后梳着，露出了前额，卷曲的头发都夹在耳后。她那猫眼石眼镜有着粉色的边框。它们总是这样的吗？

在点了一杯阿勒加什白啤酒之后，艾琳向乔治更新了她与离婚编辑的最新进展。乔治松了口气，因为艾琳一开始的语气是随意的闲谈，并不咄咄逼人。那个编辑的故事正在往幽默小品的方向发展，虽然乔治常常能从中侦测出批评的意味。这个编辑可能长得胖乎乎的，梳着马尾，还是一个乐于奉献的小啤酒厂的厂长，但至少和他在一起，她会有个看得见的未来，比起乔治这些天来提供的鸡尾酒、欢声笑语和偶尔的亲热，它包含了更多东西。

他一边倾听着，一边小口喝着他的酒，但还继续留意着吧台上的那个女人。他正在等待着一个动作或细节，让他打消这个错误的念头——他真的看到利安娜·德克特，而不是一个幽灵，或者是某种分身。如果这真是利安娜，那么她真的变了。不是以那种显而易见的方式，就像胖了一百磅，或者剃光头发，而是不知为何，她看起来就是不同了。是往好的方面发展，仿佛她终于不辜负天生丽质的五官，成长为一个绝世大美女。她已经没有了上大学时的婴儿肥，脸部的骨骼也更加立体了。她的头发变成了比乔治记忆中更深的金色。乔治盯着她看得越久，越是确定这就是她。

"你知道我不是爱嫉妒的类型。"艾琳说，"不过，你一直在看谁？"她伸长了脖子，回头看向迅速客满的吧台区。

"我觉得那是我的大学同学，但我不太确定。"

"去问问她，我不会介意的。"

"不，没关系啦。我几乎不怎么认识她。"乔治撒了个谎，谎言中有什么东西让他打了个激灵，如同蜘蛛网般的细微涟漪在他的后颈蔓延开来。

他们点了更多的酒。"他听起来有点愚蠢。"乔治说。

"啊？"

"你的离婚编辑。"

"哦，你还在意啊。"她从雅座上嗖地站起来，去了洗手间。这给了乔治机会，他越过整个酒吧，正面凝视着利安娜。她身体的一部分被两个年轻商务人士挡住了，他们正脱下外衣，解开领带。虽然有这些动作的干扰，他还是在研究着她。她穿着一件白领的衬衫，而她的头发比上大学时短了些，垂在脸的一侧，另一侧的头发则夹在耳后。她没有戴首饰，这让乔治想起了她的一些特征。她的脖子上沾着一块不雅的乳脂状物体，她的胸骨上有斑驳的红色胎记。她已经收起了平装本，现在偶尔会扫视一下酒吧，似乎在寻找着某人。乔治正等着她站起来，走动走动；他觉得，只有看到她的步态，才能确定这就是她。

他似乎是心想事成了，她从带靠垫的高脚凳上滑下来时，她的裙子一瞬间聚集到大腿的中部。她双脚刚一落地，就开始走向乔治的方向。这是毫无疑问的。这必须是利安娜。自从在马瑟学院的第一年以来，这是他第一次看见她，几乎过了有二十年了。她的步态不会有错，随着臀部的缓慢扭动，她的头高高昂起，并微微往后倾，仿佛她想越过某人的头顶看什么东西。乔治举起菜单遮住自己的脸，呆呆地看着上面毫无意义的单词。他的心脏在胸腔里怦怦乱跳。尽管有空调，乔治还是能感到手掌开始变得潮湿了。

当艾琳坐回到雅座上时，利安娜正好从她身边经过。"你的朋友在那里，你不想过去打个招呼吗？"

"我还不确定是她。"乔治说，很好奇艾琳能否听出他干巴巴的声音里透出的恐慌。

"还有时间再喝一杯吗？"艾琳问道。她已经在洗手间里重新涂过了唇膏。

"当然，"乔治说，"但我们去别的地方吧。我们可以趁着太阳还没落山，出去散散步。"

艾琳向服务生做了个手势，而乔治伸手去摸他的皮夹子。"这次轮到我了，记得吗？"艾琳一边说，一边从她那个无底洞般的钱包里掏出了信用卡。当她付账单的时候，利安娜再次从她身边经过。这次，乔治可以凝视着她那离开的背影，那熟悉的步伐。她的身体也长到了最完美的程度。以前在大学里，乔治就觉得她是他的理想对象，如果说有什么不同的话，她现在更好看了：修长的锥形腿，夸张的身体曲线。这种体形只能靠遗传，光靠锻炼是得不到的，它永远吸引着你。她手臂的内侧白得像牛奶一样。

乔治已经无数次想象过这一时刻了，但不知怎么，他从未想象过它的后果。利安娜不只是一位伤过他心的前女友，至少就乔治所知，她也是一个通缉犯。这个女人的罪孽更符合希腊悲剧的那种类型，而不只是年少轻狂的失足。毫无疑问，她已有一条人命在身，而且很有可能杀过另一个人。乔治感到同等分量的道德责任感和犹豫不决都压在他身上。

"来吗？"艾琳站起来，乔治也起身，随着她脚跟先着地的轻快步伐，沿着酒吧的木漆地板走了出去。妮娜·西蒙娜①的《罪人》在扬声器里吱嘎作响。他们晃荡着穿过了前门，依旧湿热难耐的夜晚迎面而来，用一堵墙似的陈腐蒸汽款待了他们。

"接下来去哪里？"艾琳问道。

乔治僵住了。"我不知道，也许我只是想回家了。"

"好吧，"艾琳说，见乔治还是没有动，她又补充道，"要不然，我们可以就这么站在这片雨林之中。"

"对不起，但我突然感觉状态不太好。也许我应该直接回家。"

"是因为酒吧里的那个女人吗？"艾琳仰起脖子，窥视着雾气蒙蒙的前门玻璃，"这不会是那个人吧？她叫什么来着，那个来自马瑟学院的疯狂女孩。"

"老天，当然不是，"乔治撒了个谎，"我觉得今晚我们就到此为止吧。"

乔治步行回了家。起了一阵微风，在比肯山的狭窄街道上低吟着。这阵风并不算很凉爽，尽管如此，乔治还是展开了双臂，并感到汗水从他的皮肤上蒸发了。

乔治回到自己的公寓后，坐到了室外楼梯的第一级台阶上。从这里回到酒吧只需要走几个街区。他可以单独跟她喝一杯，弄清楚她回到波士顿的原因。为了见到她，他已经等得太久了，他总是反复想象这一场景。而如今，当她真的出现在这里时，他却觉得自己像恐怖片

---

① 妮娜·西蒙娜（Nina Simone），美国歌手、作曲家与钢琴表演家。1968年电影《天罗地网》选入了西蒙娜的歌《罪人》（*Sinner Man*），使得她的知名度大为提升。

里的男演员，一只手放在谷仓的门上，随时等待着一把斧子落到自己的头上。他太害怕了，十年来的第一次，他渴望抽根烟。她来杰克乌鸦是为了找他吗？如果真是如此，为什么呢？

之前的几乎每个晚上，乔治都会走进自己的公寓，喂饱诺拉，然后爬上床。然而，这个八月的夜晚有着特殊的分量，利安娜出现在他最喜欢的酒吧，似乎预示着什么事情即将发生，而这正是他所需要的。不管好坏，有什么事情正在发生。

乔治坐了很长时间，久到他都开始相信她一定已经离开酒吧了。她这样独自坐着喝红酒，究竟会等多长时间？他决定走回去看看。如果她已经走了，那么他就会对她死心；如果她还在那里，那么他会上去打招呼的。

当他走回酒吧时，微风推着他的背，感觉比之前更温暖也更强劲了。到达杰克乌鸦之后，他并没有犹豫——他晃荡着穿过门，回到了这里。而当他这么做时，利安娜在吧台的座位上转过头看着他。他注意到她的眼睛一亮，仿佛认出了他。她不是那种举止夸张的人。

"是你。"他说。

"是我。嗨，乔治。"她用他记忆中的平淡语调说道，随意得就像她这天早就见过他。

"我从那里看见了你。"乔治朝吧台的后面歪了歪脑袋，"一开始，我不确定那是你。你有点变了，但之后，从你身边经过时，我就很确定了。于是，我在半途又折回来了。"

"我很高兴你这么做了，"她说起话来字斟句酌的，尾音中带有一种脆响，"事实上，我来这里……来这个酒吧……是来找你的。我知道你住在这附近。"

"哦。"

"我很高兴你先发现了我。我不知道自己是否还有勇气再次走到你面前。我知道你对我的感觉是什么样的。"

"那么，你知道的比我自己还多。我真的不知道我对你是一种什么感觉。"

"我指的是以前发生的事情。"自从他回到酒吧之后，她还没有改变过姿势。不过，她用一根手指轻柔地敲击着木头吧台，奏出一曲打击乐。

"没错，那件事。"乔治说道，仿佛他正在搜索记忆之河的两岸，寻找她谈论的那件事。

"没错，那件事。"她重复了一遍，然后他们都大笑起来。利安娜调整了一下身体姿势，用正脸面对着乔治。"我应该担心吗？"

"担心？"

"被守法公民逮捕？或者被饮料泼了一脸？"在她淡蓝色双眼的眼角已经有了一些细小的笑纹，这是一个新发现。

"警察正在赶往这里的路上，我只是在拖住你。"乔治保持着微笑，但感觉不太自然，"我在开玩笑。"见利安娜没有立即答话，他又补充道。

"没事，我知道。你想坐下来吗？你有时间喝一杯吗？"

"事实上……我正好有个约会，只能在这里待一会儿。"谎言从乔治的嘴里脱口而出。在她如此接近的情况下，在她皮肤的香味下，他的脑袋突然有些昏昏然了。他几乎有种动物性的冲动，想要夺门而逃。

"哦，没事的，"利安娜立刻回答道，"但我真的有求于你，就算帮我的忙吧。"

"好的。"

"我们能在某处再见个面吗？也许明天吧。"

"你住在这里？"

"不，我只是进城……见一个朋友，真的……这很复杂。我很想跟你谈谈。当然，如果你不答应，我也能理解。希望很渺茫，我能理解——"

"好的。"乔治说，并告诉自己，之后他还是可以改变主意的。

"好，这么说，你想谈谈？"

"当然了，趁你还在城里，让我们见个面吧。我保证不会打电话给联邦调查局的。我只想知道你最近过得怎么样。"

"非常感谢，我会记住你的恩情。"她用鼻子深深地吸了一大口气，她的胸脯挺了起来。不知怎么，乔治仿佛听到她干练的白衬衫摩擦皮肤的沙沙声，甚至盖过了自动点唱机的声音。

"你怎么知道我住在这里？"

"我查了一下，在网络上。这并不很难。"

"我猜你现在应该不叫利安娜了吧？"

"有人还这么叫，不是很多。现在，大部分人称我为简。"

"你有手机吗？稍后我能给你打电话吗？"

"我没有手机，从来都没有。我们能在这里再见面吗？明天中午。"乔治注意到她的眼珠悄悄移动了，搜索着他的脸庞，试图读懂他。或者说，她正在寻找哪些东西是她所熟悉的，哪些东西已经改变。乔治已经两鬓灰白，前额布满了皱纹，嘴边的法令纹也加深了。然而，他还保持着较好的身材，大言不惭地说，还是有点英俊的。

"当然了，"乔治说，"我们可以在这里见面。这里午餐时间也开放的。"

"你听起来不太确定。"

"我不是很确定，但也不是完全不确定。"

"如果不是重要的事情，我是不会开口求你的。"

"好吧。"乔治说着，再次考虑改变主意，他承认自己只是迟迟不愿做出决定。随后，乔治又想起，他人生中有许多时刻，本该告诉利安娜他觉得他们不该再见面了,而最后都没有说出口。他并不是正义之士,甚至没有必要去结束这一切,正因为如此,乔治不相信自己会向当局告发她。她所卷入的麻烦已经过去很多年了。然而,由于案情相当恶劣,从那时起,她就必须亡命天涯,她的余生都要在持续的逃亡中度过。她当然没有手机。她当然想在公共场所见面,这家酒吧位于波士顿闹市区的十字路口,她能立刻逃之夭夭。

"好的,我能来。"乔治说道。

她露出了微笑。"不见不散,中午哦。"

"不见不散。"

2

进入大学的第一个夜晚,他们就遇到了彼此。乔治的学生公寓辅导员,是一个神经质的二年级生,瘦得像麻秆,名叫查理·辛格。他把手下的几个新生带去了在麦卡沃伊的拥挤不堪的酒桶派对。乔治跟着查理走上挤满人的楼梯,来到一个闷热的有着高高天花板的庭院,那里有靠窗的座位和磨损的硬木地板。他喝了一杯酸啤酒,和马克·舒马赫小聊了一会儿,后者是一个新生,和他来自同一个宿舍楼。马克先行告退,把乔治独自留在一片招人喜欢的高年级学生的海洋中,这些人看起来都在忙着逗别人狂笑不止。他决定离开这个派对,但走之前要再喝一杯啤酒。他详细拟定了一条路线,穿过房间走向那个无人管理的小酒桶,然后小心谨慎地挤过那些法兰绒布和卡其布的衣服。当他把手伸向酒桶的喷嘴时,一个女孩捷足先登,将他挤到了一边。她按下了球形把手,然而里面什么都没有,只有泡沫和空气喷进了她沾着口红的杯子。

"它是空的。"她告诉他。她有着顺直的深金色头发,正好修剪到她的下颌处,在心形的脸蛋上还有一双碧蓝碧蓝的眼睛,眼距有点宽。

迷离的双眼，让她的目光看起来有点暗淡，但乔治觉得迄今为止，她是他在大学里见过的最漂亮的女生。

"你确定它空了？"

"我不知道。"她的语气慢吞吞的，拖长着音调，说明她不是来自新英格兰，"我以前没有玩过这个东西，你呢？"

乔治也没有，但他走上前去，从她手里拿过她的杯子。"我觉得你需要用泵把它抽出来。我也不知道该怎么弄，但我见过它是如何运转的。"

"你也是一个新生？"

"是的。"在他说话之际，一股啤酒喷涌而出，有一半进了杯子里，还有一半顺着他的手腕流进了他的袖子里。

这晚余下的时光，他们都腻在一起，在一扇打开的窗户边，抽着她带来的香烟，然后在深更半夜，探索这座校园。他们发现了一条连接学校教堂和主要办公大楼的拱廊。在那里，乔治告诉她，他的父亲——一个农民的儿子——是怎么发明了一种屠宰家禽的自动化系统，仅靠这一项，赚取的钱比他当农民的祖父母一生的收入还多。她告诉他，她的老爸是怎么成为一个专办交通事故赔偿案的小镇律师。当乔治把一只手滑进她的衬衫底下时，她补充道，她来自美国南北分界线以南，不是个随随便便的女孩，就算她在新英格兰上大学也不行。她的口气并不是那么苛刻强硬，而是就事论事，而她那几乎有点天真的率直，再加上他短暂摸到的她那包裹在薄缎文胸下的丰满胸脯，所有这些都让乔治立即坠入了爱河。

他护送她回到了她的宿舍，并目送着她走进大门，然后小跑着穿过校园，爬上了那张他还很陌生的床，手里拿着新生指导手册。上面有她的姓名和地址，但没有照片。他凝视着这个名字，以及本该放照片的空白处。乔治觉得他以前从未见过像她这样的美妙生物。不像乔治的家族成员,要么过分压抑,要么自以为是,她看起来非常开朗坦诚,说出来的话仿佛直接反映了她的脑中所想。当他们在酒桶旁邂逅时,她直直地凝视着乔治,用一种既富有挑战性又完全无辜的眼神。她就这么注视着他,仿佛她刚刚诞生在这个世界上,几乎让人毛骨悚然。随后,乔治回忆起了她亲吻他时的饥渴方式,重重地压着他的嘴唇,他们的舌头交缠在一起,她的一只手环绕着他的后颈。乔治那个很少露面的室友,正从他们双人间的另一端发出震耳欲聋的鼾声。

当他第二天醒来时,他脑子里想的不是独立生活,或者大学,或者他即将开始的课程。他满脑子都是利安娜。在宿醉未醒还有些眼花的情况下,他起了床,独自坐在马瑟学院的食堂大厅里,足足三个小时,只为确保能再次见到她。利安娜在十一点现身,和另一个女孩同行,直接走向了谷物类的窗口。她刚刚冲了个澡,头发还是湿漉漉的。她穿着一条紧身的卡其布裤和一件纯棉的白色套衫。乔治再次见到她,立刻感到口干舌燥。他为自己点了一杯咖啡(他觉得这比他刚才喝的葡萄汁显得更成熟老练些),并在她往碗里装果脆圈的时候,假装偶然碰见了她。

"嗨,又见面了。"他说道,希望自己的声音听起来睡意惺忪,漠不关心。

她把乔治介绍给了埃米莉,她的室友,一个来自费城私立学校的女生,穿着一件褪色的 Izod 衬衫和网球裙,然后邀请他和她们同坐一桌。他坐下来之后,不知是出于矜持还是不屑,吃了半碗葡萄果仁麦片,埃米莉就先行告退了。利安娜和乔治对视着。他觉得,比起昨晚,她在白天更加美得令人惊叹。当日光从高高的食堂屋顶上直射下来时,她的皮肤看起来感觉刚出浴,洁白无瑕。她的双眸是一种透明的蓝色,带着几丝隐约的灰绿色。"我在这里等了三个小时,"乔治承认道,"就是想看看你。"

他本以为她会大笑，但她只说了一句："我很开心。"

"我吃了很多的麦片。"

"我本来会早点到的，但埃米莉求我等她，然后她花了一个小时穿衣打扮。我觉得我不会太喜欢她的。"

接下来的三个月里，他们都在一起。同时，两人也仿佛商量好了一样，努力发展与其他人的友谊。有时候，他们会分开，而当夜晚快要结束时，他们通常又能找回彼此，即便只是站着拥吻，在学校教堂冰冷而黑暗的阴影中，在他俩的宿舍之间。在性方面，她没有食言——她不想在这个部分过于激进——然而，随着循序渐进的发展和默许，终于，在十一月底的一个夜晚，两个人赤身裸体，在乔治的单人床上紧张不已。那晚，他的室友凯文出去了。

"好的。"她答应了，而他笨手笨脚地摸出了他从高一起就揣着的那个安全套。他缓慢地进入她，一只手放在她的腰上，她抬起了骨盆，以迎合他。她说这是她的第一次，但谢天谢地，并没有流血。在当月的晚些时候，当埃米莉早早考完试，回到了她在宾夕法尼亚州的家之后，乔治和利安娜在她的宿舍里同居了一周。整个东海岸遭到了严重的冰风暴袭击，马瑟学院有一半的期末考试都延期了。乔治和利安娜一边学习备考，一边连续抽着骆驼牌香烟，偶尔离开宿舍去食堂吃饭，做爱。每一天，他们都觉得像是发现了隐藏在墙上的矮门背后的崭新国度。那一周的情感强度，几乎让乔治感到一种无法承受的悲伤。他读过够多的书，知道初恋只有一次，而他希望它永远不会结束，或者消失。他当时的想法是正确的：在利安娜的单人床上度过的一周——虽然那床并不比折叠婴儿床大多少，也不比它更舒服——将永远铭刻在他的记忆中。

从那以后，他一直在寻找它，或者在他心目中有着同等地位的东西。

15

他们考完了试。风暴留下的闪亮坚冰将世界暂时封锁在它的保护壳内，而如今它正在融化成一团烂泥和雪水的溪流。在圣诞节的前两天，他们互相道别，然后各回各家，利安娜乘汽车，乔治乘火车。

利安娜把她父母在佛罗里达的电话告诉了乔治，但乞求他不要打电话过去。"我真正待在那里的时间微乎其微，"她说，"真的，不要麻烦了。如果他们听到了风声，有个男孩从大学打电话给我，我就有一千个问题需要回答了。他们会给我戴上贞操带，再把我送回这里。"

"你是认真的？"

"是的。"她用那明显的拖长音调的南方口音说道，这口音与他对佛罗里达女孩的概念完全不符。他脑海中想象的是冲浪好手和敞篷车，但她说，在她住的那个枫糖镇，孩子们——至少是白人小孩，而不是墨西哥或黑人小孩——喜欢听乡村音乐，开皮卡车。

"你可以打电话给我。"乔治当时说道，写下了他父母的电话号码。

"我会的。"

然而，她从未打过。

当他在一月份回到马瑟学院时，就听到了那个消息。

她再也没有回到康涅狄格州。

她在佛罗里达的家中自杀了。

3

十一点三刻，乔治成了杰克乌鸦的第一个顾客。乔治喜欢这个酒吧有很多原因，其中之一就是它还没有屈从于风靡全市的早午餐狂热中。它在午餐时间才开门营业，即便在周末。没有在门外大排长队的人群，苦苦等待着火腿蛋松饼和十美元一杯的血腥玛丽。没有从角落里飘出来的爵士乐三重奏。

甚至在这么早的时候，杰克乌鸦还是冷得像冻肉冰柜。消毒水的味道勉强盖住过期啤酒的味道。乔治没有看到女服务生，便自己走到吧台处，点了一瓶纽卡斯尔啤酒。

"你来得真早。"店主说道，然后回去继续将柠檬切成扇形。

"我已经厌倦了这种炎热，马克斯。"

"你我都是。"

一张皱巴巴的报纸摆在吧台上，乔治拿着它来到一个靠后的雅座，并坐到能看到门口的位子上。他展开报纸，但无法集中注意力看上面的文字，仅仅是从报纸上方窥看着入口处。等到他喝完了自己的啤酒，已经是十二点十分了。前门已经打开了三次——首先进来的是一对年轻的日本情侣，两个人都各自拖着一个带轮子的旅行箱；然后是一个邮差，他迅速把用橡皮筋捆着的一大包信件丢在吧台上；当门第三次打开时，出现的是一个名叫劳伦斯的老常客。乔治微微举起报纸，这样，他就不会被劳伦斯看见了，后者迅速走向他在酒吧远处角落里的专座，那里离厨房是最近的。

乔治站起来，想再点一瓶啤酒。现在，有个女服务生凯莉已经在吧台后面清洗玻璃杯了。当乔治靠近时，她身后的挂壁式电话响了起来。她一把抓起了电话，把听筒塞到下巴底下。乔治听见她说："这里是杰克乌鸦，我有什么能帮你的？"然后，她停顿了一会儿，挑起眉，看着乔治，"是的，我认识他。我正看着他呢，等一下。"当乔治正好走到吧台的边缘时，她把听筒递给了他，"某位女士，找你的。"凯莉耸耸肩，把电话递过来。

乔治接过了电话，已经知道是谁打来的。

"喂？"

"嗨，乔治。我是利安娜。"

"你还好吗？"

"我很好，但我无法准时过来见你了。这个说来话长。有人借走了我的汽车，现在我不知道她在哪里。我猜，你现在应该不方便过来找我吧？"

"你在哪里？"

"新艾塞克斯县，你认识吗？"

"当然，在北海岸。我去过那里。"

"你有汽车吗？你愿意开车去那里吗？"她的声音——这声音他已有近二十年没听过了——在乔治听来，有点颤抖。她的语速快得有点不正常。

"你还好吗？"

"我很好,除了我没有车这个事实。"

"你确定吗?"

"你昨晚是怎么说的?'我不是很确定,但也不是完全不确定。'我的情况类似于此。我不会撒谎的,我惹上了一些小麻烦——不是指此刻的这件事,但总之——我希望你能帮我个忙。"

见乔治没有立即回答,她便问道:"你还在那里吗?"

"在的,我正听着呢。"

"请相信我,我很清楚我是最不该找你帮忙的人。我只是希望你也许能听我把话说完。"

"你不能现在说出帮忙的内容,在电话里?"

"我会当面说的。你有汽车吗?"

"有的。"

"如果你能开车到那里,并至少听我把必须说的话说完,我会感激不尽的。你可以信任我。我也很信任你。没有什么能阻止你跟警方联络,并把我的地址告诉他们。"

乔治用鼻子深吸着气,并看着女服务生凯莉。她瞥了一眼他的空酒瓶,不出声地说道:"还要来一杯吗?"乔治摇摇头。

"好的,我会去。你的确切位置在哪儿?"

"谢谢你,乔治。你知道海滩路吗?我正借住在一个朋友的家里,就在圣约翰的后面,那座古老的石头教堂。"

"好的,我大概知道它在哪儿了。"

"当你在你的右首边看到教堂之后,就会出现一条土路,名叫'船长索耶巷'。在这条路的尽头就是那栋房子了。它看上去更像是乡间小屋。我会等你的。今天下午的任何时候都可以。"

"我会去那里的。"

"谢谢,谢谢,万分感谢!"

乔治把电话还给凯莉。"哇哦。"她用浓重的波士顿口音说,"开始在你常光顾的酒吧里接到电话,这可不是个好兆头。"

"谢谢,小凯。当我不在的时候,也许你可以帮我捎口信。"

"想得美。"

乔治思量着再叫一瓶啤酒,外加一些吃的东西,但他又改变主意,决定立刻去见利安娜。跟她说话让他胃部收紧,不仅是因为她又回到了他的生活中,更是因为她的声音听起来真的很害怕。他离开杰克乌鸦,走过两个不算长的街区,来到停车库。他的绅宝汽车就放在那里。

乔治从不觉得自己是个汽车爱好者,但绅宝900是他第一辆也是唯一一辆爱上的车。刚从大学毕业时,他就买了辆已经开了十万英里的旧车,又增加了十万英里的里程数之后,他开始寻找一个替代品。从那时起,他就一直在用绅宝牌汽车。目前开的这辆是他的第四辆绅宝了,也是第一辆特殊性能车;在1986年,绅宝只生产了一千五百辆这种类型的车,只有爱德华灰这一种颜色。绅宝的停车费是一笔巨大的开支,但他太爱这辆车了,无法把它留在街上。

利安娜所在的位置,在这个非交通高峰的日子里,要往波士顿北部开大约四十五分钟。新艾塞克斯县是海边一个古老的采石场小镇,挤在两个小水湾之间。波士顿有一半的花岗岩都产自那里,有地面上的一个巨大洞穴为证。不过,人们前往新艾塞克斯县,主要还是为了一边吃着油炸蛤蜊和蒸菜,一边凝视着怪石林立的海岸,或者去参观艳俗的画廊,它们已经完全取代了港口周边的老式小渔屋。

在一点三十分多的时候,乔治准时抵达了市中心。他让已经伤痕累累的绅宝绕过了一个采石工人的花岗岩雕塑,它矗立在闹市区核心的一个小环形交叉路上方。然后,车子开上了北面的海滩路。今天又是闷热的一天。天空呈现出垩蓝色,而大海在常绿植物的缝隙间影影绰绰地闪着光,显露出萧条的灰色。乔治慢慢地降低车速,寻找标志物。他转过一个拐角,然后看过去。在下一个弯道的前面上方,那座石头教堂赫然矗立在一座钟塔前。他开车从它旁边经过。有个孤独的人睡在教堂花园里的长凳上。他穿着长裤和长袖衬衫,都是海军蓝的。他坐得很挺直,下巴却垂落在胸前。乔治突然警觉地想到,这个老人可能已经死在长凳上了,而世人还没有注意到,或者决定不叫醒这个睡在阳光下的老人。

经过教堂之后,海滩路突然转向内陆,海景都被白松挡住了。"船长索耶巷"的绿色指示牌已经被晒褪了色,几乎看不清上面的字了,而道路本身也布满了深深的车辙。乔治开上了那条路,又行驶了几百码,经过了一栋二十世纪七十年代造的甲板小屋,它就隐藏在他右侧的树林中。他继续行驶着,最后开进了死胡同。路的尽头有一座老旧的盖木瓦的避暑小屋,要不是腐朽的门前台阶上停着一辆闪着光的白色道奇牌汽车,你会以为它已经废弃多时了。乔治把自己的车停在道奇车的后面,然后熄火,走出了汽车。车道上杂乱地铺着鹅卵石和贝壳。在乡间小屋的后面,有一个泥泞的小水湾,以及一个码头,它显然比小屋更古老,更摇摇欲坠。乔治爬上了台阶,敲响了未上漆的门。没有任何动静。微风从海上吹来,轻柔地摇晃着周围的松树。乔治再次敲了敲门。木门感觉是空心的,似乎已经从里面开始腐烂了。他想再试试的时候,一个男人来到房屋的一侧,说道:"她不在这里。"

乔治转过身。说话的是一个短小精干的男人,穿着西装裤和那种昂贵的丝绸衬衫,这种衣服在马萨诸塞州可不常见。他的脸上挂着笑容,却表现出明显的敌意。"谁不在这里?"乔治问道。

那个男人的笑意更浓了,他踏上几级台阶,走向乔治。"你是认真的吗?"他问道。他有着紫灰色的牙齿,仿佛在早餐时喝了太多的红酒。

"你在找谁?"乔治问道,希望化被动为主动。那个男人真的非常矮小,然而在他的举手投足间,有什么东西让乔治不由自主地想要后退。他让乔治想起了比特斗牛犬，就是你通常会看到的戴着口套、把狗链绷得紧紧的那种狗。

"我在找简。""比特斗牛犬"说道，仿佛她是两人共同的朋友，"她最近住在这里。你在这里干吗？"

"我是一个推销员。"乔治说道。他走下台阶，这样他就能跟这个男人站在同一平面上。"比特斗牛犬"比乔治足足矮一英尺，甚至有可能更多。

"你是卖什么的？"他问道。

"很高兴你这么问。我是卖长生不老药的。"乔治伸出手，与"斗牛犬"握了握，感觉到自己的手掌开始出汗了，但他想至少应继续假装不认识利安娜或简。他并不特别害怕与一个陌生男人单独待在黑暗的树林里，虽然这个男人看上去似乎能轻易将乔治从中间掰成两段，就像在更衣室里折叠一条毛巾一样容易。

他们握了握手。这个陌生人的手摸上去既干燥又凉爽，乔治并不感到意外。他想松开手，但那个男人还紧握着，拇指深深地嵌进乔治的手背，让他别无选择，只能伸直手指。"斗牛犬"握得更紧了，把乔治的指关节都捏到了一起。"耶稣啊。"乔治说着，试图把他的手抽回来。

"别动。""斗牛犬"说。现在，他的笑容更像是假笑，而乔治照他说的做了。他紧攥着乔治的手的方式，让一切昭然若揭：如果他再捏得紧一点，乔治的关节就会炸开来，就像碎石机下的岩石一样。

"我不知道你觉得谁——"

"嘘嘘嘘，别说了。我只会问你一遍，因此我希望你能给我一个直截了当的答案，不然的话，我会捏碎你手上的每根骨头。我以前这么做过，而我真的很讨厌这么做。我对某些东西很敏感。当然了，不是血，而是把某人的手变成一副里面装满碎石的软塌塌的手套，这种感觉让我的胃很不舒服。即便是想一想,我的感觉就不太好。因此,我不想这么做,而你实际上也不会希望我这么做的,因此只要把你所知道的一切告诉我就行了,好吗?你最后一次见到简是什么时候?"

乔治犹豫了一秒钟还不到,却足以得出这样一个结论:他找不到撒谎的合适理由。"我昨晚见过她,在波士顿。"

"你在哪里见到她的?"

"比肯山的一个酒吧,名叫杰克乌鸦。她是我的一个老朋友。我在大学里就认识她。我邀请她小聚一下,而她告诉我,她住在这里,我第二天可以来拜访她。整个故事就是这样。"

"你为什么对我撒谎?"近距离地观察"斗牛犬",让他看清了一些微小的特征:橡果形的脑袋和蜡色的皮肤,上面布满了针孔状的细小毛孔。他的鼻梁很扁平,好像他经常吃败仗,虽然这很难想象。他的头发很短,涂了很厚的发胶,而他闻起来有一股须后收敛水的味道,里面含有过多酒精的那种。

"瞧,我知道……简有些历史遗留的麻烦问题,但是我承认,我对此时此刻发生的事情一无所知。你看起来像是她想要躲避的人。"

那个男人大笑起来。而且,他面露喜色,很有可能是为乔治对他的判断感到自豪。"瞧,如果你在我之前见到她,请告诉她,她真该不惜任何代价地躲开我。不过,她早就知道了。你的名字叫什么?"

"乔治·福斯。"乔治说道,决定不再撒谎。他能感到审讯快要接近尾声了,而他希望自己手上的骨头还是完好无损的。

"很好,乔治。你已经告诉了我真相,我喜欢你的这一点。你想要知道我的名字吗?"

"只要你是真想告诉我。"

"斗牛犬"把头往后仰了仰,再次爆发出一阵大笑。他的下巴和脖子光滑得不可思议,仿佛就在这个早晨,他接受了一次专业的剃须服务。乔治感到对方握手的力道微微放松了一些,他几乎想要挣开并趁机逃跑了。

"乔治,我喜欢你,我打算告诉你我的名字,这样我们就有了互相直呼其名的友谊基础。我叫唐尼·詹克斯,我来自佐治亚州,当某人对我撒谎时,我通常都能发现,而你至今没有对我撒谎,至少在我们开始象征友谊的闲聊之后。因此,如果你看见了简,可以告诉她,唐尼·詹克斯进城了。你会这么做吗?"

"我没有指望能见到她,但,是的,如果我见到她,我会转达的。我保证。"

"那么,在我离开之前,我打算留给你一些东西,这样你就知道我是认真的。"

唐尼·詹克斯用右手把乔治拉过来,并扭过乔治的臀部,然后转动胯部,用他的左拳打了乔治的腰。乔治立刻感到了疼痛。他的后腰发出小小的爆炸声,释放出毁灭性的力量。他跌在地上,眼前一黑,快要昏过去了。

"唐尼·詹克斯。詹——克——斯,"小个子男人说道,"告诉简,她的余生将会糟糕透顶,而且不会太长。如果你企图用任何方式帮助她,我也会让你减寿的。你全都记住了吗?"

乔治费力地点点头,然后这个男人转过身,扬长而去,懒人鞋嘎吱嘎吱地踩在车道上。

乔治的嘴里涌出了大量口水,他转过头去,剧烈地呕吐起来,甚至在他把胃里很久以前吃的早饭和中午喝的啤酒都倒出来之后也没停下来,一直吐到痉挛。他听到道奇车发动起来,开走了。他还有足够的力气支撑他挪动几英尺,转过他没有被拳头击中的那半边身子,并低下头查看。他就这样在那里待了十多分钟,呆呆地凝视着自己的呕吐物洒在碎贝壳铺就的车道上。

4

三点不到,乔治就回到了波士顿。他考虑过在回家途中,在医院停一下,但最后还是直接开了过去。比起处理可能的肾脏破裂的需求,他想要回到自家社区的渴望似乎更加强烈。恶心和头晕的感觉已经过去了,但每次他把方向盘转向左边时,都感觉身侧的小裂口扩大了。他本能地摸摸身侧,以确保他的内脏没有洒到汽车里。

他把车停在自己的车库里。当毛里西奥接过钥匙,并问了一声今天绅宝开得是否顺利时,他努力对这位车库管理员挤出微笑。然后,他沿着有一半被堵上的长长坡道,走向自己的家。他的住所是个经过改造的小阁楼,位于一座豪华住宅的顶楼,需要通过一个楼梯井才能到达。楼梯就位于这座砖砌大楼的背面,在一条鹅卵石人行道的尽头。一年中有三个季节,那里的环境都非常迷人,只是在夏季的大部分时间里,闻起来有股小便和垃圾的味道。

坐在后面楼梯底部的——就在他昨晚坐过的地方——是利安娜。她看起来既苍白又紧张,双膝紧紧地并拢着,两肘分别放在两个膝盖上,一只手托着下巴。她身边放着一个小小的黑色钱包,那是一个四四方方的皮革钱包，磨损得很严重。

"哦，该死的，你在这里做什么？"乔治问道。

"瞧，我很抱歉，我——"

"滚开，求你了，快走吧。"乔治一边说着，一边从她身边绕过去。

"瞧，我能解释。我试图打电话给你，但你已经离开了酒吧。我朋友把我的车还回来了。"

"你为什么不待在那里等我？你知道我去找你了。"乔治继续往楼梯上走，小心翼翼地，努力不让自己昏过去。

"我找你正是为了谈这件事。有人在跟踪我，我觉得他可能已经找到我的住所了。"

"他的名字不会是唐尼·詹克斯吧？"

利安娜深深地吸了一口气。"耶稣啊，他在那里？你还好吧？"

"我很好，只是……"他停下来，并转过身。利安娜正回头查看那条小巷。

"他有没有跟踪你来到这里？"她问道。

这种可能性他之前没有想到。"我不知道，也许吧。他比我离开得要早，但我猜这并不代表什么。据我所知，现在他正在赶往这里的路上。你该走了。"他低头看着利安娜，后者看起来既娇小又脆弱，她的肩膀瘦得不可思议。

"他伤害了你吗？我敢说你受伤了。"她上了两级台阶，走向乔治，并把一只手放在他的手臂上，"我能为你做些什么？"

"我希望你离开这里，这就是你要做的。这一生中，我只被人揍过三次，而且，每一次都是你认识的人。求你快点离开吧。"他继续往楼梯上走着，而她紧随其后。乔治感到她跟在身后，这让他想要猛地回身给她一拳。不管乔治本以为自己有多少勇气，与唐尼的会面都彻底把它们吓跑了。他突然清醒地意识到自己的懦弱。在震惊之情逐渐消退之后,他觉得自己真想好好地大哭一场。他对此感觉并不好,但也很庆幸自己还活着,并渴望回到自己的公寓里,独自待着。

当他把钥匙塞进锁孔里时,他的手都在颤抖。现在,利安娜正站在他身后,她的声音里带着恳求:"乔治,我需要帮助。我真的很抱歉向你提出这么过分的要求,但你是我唯一可以求助的对象。"

他本能地知道,转过身去是最坏的选择,但不知怎么,他还是转身了。他大致看向她脸所在的方向,却避开了她的眼睛,它们在高挂的太阳下闪着湿润的光。她的眉毛微微挑起,担忧地半抿着嘴唇。"你帮我这个忙,就能一劳永逸地摆脱唐尼·詹克斯,而且我保证,你不会有危险的。"

他看着她的发际线,感到自己的脸部肌肉抽搐着。

"求你了。"她说着,她的声音回荡在楼梯井里,让他想起了这个女孩以前的很多事情,当他们第一次见面时,她还是一个不谙世事的十八岁女孩。

"我让你进来后,一旦察觉到你的一个朋友会来这里,我就会叫警察。"

"没问题,他们不会来这里的。"

他穿过房门之后,并没有关上它。

她跟着进来了,而乔治听到上过油的房门咔嗒一声闩上了。他们一同步入公寓。乔治把这里当作家已经超过十年了。它有着倾斜的天花板,由沉重的柱子支撑着。改造这个空间的设计师又加上了几扇巨大的天窗和一个现代化的厨房。这里冬冷夏热,但乔治还是无条件地爱着它。他在最大的一面墙边摆满了书橱,并买了好几件中世纪风格的家具,所有这些都被诺拉撕碎抓伤,它是一只十五岁的缅因猫。

"你一直都很喜欢书。"利安娜说道，目光扫视着整个公寓。

乔治挠了挠诺拉的下巴，然后走进了卫生间。在那里，他拿出了四粒布洛芬镇痛药，并直接就着水龙头里的水吞下了它们。他走出卫生间，发现利安娜正站在客厅的中央，用近似梦幻的眼神抬头凝望着天窗。"利安娜·德克特在我的公寓里，"他心想，"她真的又回来了，回到了我的生活中。"

"你需要来点喝的吗？"

"一杯水。还有，乔治，谢谢你让我进来。我知道这对你来说不容易。"

乔治拿了两杯水过来，坐到一把软垫椅上，而利安娜坐到一张矮沙发的边缘。她的后背显得很僵硬，她把自己的水放在贴着瓷砖的咖啡桌上。"如果我事先料到唐尼可能会找到那个地方，就绝不会让你去的。我希望你知道这点。"

"我什么都不知道。"乔治喝了很长时间的水，真希望自己实际上喝的是啤酒。他调整了一下身体的位置，尽量让自己感到不那么疼。

"我欠你一个解释。我知道这点。我会把每件事都告诉你的，但是，当我对你说我从没想过要伤害你时，我希望你相信我的话。告诉我关于唐尼的事情吧。"

乔治跟她说了那次遭遇的详情，事无巨细，包括他当时有多么害怕，还有唐尼让他转达的话。

"对不起。"她说。

"现在，你能告诉我，他为什么要跟踪你了吧？这是你欠我的。"

她喝光了剩下的水，而乔治看着她白皙的喉咙蠕动着。在乔治公寓里清晰的灯光下，她看起来比昨晚更美了。她穿着一条海军蓝的铅笔裙，系着宽皮带。她的女式衬衫上满是黑色的波尔卡小圆点，下端塞进了裙子里。与白皙的脸不同，她的双腿晒成了蜜色。她的头发被发卡夹到了脑后。她的脸看起来刚刚清洁过，粉黛未施。唯一代表压力的标志是双眼下的黑眼圈。"我能再喝一杯水吗？"她问道。

乔治站了起来。"你想喝杯啤酒作为替代吗？我正想去拿一瓶。"

"当然。"她说道。乔治这才想起，他们就是这么认识的，通过一杯啤酒。他甚至有点想说些什么，但还是阻止了自己。如果有人想要先感伤一番，那个人绝不会是他。

他从冰箱里拿了两瓶纽卡斯尔啤酒，砰的一声打开了瓶盖，然后回到了客厅里。他给了利安娜一瓶，并坐了回去。诺拉正在挠着他的椅子腿，然后跳到了他的膝盖上，发出满意的咕噜声。它安顿好之后，看了客人一眼。它是一只多疑的母猫，经常对其他雌性怀有疑虑。

利安娜啜了一口她的啤酒，舔掉了上嘴唇的泡沫，靠回到沙发的一隅。"我能把脚放上来吗？"她问道。

"当然。"乔治说道，看着她俯身解开凉鞋的皮带。她的女式衬衫往下敞开来，露出了窝在朴素的白色文胸里的一对白皙乳房，虽然只是惊鸿一瞥。然后她直起身子，把双腿放到沙发上，膝盖弯曲，双脚垫在臀下，并倚靠在沙发的扶手上。对于乔治来说，这就像听到了一曲熟悉的老歌，他记得歌中的每个音符，却有二十年没听过了。这就是利安娜常用的坐姿。大学一年级时，他在她的宿舍里已见过数百次了。怎么会有东西如此熟悉同时又那么陌生？仿佛读懂了他的心思，利安娜说道："就像回到了从前。"

"我猜是吧。"乔治回答道。

又呷了一小口啤酒之后，利安娜开口道："唐尼·詹克斯是被雇来找我的。他是被一个名叫杰拉尔德·麦克莱恩的人雇来的。他拥有一个家具公司，名叫'麦克莱恩'，主要在南方经营。他是那种老实做生意的人。然而，这都是过去的事了，起码我有百分之九十的把握，这都是过去的事了。他手头上进进出出的资金太多了。我知道他经营着一些境外的赌博网站,我也知道他运行着一个相当可疑的投资集团。不管怎样,他赚了很多很多的钱。我给他当了一年的私人助理。在亚特兰大,他公司的总部在那里。我也是他的女朋友。"

"而他结过婚了。"

"结过婚,而且还没离婚,但他的妻子病了。她很年轻,比他年轻很多,但她快要死了,就算还没咽气也快了。她患有胰腺癌。她是他的第二任妻子,而杰拉跟我说得很清楚,他不准备让我成为第三任妻子。这真是一个巨大的打击。"

"你希望成为他的妻子?"

"老实说,我不希望。我只是不想这么轻易地被弃之不理。我并不抱有我们是天生一对的幻想,但我也认为自己比一个花钱买的婊子更有价值。也许这就是我的骄傲之处。正如你所能想象的最好的情况,过去二十年里,我确实没有过着合法的生活。当我第一次见到杰拉时,我只觉得他是一个富有的老人。当时我并不在美国生活,而他给我机会回到这里。他并没要求我证明我是他认为的那种人,而且还在暗中资助我,每件事基本上都好极了。

"我知道了许多关于他生意上的事情,发现他正在把他大部分资金当作支线基金运营,投资给纽约一个无人监管的组织。他从亚特兰大地区吸引投资者,并提供高得荒谬的收益率。那些资金最终都像漏斗一样汇集到纽约,而麦克莱恩从每笔交易中提取手续费。这是个老套的庞氏骗局[①],我很确定。那些被骗者以为他们正在投资一家在加勒比海运营的赌博网站。我并不确切知道它是如何运转的,

---

[①] 指骗人向虚设的企业投资,以后来投资者的钱作为快速盈利付给最初投资者,诱使更多人上当。

但其中有些是合法的，有些则不是。赌博网站是真实的，但我不知道他们能赚多少钱。我听到过杰拉与一个纽约来的人谈话，关于他们需要新的资金或房子应急。这是金字塔形的连续投资，但它让麦克莱恩富有了起来。而且，到处都是现金。因此我猜他的收益中只有很小一部分被公布出来。他都是付现金给我的。显然，我做了假账。然而，他真的厌倦了我，一天晚上，他喝得酩酊大醉，开始为他的妻子痛哭流涕。就在这时，他告诉我，一旦他的妻子去世了，他希望我也离开，滚出他的公司，并滚下他的床。正如我说的，这真是一个巨大的打击。"

"那么，你采取了什么行动？"

利安娜用手指拨弄着裙子的褶边。"我偷了他的钱。这不算特别难。他经常把现金送到海岛上的某个银行。因此，我所要做的只是等待一笔特别巨大的现金运输量，然后拿走它。一共是五十万美金。"

"你觉得你能侥幸逃脱吗？"乔治问道。

"我认为他肯定会发现的，如果你是这个意思的话。我只是觉得他不会真正关心这件事。这只是一个小小的代价，能让他得到真正想要的东西——让我离开他的生活。而且，我估计这笔钱还不够让他大动肝火，但我想我错了。我猜我把他惹恼了。于是，他派唐尼跟踪我。我甚至不知道他认识这样的人，而这很可能就是我的天真之处。"

"你是怎么发现唐尼的？"

"我拿走钱之后，就去了康涅狄格州的穷乡僻壤，找了一家接受现金的汽车旅馆，暂时避避风头。我不知道他是怎么找到我的。一天晚上，我正在一家赌场吃晚餐。我坐在吧台上，而他坐到了隔着两个高脚凳的地方，开始跟我攀谈起来。我以为他只是某个恶心的混蛋，但我还是让他给我买了一杯酒。然后，在我们的闲谈之中，他开始叫我的那个名字。"

"简,对吗?"

"没错。事实上,那是我暂时的名字。你觉得怎么样?"

"很适合你。"

"普普通通的简。"

"我想到的更多是《女战虎》中的简。"

她用双手旋转着啤酒瓶。"我说到哪儿了?哦,唐尼·詹克斯在莫希干①。当他说出我的名字后,就走过来告诉我,他是被雇来讨回那笔钱的,他获得了全权委托,能使用他认为合适的任何惩罚。他告诉我,他本来决定杀了我。但他觉得如果给我一个挣扎的机会,一切会变得有趣得多。他一边说,一边保持着微笑。我所能做的只是尽量不尿裤子。我不是一个很容易害怕的人,但他真的很吓人。"

"今天,他也一直对我保持微笑。"

"这是他的招牌动作,我猜。"她咬住下嘴唇,"再一次,乔治,我向你道歉。"

"他有没有试图握你的手?"

"他的确这么做了。当他离开酒吧时,握住我的手,吻了手背,说他见到我有多么高兴,我们会很快再见面的,然后他就走了。"

"然后你做了什么?"

"我好歹鼓起足够多的勇气,坐出租车回到我的汽车旅馆,并抓起我的家什准备跑路。他已经去过那里了。任何地方都没有被翻动过的痕迹,但我敢说事实并非如此。我还算有点脑子,没有留下任何钱在那里。这很有可能是我那晚活下来的原因。"

"钱在哪里?"

---

① 莫希干人是居住在美国康涅狄格州的北美印第安人,此处意为"唐尼在康涅狄格州的穷乡僻壤"。

"我知道,这听起来很矫情,不过,我把它们藏在哈特福德火车站的一个储物柜里了。很显然,当唐尼搜查了我在汽车旅馆的房间并一无所获时,他就决定在酒吧里接近我,试图吓住我,让我露出破绽。我意识到,在得知这些钱的下落之前,他是不会杀了我的。然而,即便知道这点,我也花了五分钟才打包好我的行李,退掉房间,并回到出租车上。这是我一生中最漫长的五分钟。我非常确定,他随时会从阴影中冒出来,割断我的喉咙。但他并没有这么做。出租车带着我一路开到了纽黑文。我相信我被跟踪了。我走进了一家闹市区的旅馆,然后从送货入口走出来,叫了另一辆出租车。我像这样做了很多次,终于觉得自己肯定甩掉他了。然后,我搭乘公交车去哈特福德,拿到了我的钱,并用现金买了一辆汽车。我挂上了特拉华州的牌照。我不知道他是怎么跟踪我到康涅狄格州的,现在,我也没有真的弄明白他是怎么跟踪我到波士顿这里的。这几乎就像他能闻到我的味道,或者诸如此类的事情。我真的非常恐惧。我也感到非常疲惫。

"因此,我打算放弃,这在我的人生中并不经常发生。杰拉·麦克莱恩在附近有所房子,就在波士顿的郊区——他妻子在那里接受临终看护。我打电话给以前的工作伙伴,他说杰拉这个周末住在那里,现在他几乎把全部时间都花在那里,他的妻子已经奄奄一息了。

"因此,我准备归还那笔钱,我想请求他的宽恕。这是摆脱这一切的唯一方法。"

"这就是你来此地的原因。"

"正是如此。我还是不敢相信,唐尼今早已经到了新艾塞克斯县。你没看见其他人吗?"

"只有他。和你住在一起的朋友是谁?"

"比起朋友,她更像是一个熟人。是她告诉我这座乡间小屋的事情。我很喜欢，因为它很隐蔽，远离尘世。也是她借走了我的汽车。可是，当她今早回来时，就在我给你打电话之后不久，她说她很确定自己被跟踪了。我害怕起来，试图给酒吧打电话找你，失败之后，我就开车来到了波士顿的这个地方。我以为我很可能患了妄想症，但事实证明我没有。"

"那么，你为什么想见我？"

利安娜喝光了她的啤酒，然后把啤酒瓶放下，瓶子发出空洞的叮当声。"我需要帮助。"

"你想要我和你一起去还钱。"乔治猜测道。

"不，我想要你替我去还钱。我完全不想再看到杰拉了。我不知道他会做何反应。不过，如果你把钱带过去，并为我求情……"

"你不想把钱还给唐尼？"

"不，上帝啊，当然不。他已经告诉我，他计划杀了我。对他来说，这不仅仅关乎金钱——也关乎惩罚。正是因为如此，我希望你把钱带给麦克莱恩，并请求他的宽恕，请求他让唐尼收手。"

"是什么让你觉得，比起你，麦克莱恩会更愿意看见我？"

"他不认识你。这就像商业谈判。请相信我，只要我觉得有极小的风险，都不会要求你这么做的。杰拉是一位老人，他对任何人都不构成威胁。不过，如果他看见我，如果他看见我带着钱过去找他，我不知道他会做何反应。我很了解他的本性，如果由其他人来做这件事，结果会好很多。"

乔治犹豫了，研究着他的指甲盖。

"我会付你钱的，"利安娜继续说道，"钱已经不多了，你看一万美金可以吗？"

"就算我为你做了这件事，也不是因为钱。"

"在这个世界上，我最不想欠你的人情。如果你帮我这个忙，我会坚持让你收下这笔钱。否则的话，我会感到太亏欠你了。"

"我需要时间考虑一下。"乔治说道。

"我理解。如果你拒绝了，我也能理解。"

"我能再问你一件事吗？"

"你可以问我任何事情。"

"为什么是我？你在波士顿只认识我一个人吗？"

"乡间小屋里还有我的朋友。不过，比起拜托她，我宁可自己去还钱。除了你之外，她是我唯一认识的人了。这很有趣。以前我从未到过马萨诸塞州，但是自从大学一年级你我在一起之后，这个地方就让我魂牵梦萦。我时常把它想象成一个特别的地方。我猜，就像我构建起我俩这些年的关系，我也在心中逐步构建起了这个地方。当我决定来到此地，还钱给麦克莱恩时，我知道我一定要找到你。不知怎么，我知道你还住在这里。"

"我并没有走得太远。"

"你是什么意思？"

"我指的是生活。我在这座城市的郊区长大。我的整个人生几乎都在这里度过。"

"我们的人生真的非常不同。"

"我能想象。"

然后是一阵短暂的沉默。乔治感到一股冷汗从他的肋部流下来。他看着利安娜转过头，环顾着他的公寓。他真希望这里能变得更整洁一些。"你一直独身？"她问道。她把双腿从屁股底下抽出来，并把她赤裸的双脚放在硬木地板上。

"差不多。我和一个女朋友在旧金山同居过，就在大学毕业后。但这并没有持续多久，然后我又回到了这里。我很确定自己会死在这里。"

"我希望不要太快。"利安娜用手捏着自己衬衫的肩线,把它往后拉了一点,然后再次把衬衫拉平整。这是一件无领低胸的衬衫,足以让乔治看到她胸部的起伏。乔治记得,在她的左边锁骨下面,有个淡淡的圆形胎记。"乔治,在你做出决定前,我还有件事情想告诉你。等我摆脱了这堆麻烦事,不管是否在你的帮助下,我都想和你共度一段时光。我们离开彼此的方式……经常让我困扰。我无法用语言表达我有多想念马瑟学院。它变得就像我的一道业障。"

"好吧。"乔治说,他的声音听起来有点沙哑。他知道自己会答应下来,并帮助利安娜还钱。他早就知道自己会答应利安娜,甚至在他知道她想要什么之前。当他请她进入自己的公寓时,他就已经知道了。同时,他也知道,利安娜就像一条受惊的蛇一样不可信任,这个事实就连五岁小孩也清楚得很。但一想到唐尼·詹克斯会怎么对付她,他的保护欲又被激发起来。他感觉自己充满了活力,五感都变得敏锐起来。他不知道接下来会发生什么。这是一种不常见的状态,也正是他所想要的。

虽然知道自己会答应的,乔治还是觉得最起码要推迟答应的时间。他给自己找了个借口,去了卫生间。在那里,他发现自己还没有完全准备好面对带血的小便。他的双膝发软,即便他已经读过足够多的低俗小说,知道这是肾脏受到重击后的副作用。看见粉红色的尿液流出,他感到另一波想要呕吐的冲动。他差点儿再次吐了出来。

"你对肾脏破裂有什么了解?"当他回到客厅时,问利安娜。他的前额布满了点点汗珠。

"血尿?"

"没错。"

"我有个护士朋友。如果你需要的话,我可以打电话给她。"

"这太好了,而且利安娜——"

"什么事?"

"我会做的。我会把钱带给麦克莱恩,并看看我能否让他别再打搅你。"

她站起来,脸上露出大大的笑容。有一阵子,乔治甚至觉得她会穿过整个房间拥抱他。然而,她并没有这么做,但她的确说了:"我的英雄。"

5

在大学里度过的第一夜,当乔治回到他的宿舍,疯狂地翻阅着新生指导手册时,他寻找的名字并不是利安娜·德克特,而是奥德丽·贝克。当两人在麦卡沃伊的酒桶派对邂逅的时候,她告诉他的就是这个名字。他在指导手册中找到的就是这个名字,那年秋天他爱上的也是拥有这个名字的姑娘,充斥着他的大脑的也是这个名字,它仿佛一首颂歌,飘荡在他觉得有史以来最漫长的圣诞假期中。

奥德丽。

在大一那年的一月份,乔治就已经坐火车从马萨诸塞州回到了学校。他的父亲开车把他送到了波士顿南站。抵达后,他的时间刚好够买一包骆驼烟,然后就得飞奔着去赶火车了。在圣诞假期中,他还没有抽过烟,免得让他的父母感到不安。当他终于抽上一根——在纽黑文车站的月台上,当火车从柴油驱动切换成电能驱动时,乘客有十分钟的休息时间——尼古丁就像野火一样,扩散到他的整个身体。他隐隐感到有些难受,但决定不管怎样都抽完这根烟。香烟那令人晕眩的冲击力,让他想起了大学里的生活。

在初降的暮色中，雪花在干燥的空气中盘旋而下。他把自己的外套落在了火车上，那只没有拿香烟的手只能塞进牛仔裤的口袋里取暖了。他上上下下地打量着月台，想看看能否找到一个熟人。这是第二学期开始的前一天，他推测东北走廊线的任何火车上都挤满了学生，包括和他一个班的同窗。然而，没人看起来眼熟。他最后深吸一口烟，把香烟屁股踩在脚下。

回到火车上后，他打开自己的书——《华盛顿广场》——但他无法集中注意力。他的脑海中正在反复播放着他与奥德丽重逢的种种可能的场景。她曾经跟他提到过，在假期中，她也许会打电话给他，但她并没有。他的内心中有一部分甚至开始觉得，她是他想象出来的，他整个大学第一学期都是他想象出来的。

从火车站到他的宿舍，他把钱都挥霍在出租车上了。那辆出租车当时正挂着空挡，并把一缕缕尾气排放在凛冽的空气中。那辆车带着他开了一英里半，下到空荡荡的城市街道，又爬上了庇护山，那里就是马瑟学院的所在。它是一座险峻的要塞，由砖头和石板构成，是一所有两百年历史的私立大学，只有不到一千名学生。

所有宿舍都有密码锁，当乔治走到北楼的双开门附近时，上个学期还记得的密码已经被他忘到九霄云外了，就像戳破的气球飞向远方。他环顾四周，想要找个路人问问，但没看到一个人。他试探性地把食指按到标有数字的金属表盘上，然后仿佛是出于本能，他突然又想起了密码。4，3，1，2。

他的室友是一个六英尺半高的孩子，来自芝加哥，名叫凯文·菲茨杰拉德，他的父亲是一个面色红润的大个子，在市政府工作。凯文自己的脸也胖胖的，还有个半个面包大的下巴，总有一天会像他父亲一样红润，正如他注定会挺着篮球那么大的肚腩。凯文今年十八岁，对政治的兴趣远远不及运动、啤酒和《大卫深夜秀》①。乔治与凯文相处融洽，就像任何两个没有共同兴趣爱好的大学新生一样融洽。

宿舍门晃晃悠悠地打开之后，他步入他那空荡荡的寝室，一个毫无吸引力的正方形空间，有着涂了油漆的水泥墙面和铺了油毡的地板。两张单人床并排摆在房间的两端，在两张密度板做的书桌之间有一扇窗户。凯文不在宿舍，但显然比他回来得更早——他的床上堆满了刚刚洗过的衣物，一只没有拆封的篮球，还有一个加湿器。

在把他的那包衣物推到自己的床脚下之后，乔治解开大衣纽扣，然后拿起电话，打到了奥德丽的宿舍。铃声响了四下之后，被转接到语音信箱：还是奥德丽的声音，还是与上学期同样的留言信息。他挂断了电话，仰躺在自己的床上，并点燃了一根香烟。他听到从外面的门厅里传来的脚步声，然后是一些说话声——他认出格兰特的声音，从楼下大厅传了出来。他推测这幢楼的大一新生——共有七人——都聚集在南面尽头的两个庭院中的一个。

在平时，他会直接走到那里，猛地坐到公共休息室三个廉价沙发中的一个里面，抽着大麻，分享着圣诞节的英勇事迹。但现在，他不顾一切地想要先联系到奥德丽，并计划今晚稍后去见她。

"福斯，你回来了？"一个声音大喊道，并伴随着砰砰的砸门声。

"没有。"他回喊道，并再次拨打了奥德丽的号码。

"把你的屁股挪到庭院里来。"

他没有再应声。

他脱下外套，并把香烟塞进口袋里，跟着烟壶辛辣的味道来到了庭院里。门开着，四个室友都在那里，再加上汤米·蒂斯代尔，来自

---

① 《大卫深夜秀》是美国CBS电视台著名的脱口秀节目。该节目主持人是大卫·莱特曼。节目频繁采用情景喜剧式的笑声，对时事热点进行幽默的评论。

二楼的另一个新生。

"福斯。"

"小福斯。"

"看看小赵在圣诞节得到了什么。"格兰特拿出一袋鲜绿色的烟壶。

现在,小赵深深地吸了一口冒泡的烟,从他那两英尺长的紫色烟壶——福尔摩斯那里。从立体音响里传来死亡摇滚的音乐。

吸了一口,并喝了一罐温热的斯特罗啤酒之后,乔治回到了他的房间,又拨打了电话。

"你好。"是奥德丽的室友埃米莉,她的声音既清晰又熟悉。

"嗨,埃米莉。我是乔治。你的假期过得怎么样?"

"嗨,乔治。你……是从哪里打电话过来的?"

"北楼。出什么事了吗?你的声音听起来很奇怪。"

"你听说了吗?你听说关于奥德丽的事情了吗?"

乔治的胃部一阵抽搐,他的脑海里突然跳出了奥德丽有新男友的画面,或者是奥德丽和所有高年级男生有染。"没有,发生了什么?她跟你在一起吗?"

埃米莉长长地吸了口气,吸气声清晰可辨。"我觉得我不该跟你讨论这件事。"

"什么事?你快要把我弄疯了,埃米。"

"显然……我也是刚刚知道……她死了,乔治。我听到的就是这些。"

乔治没有穿外套,走到了奥德丽的宿舍——巴纳德楼,并见到了超现实的一幕。巴纳德是较新的宿舍楼之一,专门为大一女生建造的,底楼有一块巨大的公共场地,所有的宿舍都被安排在了二楼及以上楼层。他转过一个贴满传单的小小的门厅,进入一个有着高高天花板的房间,里面被日光灯照得灯火通明,塞满了长沙发和软垫椅,充斥着女性的喧哗声。那个空间里至少挤进了二十多个大一女生,许多人都在哭泣。

她们的脸都转向了乔治,那些脸看起来就像一束苍白的气球,上下摆动着,难以区分。他扫视着她们,不由自主地寻找着奥德丽的身影,试图辨认出她的特征——她那湿稻草色的头发,乌黑的眉毛,修长的脖子,以及纤细的肩膀。其中一个气球飘向了他。是埃米莉,势利眼的预科生埃米莉,嘴里无声地说着什么,并展开双臂,仿佛要拥抱他。

她抓住了他的胳膊肘,让他感到自己像只被钉住的蝴蝶,被困在她可怕的存在和他身后一堵让他无路可退的无形的墙之间。她说:"加入我们吧。"他这才知道这是真的。奥德丽不会再回来了。

第二天早上九点零五分,乔治接到一个电话。

"是乔治·福斯吗?"

"是的。"

"嗨,乔治,我是马琳·辛普森,教导主任。"

"我知道。"

"恐怕我有些坏消息要告诉你。"

"洗耳恭听。"

"你听说奥德丽·贝克的事了?"

"我从她的室友埃米莉那里听说了。而且,学校里人尽皆知。"

昨天,在同意加入巴纳德楼的哀悼队伍之后,乔治迷迷糊糊地和女孩们待了一个小时,有些人看起来真的很心烦意乱,有些人看起来很享受这戏剧性的场面,就像秃鹫在刚被杀死的猎物旁边盘旋。

原来,在前一天早晨,埃米莉在纽约北部的家中接到一个电话。是大学的校长打来的,他告诉埃米莉,奥德丽·贝克死了,显然是自杀。她被发现死在父母的车库里，汽车还处于发动状态，是尾气窒息致死。

奥德丽的朋友和熟人都对乔治问了同样的问题：你知道些什么吗？她为什么要这么做？你在假期中跟她联系过吗？

他尽己所能地回答了他们的问题，比起思考的深度，更注重说话的技巧。其中一个女孩，一个身材敦实的褐发女子，有着又长又尖的下巴，带来了一本制作粗糙的剪贴簿，是为她的大学第一学期特意制作的。里面有很多照片，但没有奥德丽，虽然有些女孩觉得她们在一张派对照片上认出了她的袖子，从一张挤满人的宿舍照片上找到了她的后脑勺。乔治注意到了她在照片上的缺席，因为他也没有她的任何照片。而且他已经开始担心，离最后一次见到她都过了四个星期，他可能都快忘记她的长相了。

稍后，埃米莉陪着乔治走回北楼宿舍。当进入自己的寝室时，他听到凯文带着啤酒味道的鼾声，顿时感到一阵释然。这家伙也有点爱上奥德丽了。乔治无意将凯文叫醒，再把这个坏消息重温一遍。

"我想在今早见你，"教导主任说道，"十点钟可以吗？"

"没问题。"

"你知道我的办公室在哪里吗？"

她把具体方位告诉了他。在十点钟时，乔治避开了他那幢楼的同学，准时抵达那里。一想到他进入食堂，发现所有人的话题都跟奥德丽有关，所有人的眼睛都注视着他，他就无法接受。因此，他只是在校外的便利店买了一杯咖啡。

他也成功避开了凯文。当教导主任打过来时，后者可能正在淋浴，但他很快就会知道的。

辛普森主任的办公室有好几扇面朝校园主庭院的窗。在庭院里，遭到霜害的青草都倒伏在地，被一排榆树分隔开来。那个早晨还是非常寒冷，但空中万里无云。校园到处都是零星分布的一块块冰雪，莹莹闪光。裹得严严实实的学生们穿过庭院，几乎都是成双成对的。

"我已经请吉姆·费尔德曼待会儿顺便来一下。他是我们的一个顾问律师，他很愿意见见你。我们无法命令你一定要见他，但是如果你答应的话……我们都会松一口气。我们都知道你和奥德丽的关系有多亲密。"

乔治不太清楚"我们"指的是谁，或者学校是怎么知道他和奥德丽是情侣的，但他只是点点头，然后说："嗯，好的。我会跟他谈谈的。"

辛普森主任五十多岁，身材娇小，但刚好没到被认为是侏儒的程度。她穿着一件紫色的套头毛衣，上面装饰着银线。一头灰发如云朵般蓬松，如波涛般淹没了她的头部和肩膀。

"很好。这对我们大家都是一个打击。目前为止，我们只收到来自佛罗里达的详细信息。而我们主要关心的是，与奥德丽最亲近的那些人是否安全。我们希望这学期你能和我们一起待在马瑟学院，并继续你的课程，但如果你发现这很难做到，我们也都能理解。那就是吉姆将要跟你谈论的话题。"

"好的。"他几乎还没想过最近有什么打算。因为悲痛而离开马瑟学院的想法简直太可怕了。然而，它很快就被另一个更恐怖的想法所超越，那就是待在没有奥德丽的马瑟学院。

"另外，既然我把你叫到这里，我也很想知道，你能否告诉我一些奥德丽的其他朋友的情况？当然了，正如你所知，我们找埃米莉谈过，也跟巴纳德的其他一些女孩接触过。然而，我们知道这类事情会造成多大的精神创伤，我们不希望让任何人感到他们只有靠自己才能渡过这个难关。"

乔治点点头，很好奇吉姆·费尔德曼将在何时前来拜访。耀眼的阳光在窗户上有节奏地跳动着，一座钟在办公室里滴答作响，声音清晰可闻。"我不知道，对不起。"他说，已经忘记了自己到底不知道什么。

"现在，你不必考虑这些。但如果在马瑟学院为她举行某种追悼会，将是很有意义的。我希望你能同意这是个好主意。"

乔治耸耸肩，试图挤出一个微笑。

主任噘起下唇，歪了歪头。"也许现在是时候叫吉姆进来了。"

"可以。"

她拿起电话，不到三十秒，吉姆·费尔德曼就敲了一下门，并把它推开了。他握住乔治的手，把空着的那只手放到乔治的肩上，并捏了捏。主任先行告退了，让他俩单独待着。

两个小时后，乔治独自回到自己的寝室里。这时，他听到踢踢踏踏的脚步声在外面大厅响起，无疑是凯文的。现在刚过中午，自他从波士顿回来之后，还是第一次见到他的室友。门晃晃悠悠地打开了，凯文的身影东倒西歪的，看起来已经喝醉了。他那只未戴手套的手上摇晃地提着一包十二罐的杰纳西黄油啤酒。

"该死的，"他说，"你肯定跟这件事有关，我发誓……"他迅速而踉跄地走了两步，穿过房间，抓住乔治的衬衫，把他拉起来，甚至扯掉了一颗纽扣。

"耶稣啊，凯文，你搞什么呀？"

"你跟她分手了？"凯文再次拉起乔治的衬衫，这次领子都被撕坏了。

"你在说什么？没有！"乔治用双手抓住凯文的手腕，意图撬开他的手。

凯文紧紧拽住乔治的衬衫，他的双眼因为酒精和哭泣而发红。自从昨晚听说这件事以来，乔治第一次放声大哭，并向凯文发誓，他没有做任何让奥德丽自杀的事情。

凯文终于安静下来，给了乔治一罐杰纳西。他们一起对饮，沉默在啤酒之间传递，就像话语在两人之间传递。外面的天更黑了，但他们都没有开灯,当有人敲门时,他们也都没有回应。

对于凯文的爆发,乔治并不感到吃惊。他通过自己的办法知道凯文也爱上了奥德丽,但他从未采取过任何行动。"你对她很好,我觉得,"凯文最终开口道,就像个喝醉的牧师,"不是你的原因。"

"感谢上帝不是我。"

"现在我们该怎么办?"凯文问道。

"我不知道。我的顾问律师吉姆希望我在学校待一个学期,我不知道自己能否做到。"

"就待在这里吧,该死的课程。以后我们一起喝酒。"

"我不知道他们是否会让我喝酒。"

凯文耸耸肩。

"我不知道该怎么办。"乔治再次说道。真相是,那天他早已有了一个计划,就在他从教导主任那里穿过校园走回来的时候。若隐若现的褐砂岩塔楼,食堂的一砖一瓦,没有叶子的树干,缩成一团的学生们在毫无特征的大楼里进进出出——因为奥德丽之死,所有这些都变得毫无意义,几乎令人感到恶心。于是,他决定收拾个小包,前往佛罗里达。他将会在清晨离开,步行前往灵缇汽车站,登上开往南方的第一班客车。最终,他会抵达坦帕市。他可以拜访奥德丽的家人和朋友,也许能查明到底发生了什么。那个律师吉姆会称之为"了结"。

"我快饿死了。"凯文说道。

"去买点吃的,并给我带个外卖,好吗?食堂在十分钟内就会关门。"

凯文跌跌撞撞地出去了,而乔治又想了更多关于明天去佛罗里达的计划细节。他是不会告诉凯文的,因为后者也会想跟着一起去的。而这件事,乔治想要独自完成。

6

星期天的下午四点，乔治开着他的绅宝车出了城，这是他本周末第二次这么做了。杰拉尔德·麦克莱恩的府邸坐落在纽顿，在波士顿以西的一个富人住宅区。乔治走的是联邦大道，从雪铁戈石油公司的指示牌下面穿过，途经芬威棒球场的高墙。他还记得，今天下午有一场对抗坦帕湾光芒队的比赛。如果他没有在周五晚上偶遇利安娜，并接下这份愚蠢的差事，现在他很有可能已经坐在他朋友特迪的酒吧里，喝着冰镇啤酒，看着棒球比赛了。他会仔细聆听特迪详细解释各种细节，分析红袜队今年为何如此差劲。稍后他也许会打电话给艾琳，看看她准备了什么晚饭。或者他不会打电话给任何人，而是在酒吧继续喝啤酒，也许吃一点特迪的名菜——炸鱿鱼，罗德岛风味的。然而恰恰相反，乔治正驱车前往一个陌生人的宅邸，运动包里装着近五十万现金。

昨天，当乔治答应帮助利安娜之后，她从乔治的公寓打电话给麦克莱恩，安排好了送钱的事宜。当利安娜告诉麦克莱恩，她会派一个信使带着钱去他的宅邸，他努力不去听清楚。然而，在一个只有半个网球场大的公寓里,很难做到不偷听。她说了什么"大部分的钱",而不是"所有的钱",乔治听到她说了不下两次"对不起"。他们终于达成了共识,时间定在第二天的下午。通话的语气听起来不是那么友好。

利安娜也打电话给她的护士朋友,后者告诉她,乔治有肾破裂的可能性非常小,他应该密切注意他尿液中的血量,并确保情况在好转,而不是更糟。乔治还是没有消除疑虑。

在打了两个电话之后,利安娜告诉乔治,她需要去拿钱,并会在明天一早把它们带到他的公寓里。

"今晚你睡在哪里?"乔治问道,立刻恨自己提出了这个问题,听起来像是他想勾搭她。

"肯定不睡在新艾塞克斯县,我不喜欢唐尼在附近。我想住旅馆。我会搞定的。"

"你可以住在这里。你可以睡在沙发上。"

"我不认为这是个好主意。现在,唐尼知道你的名字了,这意味着他知道你住在哪里。事实上,他很可能已经在监视这个地方了。"

"也许你根本不该离开这里。"

"不,我没事的。我对唐尼了如指掌。他只是试图吓唬我,让我犯错,暴露出钱在哪里。雇他找人的费用很可能是从这笔钱中扣的,数目应该不小。因此在他拿到手之前,是绝不会伤害我的。等我离开这里后,就能再次甩掉他去拿钱,然后躲起来,直到明天。这里有没有一个公共场所,可以让我明天与你见面,并把钱转交给你?"

乔治提议在波士顿联邦大道的一个杂货铺里,然后他们约定了一个时间。

"如果有需要的话,我用什么办法才能联系到你?"乔治问道。

"没有办法。我们必须彼此信任。我会出现在杂货铺的。"

"不见不散。"

"如果我没有出现，就可以认为，不知怎么，我觉得那里太危险了。如果你没有出现，我也会理解的。这是一个很过分的要求。"

然而恰恰相反，在度过了另一个不眠之夜和一个无所事事又紧张不安的早晨之后，乔治用很长时间洗了个淋浴，刮干净胡子，并找了些衣服穿，这些衣服让他看起来更像一个参加周五便装日的中层主管。他很清楚，不必为了他这个赃款归还人的临时角色而专门打扮一番，但如果需要为利安娜辩护，他觉得自己理应看起来更像样些。他提前到达了那个价格昂贵的高档杂货铺，并徘徊在有机无麸质食品的货架之间，等待着利安娜。他们一时疏忽，忘记确定一个特定的会面地点。因此，当会面的时间到了之后，他来到商店的前面，那里有若干雅座，摆在高高的玻璃窗前，透过窗户可以看到一个小小的停车场。正当他找个位置坐下时，他发现了利安娜。她穿着昨天的裙子，但衬衫不同了。她从停好的丰田普锐斯里走向入口处，漫不经心地迂回穿行着。乔治在自动门那里与她碰面了。

"跟我一起进去吧。"她说。她带着一个小钱包，外加一个黑色运动包。

"一切都还好吧？"乔治问道。

"很好，我觉得。就算有人跟踪我到这里，我也没有发现。况且，我已经非常小心了。让我们坐一会儿吧。"

他们坐进其中一个雅座里，而利安娜把运动包放在两人之间的胶合板桌子上。乔治觉得，他们的一举一动仿佛都被周围的每个人仔细打量着。

"准确地说，这里有四十六万三千美金。其中的一万元被报纸包裹着，放在包的最上面。那是给你的报酬。杰拉知道他只能拿四十五万三千美金，因此不要让他再对你说一遍。你知道怎么去那里吗？"

"知道,我觉得你可以等会儿再给我钱,等我们事后见面时。"

"随你便,但我相信你。"

乔治把一只手放在袋子上,有些犹豫了。这个包比他想象的更小,但感觉很扎实,仿佛里面装满了碎木头,而不是纸钞。"你为什么不先收着这笔钱呢?当我到达那个男人的家时,情愿它不在车里。严格说来,这是他的钱。"

"好吧。"利安娜说着,把包拉向她,把拉链打开了一半,拿出一份卷起来的《先锋报》。乔治碰巧瞥到了一沓沓绿色的钞票,并很快转开目光,看看四周是否有人在看他们。利安娜重新拉好了拉链,把包推回给乔治。

"再次谢谢你,"她说,"你能做这件事,让我感到极大的解脱。我觉得自己绝对忍受不了再次见到他的痛苦。"

"而且你觉得他不会让警察等在那里,随时准备审问我?"自从清晨以来,这个想法就一直占据着乔治的大脑。

"绝对不可能。而且,如果真有警察在那里,只要把真相和盘托出就行了。我不需要你更多的保护或帮助,你已经做得够多的了。我真的不认为事情会向糟糕的方向发展。只要说实话,并把钱还回去就行了。而且,如果你觉得可以的话,请告诉杰拉,我很抱歉。他不会相信你的,但我希望他听到这句话。回想起来,我做得太过火了。"

她露出微笑,而乔治也回以笑容。她的某种冷静感染到了乔治,从早晨以来,他第一次打起了精神。"我不认为你做得太过火了。你绝对值五十万美金。"

"你真这么认为,是吗?"

回到车里,乔治转动曲柄,打开了空调,又解开了他衬衫上的一粒纽扣。他很想知道,把一万美金留给利安娜是否很愚蠢。她很容易就能带着它远走高飞,缺席他们计划中的会面。但不知为何,乔治不这么认为。事实上，正好相反，他觉得让利安娜拿着钱之后，她就有了见他的理由。他有一种感觉，给他报酬这件事对她来说非常重要，因为她不想欠他的。

在疾驰中，波士顿的四层砖砌公寓楼，慢慢地演变成绿树成荫的郊区景色和纽顿优雅的独栋别墅。麦克莱恩住在一座小山上，位于诺南特姆村，它是小镇附近的十三个村庄之一。乔治在栗树街往右拐，转过一片宁静的草地和仿都铎王朝风格的公馆，然后才找到了特威切尔村。麦克莱恩的宅邸是他进入的第一栋有门禁的房产。把车停靠在扬声器旁之后，他能看到一座乔治王风格的公馆占据了一大块斜坡草地。乔治摇下了车窗玻璃。在视线所不及的地方，他能听到割草机的声音，还能闻到被割下来的草的刺鼻酸味弥漫在潮湿的空气中。

一个尖细的女声从扬声器里传出来，问道："请问您的姓名？"

"乔治·福斯。"

他等了一会儿，然后装饰华丽的金属大门晃晃悠悠地打开了。他深深地吸了口气，胸部扩张，导致他身侧的钝痛突然变成了尖利的刺痛。唐尼·詹克斯的形象在他脑海中升起，就像一个鲨鱼鳍浮出了海面。唐尼会不会也在这栋房子里？看起来很有可能。

他停在了一辆绿化养护车的旁边，就在靠近前门入口处。如今，他能看到那个动力全开的割草机，它紧紧地围着宅子东面的一棵高耸的枫树绕了个圈。有园丁在场，让他感觉好了一些。如果麦克莱恩或唐尼计划把他埋在花园里，他们也不会在目击者面前这么做，不是吗？

那座公馆是砖砌的，被刷成了白色，还有刚刚漆过的黑色百叶窗和黑色前门。乔治还没来得及按下门铃，门就无声地朝里打开了。一位年轻女士迎接了他，她很可能二十五岁左右，穿着黄褐色的纯棉裙子和深蓝色的polo衫，深浅不一的金发紧紧地束到脑后扎成马尾。一开始，乔治很好奇她是不是麦克莱恩的女儿。然而，她的行为举止，甚至是开门的方式,都透着颐指气使而又雷厉风行的风格,就像专业的私人助理。"福斯先生。"她说。

"是我。"

"进来吧,他正等着你呢。"

乔治步入了屋内。从外面看来,麦克莱恩的宅子很有排场。不过,与内部的华贵相比,这简直不值一提。门厅轻轻松松就比奥运会泳池还大两倍,那是一块饰有复杂的凹凸花纹和白色大理石的长方形区域。一段木质的旋转楼梯通往二楼的阳台。在门厅的上方,挂着一个奇胡利[①]的雕塑作品,用五彩玻璃制成的扭曲管子延伸开来,就像在海底盛放的海葵。乔治曾经在拉斯维加斯的赌场见过类似的一个。白墙上还挂着其他引人注目的艺术品,如霓虹灯般五彩缤纷的抽象画。

"奇胡利。"乔治对助理说道,并抬眼看着那个雕塑。她抬起头,但似乎并未对他丰富的艺术知识产生深刻印象。

"麦克莱恩先生马上就到,请在这里等一会儿。"她领他走过几百码长的大理石,进入一个白色门廊,"在你等待的时候,需要喝点什么吗?"

"不,谢谢。"他说道。然后,她脚踩帆布鞋,悄无声息地退下了。

乔治进入了那个房间。它看起来像个图书馆,但里面一本书也没有。这里也没有窗户,四周镶着木板,还有一些皮质家具和几个立着的地球仪,其中有些看起来像是真正的古董。那个房间的风格与门厅完全不同,让乔治不禁想回头,以确定自己没有穿越回古代。这让人非常不安,就像跨过一个迈阿密毒枭的大门,却发现自己身处温姆西爵爷[②]的秘密巢穴。墙上排列着一些带框的地图,其中一幅又黄又旧

[①] 戴尔·奇胡利(Dale Chihuly),美国吹制玻璃艺术大师,现代美国玻璃艺术界的重要人物。
[②] 温姆西爵爷(Lord Peter Wimsey),是英国推理小说作家多萝西·L. 塞耶斯创作的侦探形象。作者与阿加莎·克里斯蒂和约瑟芬·铁伊并称"推理三女王"。她笔下的业余侦探彼得·温姆西勋爵是位贵族,有学问,好运动,口才极佳,风度优雅,是个高智商的破案高手。

的，上面画有从海面直起身子的海怪。① 乔治正在研究它时，两个男人进入了房间。

第一个男人年纪更大，显然是麦克莱恩本人。对于年过六旬的人来说，他的身材保持得很好。他有着浓密的白发，最近刚刚剪了个寸头。他穿着黑色的裤子，红色格子衬衫塞进了裤腰里。他的个子有点矮，很显然，他用一生的时间来锻炼，就是为了弥补这个不足。即便他年事已高，肩膀看起来还是很强健，小腹也很平坦。他的长相和打扮都没有什么特别的，除了他的皮带搭扣，你几乎无法不注意到它——一块巨大的椭圆形玻璃，上面有只栩栩如生的黑蝎子，镶嵌在黄色的毛毡和银质的框架里。

另一个男人更高些，跟乔治的身高差不多，但腰比他粗两倍。他是那种腰部以上只是微胖，但臀部几乎比乔治的突出两倍的人。他穿着有帐篷那么大的卡其布裤子，红袜队的衬衫塞进了有弹力的腰带中。他的脑袋简直是他身体的翻版——下巴和脸颊很肥厚，越往上越瘦。他有着黑色的头发，梳着侧分头，留着精心修剪的小胡子。

"钱在袋子里？"年长的男人问道，突然把头转向乔治的方向。

乔治点点头，拿出了那个包。那个壮硕的男人走上前，摇摇摆摆地移动着，动作很笨拙。他从乔治手上拿过了包，然后递给那个年长的男人。"搜他的身，DJ。"麦克莱恩说道。

那个名叫"DJ"的男人转身面对乔治，作势要伸出他的胳膊。"你介意吗？"他问道。

乔治告诉他不介意，然后张开了他的手臂。DJ迅速地摸了摸他的身体两侧，从脚踝到胳膊底下。他没有弯下腰去摸乔治的脚踝，相反，

---

① 中世纪的航海地图上都绘有标志性海怪，比如海蛇、美人鱼。当时的制图人员对未知海域充满了敬畏，他们用一些海怪标出危险海域，告诫航海员切勿靠近这些地方。

他慢慢地单膝跪地，然后缓缓放下另一个膝盖。他的一个膝盖关节发出咔嗒一声，吓到了乔治。他想知道这个男人是在找武器，还是绳索。或许两者都是。

当乔治被搜身的时候，麦克莱恩把运动包放到一个边桌上，拉开拉链，迅速地翻看着那一沓沓的钞票。他重新拉上了拉链。乔治觉得自己听到了他的一声叹息。

"他很干净。"DJ对麦克莱恩说道。

"很好，谢谢。你可以走了，让我们单独待一会儿吧。"

"你需要我把钱带走吗？"

"没关系，我会处理它的。"

DJ离开了房间，并在身后关上了门。

麦克莱恩往乔治那里走了三两步，但很显然，他不准备径直走过来跟乔治握手。

"你是简的朋友？"他问道。

"是的。"

"那可是一个危险的位置。"他说着，薄薄的嘴唇一角翘起，露出一个毫无笑意的微笑。乔治觉得自己就像个舌头打结的孩子，正在面对一个成年人。麦克莱恩再次叹了口气。"好，坐下吧。"

乔治坐到其中一把皮椅上。当他坐下来时，它发出一声轻微的咯吱声，并释放出一股花香清洁剂的刺鼻气味。麦克莱恩坐在沙发的另一端，非常接近边缘的位置，仿佛他无意待太久。他把双手放在膝盖上，掌心朝下。在乱蓬蓬的白发映衬下，他的脸色粉中带红。他的眼睛就像两条缝，嘴唇薄得几乎看不到。乔治能听到外面的割草机停了下来，然后再次发出高亢而哀怨的嗡嗡声。

"对不起，但是能再说一遍你的名字吗？"麦克莱恩问道。

"我叫乔治·福斯。我和简在大学里短暂地相处过，是许多年前的事了。"

"好的，乔治·福斯。我猜这可能不是你的真名，但我不会吹毛求疵的。同时，我也猜她肯定是痛扁了你一顿，否则你是不会出现在这里的。"

"随你怎么想都行，但她只是我大学里的一个老朋友。"

麦克莱恩哧了一下，然后捏了捏鼻梁。"当然了。那么，如果你只是她的大学同学，这么做对你有什么好处呢？"

"我只是在帮她一个忙。我猜我也正在帮你一个忙。你已经拿回了你的钱。"

"该死的，只是我的一部分钱。"

"没错，而现在，你可以叫唐尼停手了。"

麦克莱恩的薄嘴唇再次扬起，不由自主地流露出一个有些惊讶的笑容。"叫唐尼停手？叫唐尼对谁停手？对你？"

"不，对简。他一直在威胁她。"

麦克莱恩困惑地低垂下眉毛。"你说的是谁？你指的是唐尼·詹克斯吗？DJ[①]？"

乔治突然迷茫了。"你雇来向简要账的家伙。我昨天遇见他了。"

"好吧，你今天也见到他了。他刚刚搜了你的身。唐尼·詹克斯，也就是DJ。他是我雇用的一个调查员。我不知道你他妈的说的是谁。"

[①] 唐尼·詹克斯（Donnie Jenks）的缩写就是DJ。

7

过了一会儿,乔治才开口道:"还有其他人假装成唐尼·詹克斯。我昨天见到他了。"

"他看起来什么样子?"

乔治描述了他的长相。

"听起来他不像是我认识的人。他很有可能只是简的某个朋友,试图恐吓你帮她的忙。"

"这说不通啊。正是因为他,她才决定归还钱款的。"

麦克莱恩紧抿着双唇,再次捏了捏鼻梁。"她就是这么跟你说的?"

乔治把他所知道的一切都告诉了麦克莱恩,关于这个男人是如何威胁利安娜的;自从她离开亚特兰大后,他是如何一路跟踪她的。"很显然,他对你足够了解,知道你雇了个名叫唐尼·詹克斯的人来追回钱款,而他也使用了那个名字。"

麦克莱恩轻弹手指,做了一个不予理会的手势。"无所谓,这不是我的问题。如果某个杀手想要追杀简,我不会彻夜难眠的。有某种迹象让我觉得简是幕后主使。我不知道为什么，但对此我已经见怪不怪了。"

"总之，你拿回了你的钱。"乔治说着，在椅子里动了动。他已经准备离开了。他刚刚突然想到，那个冒唐尼·詹克斯之名的小个子杀手，极有可能是麦克莱恩的一个雇员，一个麦克莱恩不想承认的秘密雇员，某个私下买通的人。麦克莱恩是那种最糟糕的卑劣之徒，却假装自己是清白的。

仿佛读懂了乔治的心思，麦克莱恩伸出一只手，然后说道："瞧，让我帮你个小忙吧，虽然没有什么充分的理由。让我跟你说说我和简的故事吧。这可能不会改变你对她的看法，但会让我感觉更好受些。"他看了看手表，那块厚实的金属牌松松地挂在他纤细的手腕上。

乔治耸耸肩。

麦克莱恩又往沙发里面坐了一点。"你很可能已经知道了，我的名下颇有些财产。虽然不是正当收入，但都是靠我自己赚来的。我有两任妻子。第一任妻子死于子痫症，在生下我唯一的女儿之后。那是三十七年前的事了。我的第一任妻子名叫丽贝卡，生得乌发碧眼。秀发像乌鸦一般黑，眸子是你所能想象的最浅的蓝色。她就像一首诗，是我见过的最美的女人。一个周六的下午，我在佐治亚州的高尔夫球场上邂逅了她。她是个相当出色的高尔夫球手。如果她活到今天，会成为职业选手，并晋升为这个国家最好的女子高尔夫球手之一。然而，回到当时，能够做我的妻子，她就已经非常满足了。

"在她去世之后，我觉得我再也恢复不过来了。不过，我最后还是做到了。十五年前，在波士顿举行的一个慈善活动上，我遇见了特雷莎。正如我的第一任妻子，她有着同样的乌发碧眼。正如我的第一任妻子，她也会先我而去。现在，她正在这栋房子里垂死挣扎。她极有可能在这几天里过世，甚至撑不过几个星期。你能相信这种小概率事件吗？我的两任妻子长得如此相像，又都必须面对如此残酷的命运？别回答我，那只是一个反问句。

"答案是：两人都英年早逝，也许只是我的运气太差。不过，任何配得上每小时收费的心理医生都会告诉你，她们看起来很像，是因为我很容易被乌发碧眼的女子所吸引。"

他停了一下，凝视着乔治，看他敢不敢打断自己的故事。乔治什么也没说。

"这样我们就引出了简·伯恩，"他继续说道，在说出她的名字后，咳嗽了两声，"那位你很感兴趣的女士。当然了，简不是她的真名，但是我只能这么称呼她才能说下去。我在巴巴多斯岛的科克尔海湾度假村遇见了她。我当时有公务在身，而她在酒店前台工作。她为我登记入住，就像丽贝卡和特雷莎，她有着非常深的发色，几乎是纯黑的，还有非常蓝的眼睛。不仅如此，她还与我的第一任妻子留着同样的发型，齐肩长发，底下有点卷。"

麦克莱恩用手比画了一下头发的卷度。一个如此阳刚的男人做出这么女性化的手势，看起来真的非常古怪。

"现在，我知道这只是旧物换新颜，是老习惯使然，但她真的让我想起我的第一任妻子。并不是说当时我在怀疑什么，我当然深信不疑——为什么要怀疑呢？但是我记得当时在心里暗想，我刚刚见到了我第一任妻子的分身，希望特雷莎不要见怪——"当麦克莱恩说出她的名字时，抬头看着天花板，"不过，这是我见过的第二漂亮的女子。

"那天晚上，我正和一个雇员在度假村的一个酒吧里畅饮。简走了进来，坐在吧台上，为自己点了一杯葡萄酒。我估计她已经换班了，但现在还不准备回家。她从没往我这边看，然而——我真该为此自责——我走了过去，作了自我介绍。我告诉自己，我只是想让她知道，她让我想起了我已故的妻子，正是她的模样温暖了一个老人的心。我打算直抒胸臆，然后回到自己的桌上，不再去打搅她。然而，她非常健谈，问了我很多问题，关于我的生活和工作。她已经在巴巴多斯岛待了一年，已经对它厌烦了。然而，她爱这里的天气，也爱这里的人民。我们一直聊到凌晨两三点钟。她住的公寓楼离海滩有四分之一英里远，我陪她走回了家里。她绝不轻浮，但显然对我感兴趣。老实说，我以为她想在我公司谋一份差事，她把我当作离开巴巴多斯岛的一条出路。

"我在度假村又待了三天，每天晚上都跟简喝一杯。在最后一晚，我步行送她回家，我把我的名片给了她，并告诉她，如果她想要一份工作，我在公司总部可能有办法帮她找到。我记得她对我大笑，并说：'你觉得我跟你喝了那么多酒，是因为我觉得你能给我一份工作？'我告诉她，我也是随便猜猜的，并问她究竟为何对我感兴趣。好吧，她吻了我，上帝原谅我，我也回吻了她。虽然你可能不会相信，但我只有两任妻子，外加在高中和大学时正式交往的两个女友。我从未欺骗过她们中的任何一个。那都是不争的事实。"

他的目光盯着对面的乔治，仿佛想看他敢不敢说出反对意见。乔治挠了挠一个胳膊肘。

"好吧，接下来的细节你就没必要听了。不过，我开始只要一有机会就往巴巴多斯岛跑。很快我就对简说，我需要她离我更近一点，不想再坐四小时的飞机了。她同意来到亚特兰大，并成了我的私人助理。这是好几年前的事情了。当时特雷莎每周都要看一个不同的专家，每个专家告诉我们的答案都不同，与此同时，其他事情也在进行中。我为简在亚特兰大安排了一个公寓。那个时候，我感到自己很卑鄙肮脏，但还没我现在的感觉那么糟糕。我不会说简对我使用了巫术，但也非常接近了。我感觉怎么要她都不够，我以前从来没有过这种感受。"

麦克莱恩摩挲着他的后颈，有一秒钟，乔治以为他会站起来，离开房间，但他又继续道："很明显，特雷莎快要去天堂了。我在心中认定，等丧期结束后，我会向简求婚。这一切看起来都是自然而然的。然后，发生了两件事。"麦克莱恩伸出两根手指，仿佛在做一场演讲，"第一件事是，我公司的一个高层找到我，说某个夜里他工作到很晚，正当他想看看我是否在办公室时，发现简正在翻阅我的文件柜。他说他本来没有多想，但是她把一整个抽屉完全拉了出来，还在文件柜的里面乱摸一通，仿佛正在寻找什么被藏起来的东西，也许是个信封，或者贴在文件柜内部的某个东西。这就是问题所在。我真把我办公室的保险柜密码贴在一个文件柜里面了。我通常不会去使用它，因为我把密码牢牢地记在这里——"麦克莱恩敲了敲他右边的太阳穴，"但只是出于安全考虑，我把密码写在一个信封标签贴里，并把它黏在一个文件柜的内部。我不记得告诉过简关于这个隐藏的秘密材料的任何事情，但是我可能真的这么做了。我不知道该从中得出什么结论。问题是，如果简真的很想要那个保险柜密码，我会很高兴地告诉她的。

"然后第二件事发生了。一天夜里，我在简的公寓里过夜，而她不得不出去办一些事情。我不会假装自己没有窥探，但我只是碰巧坐到她的书桌前，看了看她的电脑。然后，我开始翻看她的书桌抽屉。里面并没有很多东西，但有些照片，包括在巴巴多斯岛拍的照片。我之所以知道它们是在巴巴多斯岛拍的，是因为她正站在科克尔海湾前。我以为那一定是很老的照片，首先，因为它们都是真正的照片，而不是电脑里的那种；第二，因为在照片上，简是那种深浅不一的金色长发。这完全改变了她的形象。我迅速浏览着照片，其中一张有时间戳，上面有日期，告诉你照片是何时拍的。这张照片是在我去往巴巴多斯岛的一个月前拍的，就在我遇见简的一个月前。

"突然，一切都豁然开朗了。简知道我有大把的钞票，也知道我预定前往科克尔海湾,而且她肯定对我进行了调查,也许是通过谷歌搜索,或其他任何方式,并发现我有两任妻子。我确信她看了她们的照片,然后改变了她的发色,这样她看起来就像我的第一任妻子。当然了,在法庭上我没有任何证据,我也不想上法庭。但我还是觉得自己像个白痴。当时我什么也没对简说,但我真的让她走人了。我雇用了……这个人调查她的背景,他什么也没有发现。不是说没有发现任何不好的东西,而是什么都没有。根本没有简·伯恩这个人。当然了,有很多人叫这个名字,但她们都不是我认识的那个女人。她没有过去和历史,没有什么能证明她真正存在过。"

他再次停顿了一下,然后乔治问道:"你采取了什么行动?"

"我并没有带着所有的疑虑去跟她对质,因为……因为我不知道……但我的确告诉她,跟特雷莎共度一段时光之后……她快要不行了……我改变了对我们这段关系的看法,我需要立刻结束它。但她还是意识到我知道了真相,我从她的眼中看到了某种东西,就像她不必再装下去了。她告诉我,她会从我的生活中消失,而我愚蠢地决定不必找人陪她立刻离开办公室。我告诉她,她可以逗留一段时间,直到她想好下一步该怎么办为止。

"好吧,剩下的事情你都知道了。她从我这里偷了五十万美金,然后人间蒸发了。我本来都快要原谅她了,让事情就这么过去吧——这点钱不算多——然而,我还是忘不了那乌发碧眼,当我第一次把目光落到她身上时,她是多么像我的第一任妻子。"

麦克莱恩大声地抽了一下鼻子。"长话短说,这个婊子从一开始就耍了我。"当他诅咒她的时候,一颗小小的唾沫星子从他嘴里飞出来。

"正因为如此,你雇了詹克斯。"

麦克莱恩抬起头,他的眯缝眼突然一亮。"是的,我命令DJ深入地调查一下。但是,不,我没有派那个小贼跟踪她,虽然我知道你就是这么想的。"

"我不知道该做何感想。"乔治说,"我们只需达成共识,我把钱还回来了,这笔交易就达成了。你会叫停任何你应该叫停的人,让简继续过她的生活。"

麦克莱恩再次发出嘎嘎的抽鼻声,仿佛正试图阻止他的鼻子继续工作。乔治突然很好奇,这个看起来很自信的男人是否正在崩溃的边缘。那精干的身形和坚毅的双眼突然看起来有点悲伤,显得不太健康。"我会告诉DJ不要再找她了,但我希望见见简本人,只要一次就行,面对面地交流。她拿走了我的钱,而现在,她派你还回了其中的一部分,这样做可不太好。我不想伤害她,但我真的想见她一面。你能转告她吗?"

"我会告诉她的,但我不知道她是否会同意。我不会替她做出保证。不过,她真的告诉过我,她想对你说声抱歉。我不知道这对你有没有帮助。"

"只需告诉她,我想见她,我想当面听到她的道歉。她不可能永远藏下去。我的资源很丰富,能够查出她的真实身份,她知道的。现在,我要失陪了。今天我已经离开我妻子够久的了。"麦克莱恩站了起来。

乔治也站起来,看着对面的麦克莱恩。他站在那里,看起来更渺小了,几乎快要消失了。乔治忍住没有说或做那些对新认识的人来说很自然的事情。他没有伸出自己的手,或者告诉麦克莱恩,他对他妻子的事情感到很难过。乔治稍后会想起这个疏漏的,但只是因为他离开后不久在麦克莱恩身上发生的事。

"我可以自己出去。"乔治说着,走到了门边,并回到了那个白得耀眼的门厅。唐纳德·詹克斯,或者说DJ,倚靠在一面墙上,正在看自己的手机。他迅速往乔治的方向瞥了一眼,乔治点点头,但没有停下脚步。当他走向大门,并艰难地走进午后的阳光中时,他鞋子发出的声音在门厅里回荡着。在突然而至的刺目阳光下,他的头有些晕眩。蓝色的小光斑飘浮在他的眼前。他感觉自己仿佛刚刚从深沉的午睡中清醒过来。

乔治站了一会儿,然后才走向自己的汽车,并注意到停在屋前的绿化养护车已经不见了。园丁们肯定已经结束工作,收拾好东西,离开了。随着他们的离去,麦克莱恩房子外的世界似乎显得更加神秘而寂静了。透过浓密的树林,看不到附近有其他地产的存在。唯一的响动就是永不停歇的蟋蟀哀鸣声,在这个闷热的八月午后。

8

乔治和利安娜约定在"九龙饭店"见面,那是一个大型中餐厅,是索格斯镇上的一连串花里胡哨的餐厅之一。乔治从北面的95号公路开到了1号公路,在六点过后到达了停车场。他脚下的柏油路面显得很松软。走向两层楼的餐厅时,他受到一股油炸和味精气味的冲击。餐厅前门坐落于两个白色的复活节岛雕像之间,门的上方还有一个更大的雕像,都是用木头雕成的。在这个雾蒙蒙的夜晚,餐厅的名字闪烁着亮红色的霓虹灯光,那巨大的字母是仿波利尼西亚字体。

乔治经过大厅里的许愿池,碰到一个中国老太太,后者正设法把他推进前面一个更小的房间里。通过这个房间之后,他们来到主餐厅,那是一个足球场大小的空间,装饰着提基神像①的仿制品。对于周日晚上来说,现在还早,但是这个地方已经被挤得水泄不通,由朗姆酒激发的嗡嗡谈话声与喧闹的音乐此起彼伏,不相上下。乔治直接走到吧台处,坐到一个矮凳上,这样他就能更好地看清主要入口的状况。利

---

① 木、石雕塑的波利尼西亚人始祖。

安娜告诉过他,她会在五点半到六点半之间到达餐厅。他们已经约好在吧台见面。他之所以选择了九龙餐厅,是因为在杂乱无章的1号公路沿线很容易找到它,也因为它总是客流如织。他也很喜欢他们家的酸甜虾。

他向酒保点了一杯"僵尸",然后等待着利安娜。吧台全客满了,两对情侣占据了一个角落,分享着两杯蝎子碗调酒。两个男人都挺着个大肚子,戴着红袜队的帽子两个女人都皮肤粗糙,骨瘦如柴,顶着一个大蓬头,在1985年,这发型算是走在潮流的尖端了。

他的酒来了,年轻的女酒保站在凹陷的吧台区略低于他的地方,说:"你还想来点吃的吗?"

乔治告诉她,他正在等某人,然后小口喝着他的酒。这酒不算特别好,但里面含有大量的朗姆酒。他喝第二口的时候,就干掉了一半的混合酒。他观赏着悬挂的电视机里棒球比赛的精彩回放——红袜队已经领先了三分,然后丢掉了延长赛——但基本上,他还留意着前门,很想知道利安娜究竟是否会出现,以及如果她真的赴约的话,他会对她说些什么。

他打算告诉她关于两个唐尼·詹克斯的事情,那个有着阴沉狞笑的小个子男人不受雇于杰拉尔德·麦克莱恩,至少麦克莱恩是这么说的。乔治从纽顿驶往索格斯的途中,他突然意识到,不管是利安娜还是麦克莱恩对他放了烟幕弹,他都没有充分理由信任他们中的任何一个。除了还钱之外,利安娜还有需要他的其他理由吗?他发现自己正咬着咬肌,于是马上停了下来。他已经兑现了自己的承诺,钱款已经送出去了,如今他还得把麦克莱恩的口信带给利安娜,如果她会露面的话。

乔治不确定的是,他是否应该告诉她整个故事,也就是麦克莱恩叙述的版本。他不见得需要或者想要听到她否定麦克莱恩的版本。利安娜很擅长做坏事。他知道这点,并不是仅凭直觉,而是基于事实。他知道二十年前她做过什么,一直都很好奇,她的行为在多大程度上是有预谋的。然而,如果麦克莱恩说的都是实话——几乎没有理由认为他撒了谎——那么,利安娜对麦克莱恩做的事情完全是有预谋的。她盯上了一个有钱男人和他生病的妻子。而他被她征服了。很显然,在麦克莱恩的故事中,这种沦陷是基于纯粹的性吸引力。乔治对此感同身受。自从两天前与利安娜重逢以来,他的脑海中又充斥着他们短暂的情侣关系的回忆。她是他的第一个性伴侣,也是他最好的性伴侣。他们一起学会了相关的所有事情。他们就像两个探险家,在丛林里偶然发现了未知的遗迹。他们第一次亲眼目睹了一座隐秘之城。过了几年,他又回来了,带着其他探险者和游客,但那个遗迹看起来已经完全不同了。没有什么能跟发现和协作的乐趣相提并论,就像他和利安娜在一起时的感觉一样。

乔治喝光了他的那杯"僵尸",又叫了一杯"雾中小艇"。他看着酒保制作这杯鸡尾酒。除了不同的玻璃杯和一些不同的水果,它看起来和"僵尸"非常相像。他查看了一下手表,就在此时,利安娜进入了房间,发现了坐在吧台上的他,并走向他。她穿着一条无袖的绿色连衣裙,手里拿着一个小钱包,在身侧摇晃着,仿佛它是一根短马鞭。

"事情进展得如何了?"她问道,在凳子上坐定,并吸引了酒保的注意力。

"你先点你的酒,我会把一切都告诉你的。"

她点了一杯加冰的伏特加。她的脸颊涨得通红,仿佛是跑着赶来与他见面的。她的前额闪着光。

"你想先听好消息还是坏消息?"

"当然是好消息。"

"好消息是,我再次见到了唐尼·詹克斯,他不会伤害你的。他看起来都不会伤害一只苍蝇。坏消息是,他不是在新艾塞克斯县威胁我的那个人。"

"你是什么意思?"利安娜从玻璃酒杯的边缘摘掉了柠檬片,把它丢到鸡尾酒的餐巾上,然后喝了一大口。

"我抵达那座宅子之后,麦克莱恩让一个留着小胡子的大胖子搜我的身。他的名字就叫唐尼·詹克斯。不管是谁在康涅狄格州威胁了你,并跟踪你到这里,都是另有其人。"

乔治研究着利安娜的反应。她摇晃着她的酒杯,看着冰块在里面打转。她的脸上出现了货真价实的困惑表情。"你觉得那个唐尼·詹克斯,那个小个子唐尼,不是为麦克莱恩工作的?"

"我不知道该作何感想。他可能是某个独立行动的人吧?他发现了关于钱的事情,然后假装他就是那詹克斯,就为了尝试从你这里骗走它们。你显然挫败了他的计划,直接把钱还给了麦克莱恩。"

"有这个可能,但我觉得更有可能的是,他真的为麦克莱恩工作。这听起来就像他干的事。"

"你是什么意思?"乔治问道。

"我的意思是,他从不会公开雇用不法之徒,比如威胁我们两人的那个恶棍。因此,他雇了一个合法的私家侦探,并假装他在做一些合法的事,然后再秘密雇用一个真正的收账人。那就是他的行事之道。他想要看起来像个好人。"

"这听起来还是没有什么道理。为什么这家伙要用同样的名字呢?"

"我不知道。"她啜饮了一口酒,"上帝啊,我已经厌倦了这些。他同意至少不再打搅我了吗?"

"那是另一个坏消息。麦克莱恩说,他打算继续让唐纳德·詹克斯调查你,他准备找出你的真实身份——这是他的原话——除非你同意与他面对面谈一谈。"

"好吧。为什么？"

"我不知道。他没有解释清楚。不过，正如你说的，你很了解他的本性，他不想让你就这么抽身离去。"

"但是，他拿回了钱吧？"

"是的。"

利安娜叹了口气。"麦克莱恩还说了什么？告诉我每句话。"

乔治把这个故事从头到尾讲了一遍。他描述了那栋宅子，还有让他进入前门的年轻女子，以及更多关于私人侦探DJ的事情，还有麦克莱恩是如何让他等在一个镶着木墙板的房间里，那地方简直就像是福尔摩斯探案集中的场景。然后，乔治重复了麦克莱恩关于他妻子的故事，甚至对利安娜说了另一个员工目击她翻阅文件柜的部分。

"菲利普·钟。"她说，"这并不意外。事实是，我真的在寻找保险箱的密码，不过，我只是想把一些文件放进里面。如果我要求的话，杰拉会给我密码的。"

"他也是这么说的。"

乔治把剩下的事情也告诉了她，几乎是原原本本的，但他省略了染发的部分，以及麦克莱恩怎么开始相信自己从一开始就被设计了。他知道利安娜会否认，他不想听到那些话语。他很担心自己不会相信她的话。

"你对他有什么看法？"她问道。

"他看起来挺不错的，显然不是一个乱搞男女关系的男人。不过，他看起来也不像是会故意伤害别人的人。我觉得你应该信任他，去见见他，并当面道歉。然后，他很有希望让你继续过自己的生活。"

"什么样的生活？"

"你还能回到巴巴多斯岛吗？"

"我能，大概吧，但我不确定自己想回去。"

"你一定还有别的地方可回，有别的地方可以建立新生活，自从……自从我最后一次见到你以来，你都是这么过的吧。"

她之前一直低头看着杯中的沉淀物，现在抬起头来，与乔治四目对视。他看到她的眼中闪过一丝愤怒，然后很快变成了其他东西。也许是悲伤，或者遗憾。

"我太累了，不想再每隔三年就重新开启新生活了。我不是在寻求同情，因为我知道，我身上发生的每件事情都是咎由自取。然而，我甚至再也感觉不到自己与我们初见时的那个我有任何联系了。我陷入困境，为了摆脱它，我做了一些可怕的事情，如今我的余生都必须接受惩罚。"她大笑了一会儿，眼角都起了皱纹，"好吧，显然我就是在寻求同情。呜呜呜，可怜可怜我吧。你现在看到的正是最脆弱的我，我保证。我只是太讨厌该死的逃亡生活了。这些天来，我常常在想，如果我自首并去坐牢，我的生活将会变成什么样子。也许现在我已经出来了，我又能拥有我自己的名字了。"

"你现在就可以自首。"乔治说道。

"我考虑过。我只是受不了回到佛罗里达的想法，而审判必须在那里进行。我永远都不会回到那里，你知道的。"

"我不认为你会回去。"

他们沉默了片刻。乔治想提一些问题，想弄清楚在佛罗里达发生的事件中，究竟有多少是有意为之的，有多少是可怕的意外。然而，他下不了决心说出口。他看着利安娜将玻璃杯倒过来，把一块冰放进嘴里。

"现在，你想干什么？"他问道，"我的意思是，今晚，此刻。你想要点一些吃的吗？"

"我饿得要命，"她说，"我们能只是在这里坐一会儿，喝着酒，点一些猎奇的开胃菜，谈谈除了杰拉·麦克莱恩之外的话题吗？"

"当然。"

"也许你能跟我说说你的生活。"

"这可是相当乏味无聊。"

"你能告诉我，昨晚和你一起在酒吧的那个漂亮女郎的事情吗？她看起来很有意思。"

"艾琳。"

"她是你的女朋友？"

"有时是，有时不是。这很复杂。"乔治用眼神叫酒保过来，又点了另一轮酒水，外加一大盘油腻腻的开胃菜套餐。当他点菜时，利安娜把她的空酒杯推到吧台后面，挺了挺身子，把她的头发夹到了耳朵后面。她转过头，露出了微笑。

他们待了好几个小时，又换上了青岛啤酒，并要了上来时还燃着明火的特色菜品。乔治告诉她大学毕业后这么多年来他是怎么度过的，描述了他在杂志社的工作，还有他每段罗曼史的始末。他也告诉了她，他在马瑟学院的最后三年是如何度过的。她还记得每个人。他把他所知的埃米莉的事情都告诉了她，以及他这个楼层的所有一年级生的情况。他很惊讶，自己能够记得那么多大学生活的点点滴滴。更让他备感惊讶的是，利安娜对这一切似乎都那么感兴趣。他猜，对她来说，这就像在听他描述她本该拥有的另一种生活，如果当时事情不是这个结果的话。

当他们终于离开那家没有窗户的餐厅时，发现天已经全黑了，一场持续的夏雨正在袭击着外面的世界。远处雷声隆隆。"你的汽车在哪里？"乔治问道。

"停在一英里外，那个方向。"

他们跑过了停车场，现在那里已经半空了，利安娜找到了她的大众车。当她打开车锁时,乔治就站在一边。然而,在打开车门之前,她就一个转身扑进了他的怀里,两人的嘴唇碰到一起。乔治将先前的所有疑虑都抛到九霄云外了,只专注于对她的感觉:他们的吻湿漉漉的;雨水浸湿了他的头和背,但他的正面因为紧靠着利安娜,仍然保持温暖和干燥。他把一只手放在她的脸蛋上,她靠得更紧了,亲吻着他的脖子,并说:"我们能回你的住所吗?"

"好的。"他回答道,因为他没有什么别的可说了。

"我不打算开始一段关系。"

"我知道。"乔治说。

她转身离开,并钻进了她汽车的前排座位。"我浑身都湿了。"她说着,把纠结缠绕的湿发从脸上撩开。

"你需要跟着我的车吗?"

"我能找到路,我觉得。需要花多长时间?"

"半个小时,"他说,"我们在那里见面。"

乔治走回到自己的车里。雨势更猛了,在停着的车辆上溅起雪白的水花,把停车场变成了一个黑漆漆的浅水湖。女人们站在九龙餐厅的遮雨棚下,等待着她们的丈夫来接。

在驱车驶回自己公寓的途中,乔治努力不去想太多。雨水继续着它的攻击,而考虑到它的威力,波士顿的各位司机一直遵守着限速规定。他摆弄着收音机,把旋钮转到最左边时,发现一个电台正在播放所罗门·伯克[①]的音乐。他在潮湿的凹背座椅上变换了一下姿势,并感到身体右侧有一阵剧烈的刺痛,就是他的肾脏被打的地方——是什

[①] 所罗门·伯克(Solomon Burke)是美国知名黑人灵歌乐手,获称"灵歌之王",曾获格莱美奖,姓名收录美国摇滚名人堂。他的歌曲《每人都需找个人去爱》《对我哭》深受公众喜爱,广为流传。

么时候打的？感觉似乎已经过了几个月。汽车在绅宝周围移动着，在雨幕中画出了一道道光柱，其中一辆可能就是利安娜的，正在赶往他的公寓。他不相信她真的会出现在那里，但同样也不相信她不会出现。他什么都不相信。也许麦克莱恩对她的判断是错误的，也许自始至终她只是想要重获新生，而染发只是一个巧合。她偷了他的钱，但只是在他背叛了她之后，只是在他不再信任她之后。毕竟，她已经还回了钱。乔治突然想起了那笔钱，利安娜这天早些时候试图给他的一万美金。她还把这笔钱带在身边吗？这是一大笔钱，会大大改变乔治的生活。不过，在他的脑海中，这些钱很快被利安娜所取代，他满脑子都是他们刚刚接吻的方式，还有她将回到他的公寓这件事。

然而，还有一件事在折磨着他，他努力不去想它。在九龙餐厅，利安娜曾经问过他关于艾琳的事情，这个周五晚上在酒吧陪伴他的漂亮女人。她说过，艾琳看起来很有意思。而乔治怎么也想不出，利安娜是在何时见到艾琳的。难道整个晚上利安娜都在观察着他们？如果是这样的话，她为何不主动接近他？她已经告诉过他了，她来这个酒吧就是希望见到他。她是想让他首先看见她吗？这一切都是精心设计好的吗？如果是这样的话，让乔治把钱还回去这件事为什么会如此重要？

当他停好车，走上小径，并发现利安娜正在滴水的雨棚下等他时，所有这些想法都烟消云散了。他们一句话也没说，就又开始接吻。她的双臂紧紧箍着他的后腰，导致了一阵痉挛般的疼痛贯穿他的整个身体，但被他忽略了。"上楼吧。"他用沙哑的声音说道。

在狭小的门厅里，在诺拉蹭着他脚踝的同时，乔治脱掉了利安娜的所有衣服。虽然这个夜晚很闷热，她潮湿的皮肤却冷得发抖。他们转移到了沙发上。当他试图尽快脱掉自己的衣服时，利安娜则舒展着身体躺了下来。衣服与他的身体摩擦，发出潮湿的吧唧声。诺拉一直跟着他们，现在正发出哀怨的喵喵声。乔治将它捞起来，放进他的卧室，并关上了门。不久，他就要忍受它的暴怒了。不过，某些事情是那些占有欲强的母家猫不该目睹的。

乔治又回到了沙发上。利安娜和他记忆中的一模一样——她那高耸而圆润的乳房，顶端是硕大的粉色乳头。她的肚脐上有个浅浅的窝儿，臀部特别凸出，她的右大腿上有个几乎察觉不到的草莓状红色胎记——这些都让他情不自禁地想起那个第一次以裸体示人的十八岁处女。他紧张地在她身边站了一会儿，浑身赤裸，颤抖不已。她迎上他的目光，并伸出左手，轻抚着他，同时把另一只手滑到自己的双腿之间。她深色的私处毛发比他记忆中剪得更短。她把乔治拉到她的上方，温柔地咬着他的耳朵，令他脖子上的神经微微颤抖着。乔治的身子猛地一沉，进入了她，导致他们两个都喘息着拱起了背。

9

门铃已经响了第二次了,乔治滚过他空空如也的床,坐了起来,睡眼蒙眬,困惑不已。到处都不见利安娜的影子。她在这里过夜的唯一证据就是混乱纠结的床单,以及依旧弥漫在房间里的潮湿的性爱气味。乔治的手表显示,现在是早上九点,一阵短暂的焦虑感击中了他。今天是星期一,他必须要去工作。是办公室里的人打电话给他吗?然而,这不是电话铃在响。是门铃。

乔治站了起来。也许利安娜起得早,出去吃早饭了。她一定忘记拿钥匙了。

穿上睡袍后,他注意到有一沓钞票放在他的书桌中央。他本能地用食指碰了碰它们——最上面的一张是五十元面值的——但他还是把它们留在了原处。昨晚,他们从未谈论过关于那一万美金报酬的话题。而且,自从利安娜和他回到公寓并脱光光之后,他就没有想过这茬。门铃再次响起,乔治的胃部因为害怕而抽搐着。书桌上的钱表示利安娜已经离开了。那是谁在敲门呢?他走过客厅,把手放在门把手上,并询问来者何人。

"警察。"一个闷闷的声音回答道,是一位女性。

乔治打开门,见到了一男一女。那个女人迅速地展示了别在腰带上的警徽。这似乎是个多余的动作,既然两人都穿着制服裤子和扣得严严实实的衬衫,他们只可能是警察。

"乔治·福斯?"那个女人问道。

"嗯哼。"

"我是罗伯塔·詹姆斯探长,这位是我的搭档,约翰·欧克莱尔探员。我们可以跟你谈一会儿吗?你介意让我们进来吗?"

詹姆斯探长和乔治一般高,不到四十岁,有着浅褐色的皮肤和短短的卷发。她长着一张马脸,有着高耸的颧骨。她的搭档欧克莱尔更年轻些,但是头发已经花白了。他有一张国字脸,胡子剃得很干净。他的脖子因为巨大的喉结而不堪重负。他踮起脚尖,脚跟离地,微微上下弹跳着。

"对不起,我能问问是关于什么事吗?"

"你昨天下午拜访了杰拉尔德·麦克莱恩先生,我对此有些问题想问。你确定昨天下午拜访了麦克莱恩先生?"

乔治犹豫了半秒钟,考虑了装聋作哑的可能性,但这似乎既没有必要,也可能很愚蠢。"我是去了,但我没有——"

"我们只是想问你几个问题。"

"我被搞糊涂了。我几乎不认识杰拉·麦克莱恩。我只在昨天见过他……是他让你们来跟我谈谈的吗?"

"他为什么要让我们来找你谈谈?"詹姆斯探长提问时,露出了期待的表情,就像一个孩子在问,她何时可以打开一件礼物。

"对不起,没有理由。我想我只是搞不懂你们为何会出现在这里。"乔治话一出口,就知道自己最好闭嘴,并邀请警官们进来。

"我们之所以来这里,是因为杰拉尔德·麦克莱恩昨晚被谋杀了。"

她没有再多说什么，而乔治看过数不清的《法律与秩序》剧集，知道两个警探都在研究他对这条消息的即刻反应。他感觉自己像个在舞台上忘词的演员。他半笑不笑的，一波难以理解的负罪感席卷了他。"在哪里？"他问道。

"你介意我们到你的屋子里说吗，福斯先生？或者，我们也可以一起回到警局去，如果这会让你更舒服的话。"

"不，进来吧。"他说着，让到一边，用睡袍把他的裸体裹得更紧了。他感到自己突然被暴露在光天化日之下，迷惑不已。当两个警探移步他的客厅时，他瞥向卫生间半开的门，寻找利安娜的身影。

那位名叫罗伯塔·詹姆斯的女探长看到他东张西望，便问道："还有别人和你在一起吗？"

"没有。"乔治说道，突然确定这是真的。利安娜早已不告而别了。再一次。

10

公交车终点站闻起来有股腌肉的油脂味和陈腐的小便味。当乔治走到售票员处时,他被告知在一个小时内会有一辆客车可以带他到哥伦比亚特区,然后他可以从那里转另一辆客车,直达坦帕市。奥德丽住在佛罗里达的枫糖镇,距离坦帕往南有一个小时的车程。

他坐在靠后的位置,这被证明是个错误,因为厕所门被部分破坏了,一会儿突然打开,一会儿又砰的一声关上了。

他的脑袋一跳一跳的,毕竟他整个下午和晚上都在喝啤酒。他起得很早,悄悄地整理了行装,虽然吵醒凯文的可能性很小,他的鼾声响得就像被麻醉枪击中的狗熊。他留下了一张字条,上面写着:

我出发了。别担心。
今天下午我会给我父母打电话的。

乔治从包里拿出一件毛衣,折叠了几次后当枕头用,然后,在糟糕的睡眠中半梦半醒,一路抵达了华盛顿。在跑去赶那辆一路直达佛罗里达的客车之前,他还需要等待二十分钟。他吃了半个麦当劳吉士汉堡,然后走到一排付费电话前,给父母打电话,用的是他们九月份给他的电话卡。他的老爸应该还在工作,他暗暗希望他妈妈正和一个朋友共进午餐。然而,他没有那么幸运——她接起了电话。

"乔治,出了什么事?你需要什么吗?"

他的家庭不是经常互相关心的那种。"妈,还记得我跟你说过一个名叫奥德丽·贝克的女孩吗?"

"不记得了,但我会努力听懂你的话。"

他解释了之前发生的事情,引发了他妈妈的一系列叹息。"多可惜啊。"她说道,仿佛她早就认识奥德丽并知道她的未来,"可我最关心的还是你,亲爱的。我希望这不会影响你在大学里的生活。对你来说,那应该是一段快乐的时光。"

"别担心,妈。"他说。他不能告诉她,他正准备踏上一辆卧铺客车前往坦帕市。如果学校发现了他的缺席,他们就得通知他的家长,但如果这种情况发生,他会应付得了。

"妈,我会在一周之内打电话给你的。我会没事的。"

"我知道你会的,乔治。"

在他旅程中的第二站,他坐在了客车的中部,一路上都在吃一袋子苹果,同时看着南方阴冷的高速公路一闪而过。他在记忆中到处搜索奥德丽可能自杀的迹象,却还是一无所获。他有种感觉,她在家里并不快乐,她选择不去谈论她生活中的这个部分,但乔治并不觉得她感到非常不开心。有什么事情会让一个适应力良好的大一新生绝望到放弃自己的生命呢?

他试图回忆起他们在一起的最后时光的每个细节。在一个雨雪纷飞的星期四早晨,他们结束了期末考试,当时半个学校的学生已经撤回父母家里。那晚的食堂甚至有四分之三是空的。乔治和奥德丽一起吃过了饭，独占了一个十人的桌子。他们谈了些什么？乔治记得，他们分析了他们盘子里的牛肉奶油浓汤，很好奇它是不是完全用残羹剩饭做的，厨房在一个多月前就关闭了。他也记得，他有点惹恼了奥德丽，因为她计划驱车二十四个小时从新英格兰一路开到佛罗里达，对此他一直在表达他的担心。乔治相信，这是一个危险的主意，但奥德丽坚持说，她就是这么来的，在回去的时候也能再做一次。而且，她没有足够的钱在汽车旅馆待上两晚。乔治愿意提供交通费，甚至愿意帮她开到佛罗里达，虽然知道她会拒绝。最终，在争论了一番之后，奥德丽用她惯用的方式结束了争执，她说："你爱怎么担心都行，但我还是会做的。"然后，乔治就放弃了。

那晚他们分别在自己的房间里打包行李，然后在奥德丽的宿舍里过夜。然后他们起床，并在破晓之后分道扬镳。乔治还记得清晨那潮湿冰冷的空气，以及人行道上的黑色冰块，当时他正陪着奥德丽走向她那辆银色福特福瑞斯，车子的保险杠被胶带牢牢捆在上面。她启动了车，把不太靠谱的暖气开到了最大，然后出来给了他最后一个告别的拥抱。"小心点。"他嘱咐道，然后，他无意识地加了一句，"我爱你。"这是他第一次说出这几个字。

"我也爱你，乔治。"她毫不犹豫地说道，"我们会很快再见的。"

她当时看起来——根据乔治的记忆——充满了希望，非常兴奋，几乎就像是她的生活正在逐渐变好，而且即将有更多的好事会发生。抑或，这只是乔治的感觉，他把自己的感觉移情到了奥德丽的身上？他继续在记忆中搜索着，直到他感到再也无法相信自己的记忆了。

客车继续着往南的乏味之旅。新英格兰的蔚蓝色天空和凛冽气候，已经逐渐变成了低沉密布的云层和突然而至的冰雨。夜幕降临了。乔治打开他的阅读灯，翻开了《华盛顿广场》。然而，它的外形和触感让他感到恶心反胃。当他听说奥德丽的噩耗时，正好在读这本书。他把这本书塞进了座椅背后的网兜，再也没有碰过它。

尽管他无法阅读也无法入睡，早晨不知怎么还是来临了。客车司机宣布，他们还在95号公路上，已经进入了佐治亚州的境内。在高速公路的两边，迷雾缭绕的田野上已经没有了积雪，树上装饰着暗绿色的叶子。乔治把手掌压在客车的车窗上：它的触感很凉，却并不冷。那天晚上，霜冻如蜘蛛网般轻拂过窗玻璃，然后变成了一滴滴针尖大小的冷凝水珠。

在一个休息站，他买了盛在泡沫塑料杯里的一大杯咖啡，以及两个刷了蜂蜜的甜甜圈。自从他听说关于奥德丽的坏消息之后，这是他第一次真正感到饥饿。他倚靠在客车上，吃着甜甜圈，并看着一轮白日将温暖洒向几乎没有汽车的柏油路面。他很想知道，抵达坦帕市之后，他会做些什么。他还没到可以租车的年纪，但他从学校的取款机里拿了一沓现金，足够叫辆出租车载他去枫糖镇最便宜的汽车旅馆。到那里之后，他应该就弄明白下一步该怎么办了。他可以打电话给奥德丽的家长，要求见他们。或者，搞清楚是否会举办丧礼。或者，找她的朋友，跟他们谈谈。自从奥德丽离开学校后，在她身上究竟发生了什么导致她的自杀？她留下遗书了吗？上面有没有写原因？

客车司机在排水沟里轻弹了一下她的弗吉尼亚女士烟，宣布他们的休息结束了。乔治跟着她回到了客车上。

坦帕市很温暖，在低低的白色天空下，有些地方超过华氏六十度。空气闻起来有股柏油和潮水的味道。一辆生锈的出租车停在汽车站外面。司机是一个矮小的拉丁裔男人，他把手肘伸出敞开的窗外，头则倚靠在手臂上。他看起来快要睡着了。

"去枫糖镇要多少钱？"乔治问道。

"你为何想去那里？"

"需要花多少钱？"

"我不知道。八十美金吧。"

"如果你把我带到枫糖镇的一个汽车旅馆，我会付你六十美金的包车费。"

出租车司机看看他的手表。"好吧。"他说道，乔治带着他的包钻进了后座。一股汗水的细流已经缓缓爬上了他的肩胛骨之间。出租车穿过一座高高地架在坦帕湾上的险峻桥梁。远处云开日现，阳光星星点点地散布在灰色的水面上，就像一池光的湖泊。一旦离开坦帕市，大海就消失了，高速公路的两边都是高耸的汽车旅馆标志，高过了巨大的棕榈树、零星散布的连锁餐厅、加油站和脱衣舞俱乐部。

奥德丽很少谈起她上大学以前的生活，但她曾经提过她出生并长大的那个小镇。

"我很想去拜访一下。"乔治曾经说过。

她大笑起来。"没什么可看的。我们那里只有一家华夫饼店和一个当铺。"

"在那里，你喜欢干什么？"

"我喜欢离开它。小镇生活和我之间，就像是这种感觉。"她伸出两根食指，让它们相隔三英寸的距离。

出租车司机从第一个出口拐向了枫糖镇，并停在一家汽车旅馆的院子里，广告上写着：房间29.99美一晚。它坐落在一家名叫"阳光"的餐厅和一家二手车经销店之间。在其上方，一张广告牌若隐若现，宣传在四分之一英里外，有家名叫"比利"的商店售卖烟火和橘子。

"你在这里等等，我去确认一下他们还有没有房间。"

司机从副驾驶的窗户向外窥视，看到了乙烯外墙的汽车旅馆前那空荡荡的停车场。"我觉得他们会有房间的。"他说道。乔治付了六十美金，步行穿过停车场，来到旅馆的前台。正是傍晚时分，但天气还是很暖和，他这才意识到他忘记带夏天的短裤来了。

汽车旅馆需要提前支付两晚的现金。他填好了住宿登记表，在汽车一栏留下了空白。

"没有汽车？"前台接待问道，她是个皮肤蜡黄、满口黑牙的老太太。

"没有汽车。"乔治说道，"想逛逛枫糖镇的话，最好的方式是什么？"

"开车。"

"你觉得我可以租一辆？我没到二十五岁。"

"你必须到这个年龄才能租车？"她大笑起来，"试一试隔壁的丹。他可以租给你一辆他的破铜烂铁，必须付现金。你到底多少岁？"

"我十八岁。"他说。

"好吧，这要看你长得有多老成了。"

他的房间有米黄色的地毯、磨损的印花床罩，以及贴得乱七八糟的墙纸。前窗能够俯瞰停车场和出口坡道，但被一条肮脏的威尼斯窗帘所遮盖；后窗被撑开了，上面安装有空调，目前是关着的。乔治把他的包丢在床上，脱光衣服，冲了个澡。

"我已经站在奥德丽的小镇了。"当水流冲刷着他的后颈时，他心想。也许这从头至尾就是个误会，她就在这里，还活着，正在医院里慢慢痊愈。这个想法一直隐藏在他的脑海深处，就像一种隐秘的希望。当他擦干身体的时候，水汽从镜子上逐渐消退。他看了看自己。一头普普通通的褐色头发，如果太长的话，会像翅膀一样翘起来。一张平凡的脸，一个也许有些太大的鼻子，下巴上的酒窝算是一种弥补吧。他的双眼是浅棕色的，食品杂货袋的颜色。就在几个星期前，奥德丽注视的正是这张脸。当时，她在想些什么？这些想法如今又在何处？他努力感受她的存在，却一无所获。

他穿上了李维斯牛仔裤和有着黄色横条纹的深绿色polo衫。床头柜最上面的抽屉里有一本《基甸圣经》和一本电话簿。在枫糖镇有两户姓贝克的人家：C.贝克，以及萨姆和帕特里夏·贝克。他猜是萨姆和帕特里夏，于是点燃一根香烟，拨了他们的电话号码。一个男人接了电话。

"贝克先生吗？"

"你是哪位？"

"嗨，我是乔治·福斯。我是你女儿的一位密友，在马瑟学院。我不知道她是否提起过我……"

"也许对我妻子说过吧……我不太清楚。"

"听到那个消息，我很难过。"

"是的。"

"我想知道……我已经来到了佛罗里达……我想知道，我能否过来跟你和你妻子谈谈？"

"耶稣基督啊，请等一会儿。"

他听见奥德丽的父亲吼道："大概是男朋友，他想要来这里。"

乔治从鼻孔里深深地吸了口气，然后紧张地打了个哈欠。

"甜心，他是谁？"这是一个女人的声音，在咔嗒一声响之后，电话接通了。

"乔治·福斯。我和你的女儿是在马瑟学院认识的。"

他又听到咔嗒一声，很可能是贝克先生挂断了他的电话。他想象贝克夫人在她的卧室里，她的膝头放着一个有奥德丽照片的相框。

"乔治，甜心，你是从康涅狄格州大老远跑来的？你真是太好了。"她听起来喝醉了，在说"好"这个字时，声音有些含糊。

"我很想知道，这里会举行某种葬礼吗？除非我来得太晚了……"

他听到从电话那头传来一声叹息，或者只是吞云吐雾时发出的声音。"会举行葬礼的。会有的。可是,我们想让我们的小女孩入土为安,而现在,他们却告诉我们,不能这么做……哦,上帝啊。"当说到"葬礼"时,她的声音开始有些颤抖;在说"小女孩"时,声音突然断掉了。

"对不起,"乔治说,"我可能不该打电话来。"

她没有立刻回答,当他正在考虑直接挂断电话时,贝克先生的声音又回来了:

"电话那头是谁?"

"还是我,乔治·福斯。"

"该死的,你到底想怎样?"

"对不起,先生,我也不知道。我只是希望参加她的葬礼,也许见见这件事的知情人,设法把这件事弄清楚。"他正在制造一些声音,但其中没有太多的内容,因此他改变了方向,"我带来了一些花。我希望我能带上它们,可以吗?"

"也许在明天的某个时候。"贝克先生又停顿了一会儿,说道。

"谢谢,先生。我会过来的。"

乔治挂断电话,一头倒回床上,感到精疲力尽,太阳穴不断跳动着,肩膀既肿胀又抽筋。他也感到很饥饿,自从在午餐时间吃了两个苹果之后,他还粒米未进。他考虑去隔壁的阳光餐厅,吃一个汉堡包,喝一杯牛奶。然而,他越是去想这需要付出的努力,就越是感到疲惫。疲惫战胜了饥饿,他钻到了扎人的被单底下,拉过一个多余的枕头抵在胸口,并沉入到无梦的睡眠中,就像坠入一个深深的洞穴中。

第二天早晨,在阳光餐厅吃了包含炒蛋和玉米片的早餐后,乔治走过闪着光的柏油路面,来到丹的二手车商店。

"早上好,我能为你做些什么?"一个体格魁梧、脸蛋粉红的男人说道,他穿着黄褐色的西装。

吃过早餐之后,乔治已经在心中演练过了,他清了清喉咙,说道:"我陷入了某种困境,我希望你能帮助我。"

男人抿嘴一笑,让嘴唇都失去了血色。"很好,孩子,我会听你说完的。"他系着亮紫色的领带,正好与西装前袋里垂头丧气的手帕相配。

"我只有十八岁,但这几天我需要一辆车。我会接受你给的任何一辆车,并把我父母的信用卡留给你。我是一个非常好的司机。我还能付你现金。"

那个男人大笑起来。"这可是头一次,"他向后歪了歪头,从充满黑鼻毛的鼻孔里突然呼出一口气,"我跟你说啊,我会给你个更好的选择:今天,我的雇员请了今年的第十一天病假,我陷入了麻烦。"他像吐出牛排的软骨一样,吐出了"雇员"这个词,"我需要寄送一些文件,还要拿到两组签名,我在中午前就要。如果你为我做这份差事,我会让你免费开走我的一辆车,只要保证它一直待在海牛县就行。"

"没问题,"乔治说,"虽然我不认识这里的路。"

"你会看地图吗,孩子?"

这是一辆别克名使,驾驶台是用乙烯和木头制成的,方向盘被转到了左边。从丹·汤普森那里拿到了地图和说明书之后,乔治驱车驶过了奶牛牧场和枫糖镇的郊区,翻过冬青河,进入栗树镇,这座小镇起码有类似镇中心的地方——几座五层的煤渣砖砌成的建筑,紧密地靠在一起。他把文件带给一个保险经纪人,他的办公室在一家当铺和一个旧货商店之间,然后他又去找住在55号居民区的海景活动房屋的一对夫妇,他们为孙子买了一辆五百七十五美金的道奇车。回到枫糖镇的时候,他在一条商业街找到了一家花店,买了十美金一束的鲜花。他听别人说,这样参加葬礼才算得体。

乔治带着已经签字的复本,摆弄着发出很大噪音却不制冷的空调,开回二手车停车场。他想象着汤普森会给他提供一份全职工作。他接受了这份工作,并变成了一个世界级的汽车销售员,全美第一的那种。他住在汽车旅馆里,每顿饭都在阳光餐厅吃,每天他都给奥德丽的坟头送花。随着时光一天天、一年年地流逝,他在马萨诸塞州的家,他在马瑟学院的课程,都逐渐消失在记忆中。乔治咧嘴一笑,在汽车的点烟器上点燃一根香烟。因为已经点过上千根烟,那玩意儿上面覆盖着黑黑的残渣。

汤普森当时有个顾客,因此乔治把文件放到他的办公桌上,然后驱车一百码,来到他在汽车旅馆的房间,换掉了汗湿的衬衫,穿上他最后的换洗衣物,一件短袖的细条纹牛津衬衫。

他拿起他的鲜花,它们在热浪下已经蔫了,回到了别克车里。他研究着地图,准确弄清如何前往奥德丽的父母家。他开了大约两英里,然后看到一对上了漆的珊瑚色的柱子欢迎着来到深湾路的访客,那里的柏油路面最近刚被用更深的沥青修补过,上面满是疯狂的线条。深湾路上的房子大部分都是两层的寓所,带有种满鲜花的院子;它们看起来就像一座座紧挨着的带百叶窗的微型房屋,被刷上了热带的色彩:粉红色、水绿色,偶尔也有荧光绿。

深湾路的352号是水绿色的房屋。它那树木繁茂的院子,以及有屋顶那么高的棕榈树,看起来跟别家差不多。不同的是,有辆警用巡逻车停在352号的路边。

乔治停在巡逻车的后面,并关掉引擎。他走向大门,手里紧握着鲜花,努力不把注意力放在那个双车车库上。奥德丽就是在那里度过了生命中的最后几分钟,呼吸着一氧化碳。

一个穿制服的警察应了门。"你是来自马瑟学院的那个孩子?"他问道。

"没错。"

那个警察有着带雀斑的皮肤,留着一撮小胡子,很可能顶多比乔治大五岁,他猛地把头扭向右边。"进来吧。"

乔治跟着他进入了客厅,它位于房屋的后部。一张L型的沙发和两把人造革的躺椅围绕着房间里的娱乐中心——一台有大型五斗橱那么大的电视机。最近的躺椅被一个又高又瘦的男人占据了,他穿着一件牛仔布衬衫,下摆塞进牛仔裤里。他的皮肤上布满了痘痕,有着近乎白色的浅金色头发。那就是贝克先生。他的妻子,奥德丽的母亲,正坐在沙发上。她也穿着牛仔裤,黑色的丝质女衬衫塞进了裤腰里。有些过紧的牛仔裤挤出了一圈赘肉,在衬衫下清晰可见。她的头发也是金色的,但看上去更像是染出来的。她正在喝一杯桃红葡萄酒。

在她身边是一位长者,穿着一套漂亮的灰色西装。他的银发剪得很短,都露出了橡皮红的头皮。他的脸看起来像是被揍扁了,比普通人要凹下去些,就像被老虎钳夹过一样。乔治觉得他可能是奥德丽的祖父。

乔治步入房间后,从一个年轻精瘦的警察身边经过,并把花束递向了贝克夫人,她正用浮肿的眼睛打量着他。"贝克夫人,我很抱歉。这是给您的。"

那个穿西装的男人站起来,用他的右手撑着椅子扶手将身体抬起来。他的左手上拿着一杯咖啡。"这就是他,罗比?"他正在对那个穿制服的警察说话。

"是的。"

"你是马瑟学院的那个男朋友?"

整个房间的人都盯着他看,乔治感到似乎有做个姿态的需要:一场演讲,关于他对她的爱,或者一场情绪的爆发。然而,恰恰相反,他只是点了点头。警察为什么会在房子里?

"你叫什么名字?"

"乔治·福斯。"

"嗯哼。我是查尔方特探员。这位是威尔逊警官。请坐。我们有些问题需要问你。"

乔治坐到那把空躺椅的边缘。"我有点——"他开口道。

"别担心，"那个便衣的探员说，"我会花一分钟时间解释所有事情的。你是怎么来到这里的，孩子？"

"我坐客车来的。"

"你不可能坐客车从康涅狄格州一路直达枫糖镇。"

"我坐客车到了坦帕市，然后叫了辆出租车来到这里，再然后我借了一辆汽车。今天我就是开车来到这里的。"

"这么说，你认识镇上的某些居民？你以前来过这里？"

"不，从没来过。"乔治说，"我从汤普森先生那里借了车，就在丹的二手车商店。我帮了他一些忙，他就把车借给我了。我惹上什么麻烦了吗？"

"完全没有，乔治。我们只是想尽量还原可能发生在奥德丽身上的每件事。"

乔治朝巨大的电视机眨眨眼睛，它的顶部摆放着一些紧挨的相框。放在前面最中间的是奥德丽的照片，看起来像是一张毕业照。他这才意识到，自己以前从未见过奥德丽的照片。不问一声，他就站起来，走向了那台电视机。当他靠近照片时，才意识到这根本不是奥德丽，只是一个看起来有点像她的女孩。那个女孩有着深金色的头发，高高地堆在头顶上。她可能十八岁左右，洗掉一些绿色眼影后，也许还算漂亮。她有着丰盈的嘴唇和乌黑的眉毛。

乔治扫视电视机上的其他照片。有几张入学照片，是同一个女孩的，但完全没有奥德丽的照片。

"你可以看看，乔治。"说话的是奥德丽的妈妈。

乔治转过身，一脸迷惑。查尔方特探员出现在他身后，小声说道："你能认出照片上的女孩吗？"

"不，对不起，我应该认得吗？"

"你确定？"探员转回身，看着这家人。乔治的大脑飞速旋转着。他进错人家了吗？

贝克夫人说："哦，上帝啊。"然后，她摇晃着，身体微微前倾，开始自言自语，说着一些听不清的话。贝克先生站起来，三两步地穿过房间，然后停下来转过身。

"该死的。"他说。

"对不起，"乔治说，"我被弄糊涂了。这是谁的照片？"

"那就是奥德丽·贝克。"探员说道。

11

"那她叫什么名字?"罗伯塔·詹姆斯探长问道,一支圆珠笔悬在她摊开的笔记本上方。

她已经接受邀请,坐到了乔治的沙发上。她的搭档欧克莱尔则选择站着。他还是无意识地踮着脚尖,脚跟离地,身体上下抖动着,同时环顾着乔治的公寓,仿佛在寻找耗子。

在邀请他们进屋之后,乔治就进入卧室套上牛仔裤和T恤,为自己争取了一点时间。他在卧室的时候,把利安娜留下的那堆钱塞进了他装袜子的抽屉后面。因为缺乏睡眠,因为利安娜的突然失踪,因为麦克莱恩被谋杀的消息,他的脑子还是一团混乱。他再清楚不过了,所有一切都是有关联的。不管是他被算计了,还是麦克莱恩被算计了,利安娜会在凌晨离开,是因为她知道警探们很快就会来到这里,或者起码她是这么怀疑的。然而,当他缓慢地把T恤套在头顶上时,他还是很想知道,当他们开始提问时,有没有办法既保护她,同时又保护自己。他知道他这么做很傻,唯一符合逻辑的行为就是坦诚面对两个警探,把他知道的每一件事都告诉他们。然而,利安娜在他心中的形象还是挥之不去，仅在几个小时前，在黎明前的黯淡光芒中，那张脸离他只有咫尺之遥。她的眼睛有些湿润，她告诉他，她生命中最大的遗憾就是不得不放弃他，不得不让那个平凡的学期溜走。而尽管乔治明知这不是事实，还是相信了她。

因此，在他告诉詹姆斯探长，为了帮朋友的忙，他曾去见过麦克莱恩并还给他钱之后，探长问他那个朋友的名字，而他看着她的眼睛，说道：

"奥德丽·贝克。我是在大学一年级时认识她的，但是从此以后就再也没有见过她。"这是个谎言，但其中包含着一部分真相。他们可以去核实。他们很有可能会去核实。然后，他们会发现奥德丽·贝克是个来自佛罗里达枫糖镇的已故女孩。然而，如果乔治再被问及，他可以坚称，他记得的就是这个名字。他们只相处了三个月，她的名字叫奥德丽。那是很久以前的事了。

"那么，帮我个忙，直接点。"詹姆斯探长说，"这个奥德丽·贝克，你已有将近二十年没有见过她了，而她却在酒吧接近你，并求你帮个忙？"

"我在酒吧里认出了她，是我接近了她。我们计划在次日见面。她来到我的公寓，就是这里——"乔治已经决定省略两个唐尼·詹克斯和新艾塞克斯镇的乡间小屋的情况，"就在那时，她请我帮这个忙。她曾经为杰拉·麦克莱恩工作，并拿走了他的一些钱——"

"她从他那里偷了钱？"

"她就是这么说的。这是一个复杂的故事，但她曾经为他工作，他们还是情人关系。而我猜是他甩了她。正是因为如此，她拿走了那些钱。然而，她再三考虑之后，想要把钱物归原主。正是因为如此，她来到了波士顿。"

"她偷了多少钱？"

"大约五十万美金吧。"

欧克莱尔探员转向乔治的方向,并响亮地哧了一声。詹姆斯探长挑起一边眉毛。"那是很大一笔钱,"她说,"你见过它们吗?"

"正如我所说的,我把它们放进一个运动包里,带给了麦克莱恩。我只短暂地看了一眼,但没有数过。麦克莱恩数过了。"

"而这个……奥德丽·贝克……是从哪里冒出来的,还带来了那么多钱?"

"我猜她来自亚特兰大。麦克莱恩的公司位于那里。我真的不太了解她的个人信息。"

"好吧,在我听来,你似乎真的很了解她的个人信息。"探长露出了微笑,这改变了她的脸部轮廓。不笑的时候,她的脸就像一张拉长的面具,几乎像是木头做的。而大大的笑容点亮了她金棕色的眼睛,这立即产生了效果,让乔治觉得向她撒谎是不对的。她继续道:

"她告诉你她与已婚男人的情事,以及她被抛弃了,并偷走了他的钱。她为何不直接开车去麦克莱恩在纽顿的家里并把钱送过去?她为何需要你去做这件事?"

"她说她很害怕。她说他雇了某个人来追讨钱款。"

"她告诉过你那人是谁吗?"

"她没有,但她看起来真的很害怕。我觉得她也不想再次面对麦克莱恩了。"

"根据你说这件事的方式,你似乎根本不觉得这件事很奇怪:一个你二十年没见过的人突然冒出来,请你帮她还回她偷来的钱?"她再次露出微笑。这是她选择的武器。有一阵子,欧克莱尔甚至停止了原地抖腿,等待着乔治的回答。

"当然,我觉得这很奇怪。这类事情不会每天发生在我的生活中。"

"可是,你还是同意这么做了。"

"这是一个乏味的夏季。"

詹姆斯探长清了清嗓子,可能是在咳嗽,也可能是在大笑。"说得有理。当你初次结识奥德丽时,你也卷入了与她的……浪漫关系?"

"是的。"乔治说道。

"好吧。那么如果我猜你是有些愿意为这个你几乎不认识的人做这份差事的,因为你希望这会带来更多的浪漫纠葛,我不会猜得太离谱吧?或者说,我太含蓄了?这本来就是等价交换?"

"你是什么意思?"乔治问道。

"奥德丽·贝克昨晚在这里过夜了,不是吗?"

乔治犹豫了,不过时间很短,没必要否认。"是的。"

"我也这么想。你看起来像是昨晚没睡好。你知道的,我想我和我的搭档可能已经见过贝克小姐了。"她抬头看着欧克莱尔,后者耸耸肩皱皱眉,"今天早上,我们被迫开车转了好几圈,才找到了你的住所。我们开车从一个女人身边经过,她正沿查理街走下去。她穿着绿色的裙子,留着齐肩的深色头发?"

"听起来像是她。"

"我也这么想,看起来不像人们星期一清晨会穿的那种裙子。因此,我们刚刚错过了她。"她沮丧地哼了一声,"她告诉过你她要去哪里吗?"

"在我醒来之前,她就离开了。她已经不在了,让我很吃惊。"

"那么,我先前的那个问题呢?这是一项交易吗?你还回了钱,而她报答了你?或者说,她给了你一些钱?我猜钱并没有完全被还回去。"

"不,完全不是这样。我们没有提到过性。真相显然是,她是我的前女友,而我还被她吸引着……我确实想过那种事。或者,也许更好的说法是,这是我的愿望。"

"你的愿望是：等到还钱之后，她会同意与你上床。"

"不，我的愿望是和她重修旧好。我还回钱，只是为了帮忙。"

"嗯哼。"她怀疑地看着她的笔记本，乔治敢说，她只在上面写了奥德丽·贝克的名字，"那么，我希望你说说，你去见麦克莱恩时的情况。博伊德小姐说，你在下午三点三刻到达了那座房子。"

"博伊德小姐就是让我进门的助理吗？"

"是的，卡琳·博伊德也是麦克莱恩的侄女。她就是那个发现尸体的人。"

"他是在哪里被杀的？发生了什么事？"

"我们正试图弄清发生了什么。正因为如此，我们来这里询问你。那么，你是三点三刻到达的吗？"

"听上去差不多。"

"你在他的宅子里待了多久？"

"如果一定要让我猜的话，我会说我在那里待了四十五分钟左右。"

詹姆斯探长瞥了一眼她的搭档，然后又回头看着乔治。"这跟博伊德小姐说的很接近。你为什么在那里待那么久？我还以为你只需把钱转交一下呢。"

乔治告诉他们，麦克莱恩是如何请他进入，如何搜他的身；他又是如何跟麦克莱恩单独相处，后者说出了他那个版本的故事。乔治省略了这个部分：麦克莱恩说过，他怀疑利安娜从头到尾都在算计他，她染了头发，为了看起来像他死去的妻子，而且她从一开始就追随他来到了巴巴多斯岛。但乔治的确告诉他们，麦克莱恩似乎对利安娜很生气。

"而他收下了钱？"探长问道。

"是的。然后他要求我离开。他提过要回到他妻子身边，她生病了。"

"他们觉得她今天下午就会去世。显然，他们没有告诉她，她丈夫发生了什么事。"

"哦。"

"你对麦克莱恩的印象怎么样？他看起来非常吓人吗？"

"吓人？不，他看起来很气恼，不过是因为他处于被迫接受自己的钱的境地。而且，他看起来为妻子感到很难过。我还觉得，他看起来似乎需要找人聊聊。他如此向我袒露心扉，我感到很惊讶。我能问问他是怎么被杀的吗？就在我离开后不久吗？"

"你注意到房子周围有其他人吗？是博伊德小姐让你进来的，对吗？"

"房子里有博伊德小姐，还有一个搜我身的男人。我记得麦克莱恩称他为DJ。"

"唐纳德·詹克斯。他为麦克莱恩先生工作。你确定你在房子里只看见了这些人？"

乔治想了一会儿，把指尖压在他闭起来的眼睛上。因为他昨晚喝的所有朗姆酒和啤酒，迟来的宿醉开始发作，他也强烈地意识到他对警官撒了多少谎。他最初是打算说出真相的，除了利安娜的真实姓名，他突然发现自己还省略了一些重大的细节，比如唐尼·詹克斯。"那里还有些园丁。"他终于说道。

"我们知道。"

"但在我走之前，他们就结束工作并离开了。"

詹姆斯探长把她的笔记本往回翻。"你确定？"

"是的，我记得自己走出宅子时，货车已经不在那里了。"

"园丁的绿化养护车？"

"没错。"

詹姆斯探长在笔记本上奋笔疾书。乔治瞥了一眼她的搭档，后者还站在那里。有一阵子，他很好奇，那个警察是不是又聋又哑。乔治还没听他说出过一个单词呢。"如果我给自己倒一杯水，你们介意吗？"他问道，面朝两个警官之间的地方。

詹姆斯探长同意了。

"你们中有人想喝点什么吗？水？橘子汁？"

两人都谢绝了，詹姆斯探长是用嘴说的，而欧克莱尔则熟练运用了他那禅意般的沉默。

乔治步履不稳地走进他的小厨房，给自己倒了一大杯水，一饮而尽，并再次倒满。在他回到座位上之前，詹姆斯探长说："我刚刚又想到了更多的问题。你能告诉我们，那袋子钱是什么样子的吗？里面究竟有多少钱？"

"我自己没有数过，但奥德丽说一共有四十五万三千美金。我说了，麦克莱恩数过了。那是一个黑色的运动包。"

"当你独自开车载着这些钱前往麦克莱恩家的途中，你不打算看看吗？"

"我知道钱长什么样子。"

"或者为你自己留一点儿？"

"我是在帮我朋友的忙，不是给她带来更多的麻烦。"

詹姆斯探长略微向一侧歪了歪头，仿佛试图缓解她颈部肌肉的抽筋。"你在哪里工作，乔治？"

他提到那本文学杂志的名字，然后捕捉到她脸上一亮，也许在很久以前，她听说过它。

"我猜你没有奥德丽·贝克的联系方式，对吗？地址，或手机号码？"

"不，我没有。"

詹姆斯探长没有立刻说话，而乔治开始喝水，真希望自己不要发出那种咕嘟咕嘟的声音。诺拉已经安坐在附近的窗台上，紧靠着一盆被遗忘的吊兰。

"最后一件事：你认识一个名叫简·伯恩的人吗？"

乔治几乎想否认，但及时阻止了自己。他当然知道简·伯恩是利安娜用过的假名。这是麦克莱恩唯一知道的名字，也是那个助理兼侄女会给警察的名字。

"麦克莱恩就知道她的这个名字。我猜她在为他工作时，用了不同的名字。"

詹姆斯探长露出微笑，并瞥了一眼她的搭档。"你本来不想跟我们提这个？"

"对不起。我认识她的时候，她叫奥德丽·贝克，在我脑中她就叫这个名字。"

"难道你周围有许多朋友都会一时兴起地改名吗？"

"不，没有。只有奥德丽。瞧，老实说，甚至奥德丽也可能不是她的真名。她只在马瑟学院待了半年，就再也没回去过。我记得听说她在佛罗里达遇到了一些麻烦，也许她是冒名顶替进入大学的。"乔治不知道警探们对奥德丽·贝克或利安娜·德克特的调查会有多深入。就算他们真的调查过，他也认为应该为自己掩饰，即便只有一点点。很显然，如果他们决定查到读取原始案宗的地步，他的名字就会曝光，他们就会知道他在撒谎。如果这真的发生了，他会有办法应付的。

"如果你再次见到她，或想起了任何可能有帮助的线索，请通知我们。"

"当然了。"他说。

在站起来之前，詹姆斯探长从她的笔记本里抽出一张名片，把它放在咖啡桌上。乔治把两位警探送到门口。当詹姆斯已经转身背对着他正准备离去时，她的搭档说："还有一件事，福斯。不要离开这座小镇。"他的声音很高,带着鼻音,第一次听到它几乎让乔治吓了一跳。

"哦,"他说,"我是嫌疑人吗?"

"是的,你是该死的嫌疑人。"欧克莱尔说着,一侧嘴角露出冷笑。

12

乔治打电话给在办公室的上司,让她知道他快要迟到了,但正在赶过来,然后冲了澡、刮了脸。今天居然是工作日,是个星期一,这对他来说太超现实了。别人还指望他坐到自己的办公桌前呢,才不管他突然变成谋杀案嫌疑人的现状。

当他到达了他在三楼的办公室——它坐落在一座工厂改建的大楼里,在后湾区和北区的正中间——他甚至觉得更有超现实感了。前台的达琳发出拖长的"啊——哈?"向他打招呼。这让乔治困惑了几秒钟,然后意识到她指的是红袜队,自从星期五以来,他们已经连续输了三场比赛。

"好消息是,这个赛季很长。"乔治一边说,一边走向他的办公室。

"感谢上帝。"她对他远去的背影说道。

几年以来,杂志社裁了很多人,却还没搬去一个更小的办公室。这很可能是因为,低迷的房产市场让房东怕了,一直保持着低房租,并提供激励措施,让杂志社在这里待下去。因此,当乔治从容地走向他朝南的办公室,正好路过裸露的办公桌和空荡荡的会议室,这番景象让他备感萧瑟凄凉。从马瑟学院毕业后不到一年,他就开始在杂志社工作了。这是他毕业后的第二份工作;他之前在一家连锁书店工作,在旧金山过着拮据的日子,当时他正和雷切尔同居,他正在读大四的女友。这种生活只持续了六个月就结束了,当时乔治提前下班回家,发现雷切尔和他们最喜欢的社区廉价酒吧的一个酒保上床了。

然后,他搬了家。他的母亲从来不是一个特别开心的女人,但这些年来,她变得更喜欢唠叨她令人失望的生活了。她觉得,为了当一位好妻子和好母亲,她放弃了自己的艺术生涯。如今,她什么都不剩了,只有一个空巢,以及一个沉默寡言的工作狂丈夫。于是,她加入了陶艺小组,乔治很好奇她是否跟其中一位成员有染。乔治的父亲,不像他母亲,在晚年变成了一个特别沉默的人。他还在勤奋工作,每晚回家时都精疲力尽、满脸通红,然后埋头于每晚例行的晚餐桌上的大吃大喝中,之后在自己的书房里看书。尽管他有着沉默而不易接近的天性,但乔治觉得,比起母亲,和父亲相处更容易。他父亲是一个看起来很怡然自得、安于现状的人。

乔治待在家里的两个月中,在少见地喝了第二杯苏格兰威士忌兑水之后,他父亲告诉他,他相信幸福的关键是找到一份工作,并尽力做好它。他说自己的父亲也对他说过同样的话。成为一个建筑工人,学会打好每一根钉子,你就永远不会缺少幸福感。乔治的父亲也承认,他很害怕退休后的生活。这是他和父亲之间最真情流露的对话。他经常想起这番对话,特别是在他父亲得了严重的心脏病,并在几年后去世之后。他享年六十五岁。

在家期间,乔治搜索着报纸上的求职版面,投出简历,之后被录用了。这是一个行政助理的职位,在波士顿最有声望的出版社的财务部。"你总是很擅长与数字打交道。"父亲这样评论道。而母亲也对这本杂志在文学界的地位印象深刻。

乔治搬到了城里，并找了一间公寓，在查尔斯敦一栋便宜的三层立体交叉房屋的底楼，是与来自马瑟学院的一对熟人合租的。乔治在工作方面很出色，被杂志的业务经理收入麾下。经理名叫亚瑟·斯库特，是一个没结过婚的单身汉。当乔治入职时，他已经是杂志社最资深的员工了。亚瑟毫无保留地教会了乔治做每件事，很快地给他升职，并带他出去共进午餐，通常会吃很久，还会喝得微醺。在这份工作中，乔治同时找到了满足感——在预算内让杂志准时出版，这跟尽量把钉子钉好有着异曲同工之妙——以及刺激感。他很享受成为一个伟大的文学和思想传统的一部分，即便他的工作只是平衡收支表。

杂志社还出钱让乔治上夜校，在几年内，他就获得了注册会计师证书。工资的猛增允许他搬出查尔斯敦，搬到一间房租受到管制的顶楼公寓，就是他目前仍然居住着的那间。这是他第一次独自居住，他发现自己很快就爱上了这种感觉。他把公寓完全装修成自己喜欢的样子，汗牛充栋，一尘不染。他开始与艾琳约会，当时她是一个助理编辑，看起来既不急着与乔治同居，也不急着订婚。就这样，乔治快快乐乐地混过了二十多岁的时光，跨入了而立之年。虽然，他想到利安娜的频率越来越少，他还是留心寻找她，会突然发现自己在人群中搜索她的脸或步态，并立刻阻止自己。他还会做挥之不去而令人不安的春梦，她会浮现其中，巨大而无法逃避。

在亚瑟被迫退休一年之后，乔治晋升到了业务经理的职位。那是在杂志的动荡时期：互联网正在高歌猛进，杂志刚刚易主。员工被裁，杂志的倾向戏剧化地从文学变成了政治。短篇小说被踢出了月刊，集中放到夏季小说专刊上。诗歌被取消了。一种末日情绪席卷了办公室。艾琳在《波士顿环球报》的网站部门获得了称心如意的职位，但是乔治按兵不动，他知道只要杂志还在维持商业运营，他就还有工作可做。他总是能把钉子钉得笔直。而且，乔治知道新的管理团队监管着许多盈利的公司，因此他们很愿意接受杂志每月的亏损。毕竟在困难时期这是不可避免的。

如今，乔治坐在自己的办公桌前，浏览着他的收件箱，寻找任何需要紧急处理的事情。他什么也没发现，于是就在网上寻找关于杰拉尔德·麦克莱恩之死的相关信息。并没有太多的内容，只有一些新闻报道，说麦克莱恩被发现死在纽顿的家中，死因不明。任何读过报道的人都会以为老麦克莱恩是死于心脏病突发。其中有篇报道还配有一张照片，一张麦克莱恩的法人正照，上面的他穿着淡蓝色的西装，这张照片至少有十五年的历史了。在两篇报道中，麦克莱恩的简介几乎一模一样，写道：“杰拉尔德·麦克莱恩，麦克莱恩家具公司的创始人和总裁。这是一家大规模批发公司，总部设在亚特兰大。最近他与保罗·赫尔合作，创建了赫尔基金，一家致力于癌症研究的慈善组织。麦克莱恩先生留下了一位遗孀，特雷莎·麦克莱恩，娘家的姓氏是里韦拉。"

没有提到谋杀案。没有提到支线基金和庞氏骗局。没有提到海外账户。当然也没有提到塞满现金的运动包。

乔治试图干点活儿。杂志正在举办夏令会——这实际上就是一个募捐活动，付钱的顾客可以和杂志的一些著名作家对酌——在马萨诸塞州西边的一所大学。那所大学需要一份保险证书作为合同附件，增加到杂志社在会议期间的保险合同上。而乔治变成了中间人，在喜怒无常的学校领导和非常懒惰的保险代理人之间周旋。他先给代理人发了封电子邮件，解释了保险合同上需要增加额外的条款，但他无法逼自己写完这封邮件。他的思绪还是回到了那个周末发生的各种事情上，他本来可以接受这种观点：他可以假定麦克莱恩只是因为有人垂涎那笔还款而被谋杀的。如果真是这样，利安娜就不会被牵涉进这桩谋杀案。因为她一开始就拥有这笔钱，然后又还了回去。这只是一种婉转的自我安慰罢了。

上午的时候,乔治办公桌上的电话响了。是艾琳。

"你忘记了吗?"她问道。

"显然如此。"

"我们约好了一起吃午饭的。"

"没错。"乔治说,他依稀记得计划与艾琳在周一共进午餐,"能再说一遍在哪儿吗?"

"在斯图尔特街的一家新餐厅。它有个墨西哥名字。"

乔治在餐厅外等着艾琳。气温已经爬回到九十华氏度,没有任何迹象让人想起昨晚大雨猛烈袭击了波士顿,宛如《圣经》中的大洪水。他读了贴在门外的菜单。这是标准的得克萨斯-墨西哥料理大杂烩,比如主菜是五花肉炸玉米饼和芫荽玛格丽塔酒。他突然感到饥饿难耐;整个早上,昨晚啤酒带来的宿醉和难吃的中国菜都在他脑中阴魂不散。他决定来一份玉米煎饼包牛肉丝,还有大杯的健怡可乐,也许里面再放一些朗姆酒。

乔治在三个街区外就看见了艾琳。她正低头慢慢地走着,手臂紧紧地夹在身侧。他曾经开玩笑说,波士顿这二十年的寒冬永远改变了她的身体,她看起来总像是在零度以下的天气中行走。她声称,她总是感到很冷,甚至在波士顿潮湿的夏季。那些可怕的冬季已经爬进了她的骨头里,而且会在那里待上整整一年。看着她走向他,这两天半里发生的怪事儿变得更加超现实了。"她才是我的真实生活,"乔治心想,"不管我喜不喜欢。"而她正走向他,散发着她自带的光芒。艾琳就是艾琳。书卷气,爱挖苦人,工作刻苦,但非常忠诚,她甚至不会让一个若即若离的男朋友失望。当艾琳离他还有一个街区的时候,乔治决定不告诉她周末发生的故事。无论如何,今天不行。他想要回到以前的生活,哪怕一小时也行,跟艾琳吃吃喝喝,再次感觉自己是个正常人。

然而,当艾琳在明亮的阳光中走到乔治面前,并抬头面对他时,他能看到她的左眉上方贴着一条白色纱布,在脸上一直延伸了大约两英寸。她左眼周围的皮肤又青又白,而那只眼睛本身完全变得通红,在她肿胀的眼皮之间只能看见一条缝。

"你在搞什么呀?"乔治问道。

"进去之后,我会跟你说的,并没有看起来那么糟糕。"

"不,现在就告诉我。发生了什么?"

她耸耸肩,说道:"我有点儿被抢劫了。"

"什么叫'有点儿'?"

"好吧,他什么也没有抢走。长话短说,昨晚十一点左右,我正在回家的路上。而这个男人向我问时间,就在我住的大楼前。我看了看自己的手表,当我抬起头时,他揍了我的脸。"

"耶稣基督啊。"乔治说道。

"我知道你是什么意思,我也是这么想的。我撞在人行道上,心想我死定了。但接下来,他就这么扬长而去。他甚至没有拿走我的钱包。"

"你报警了吗?"

"我差点没有。这看起来都不像是真的,但我转念一想,既然他把他的名字给了我——"

"'他把他的名字给了我',这是什么意思?"

"我不知道那是不是真名。不过,他打了我的脸之后,在走开之前,他非常有礼貌地作了自我介绍。"艾琳露出了微笑,当她的纱布移位时,皱了一下眉。

"他向你作了自我介绍,这是什么意思?"

"我躺在地上,本以为会被强奸,或者被一枪打在脑袋上。而他却低头看着我,说:'很高兴见到你。我的名字是唐尼·詹克斯。'然后,他就这么走了。"

13

在接下来的十分钟里,查尔方特探员向乔治展示了其他几张照片。乔治仔细研究了所有照片。探员所展示的奥德丽·贝克不是他在马瑟学院认识的奥德丽·贝克。两个女孩都是深金色的头发,蓝色的眼睛,白皙的皮肤。在人类广泛的外貌差异中,她们算是长得非常接近的。然而,她们毫无疑问是完全不同的两个女孩。照片中女孩的鼻子上——也就是真正的奥德丽?——有一个小肿块,有钱人家的女孩往往会通过整形手术完全根除这种东西。而且,噘起的嘴唇也不对,两只眼睛也离得太近了。

"我猜你现在没有你女朋友的照片吧?你没带在身边,我知道,但在你住的旅店,或者在大学里有没有呢?"查尔方特问道。

"我根本没有她的任何照片。我早就发现了这点,在我听说她去世之后。"

"你确定这不是她?"

"我很确定,非常肯定。"虽然还在为前一刻钟发生的事情而感到困惑,但乔治突然流露出恍然大悟和充满希望的表情。如果他的女朋友不是奥德丽·贝克，那么她还活着。他想问问探员这件事，以确认这是有可能发生的。然而，他清醒地意识到，真正的奥德丽·贝克的家人还沉浸在悲痛中，而他们就在他身边。父亲继续踱着步，摇着头，对自己唉声叹气。

"怎么回事？"一个新的声音从前门传出。房间里的所有脑袋都转了过来。一个十几岁的男孩进入了客厅，一个高个子的金发小孩，戴着牙箍，穿着佛罗里达短吻鳄队的T恤，以及一条篮球短裤。

"没什么，比利。"贝克先生说。

乔治心里暗想：这是她弟弟，但她从来没有提起过。她说她是独生女。他转头看着查尔方特探员，后者对房间里的每个人说道："让我们到此为止吧。乔治，如果你不介意的话，我想请你赏光来警局一趟，这样我们就能给你做正式的笔录了。没有理由再打搅贝克一家了。乔治，你可以开着你的车跟着我们，除非你更喜欢跟威尔逊警官与我共乘一辆车。"

乔治站了起来。"都可以——"

"因此根据你的说法，奥德丽根本就没有去上大学？"这话是贝克夫人说的，她的声音非常尖锐刺耳，手里还拿着酒杯，葡萄酒从杯口微微洒出来了。她是直接对着房间中央说出这番话的，这样乔治和两个警察都能听到。

查尔方特举起一只手。"现在，帕特夫人，让我们不要妄下结论——"

"妄下结论？"

"——但没错，对于是谁以你女儿的名义上了大学，似乎存在着一些疑团。我们准备弄个水落石出，搞清楚究竟发生了什么。一旦我有任何的发现，会让你们这些亲属知道的。我保证。"

"如果她没有去上大学，那她去哪儿了呢？"

"这就是我们要设法找出的真相。"

乔治跟着巡逻车来到了刷着米黄色外墙的警察局。一路上,他抽了根烟,试图把注意力集中在开车上。他的掌心都被汗水弄湿了。

探员把他领到了自己的办公室,那是排列在毫无特征的长走廊上的几个房间之一。它让乔治想起了过敏症专科医生的办公室,他小时候经常被迫去那里看病。

查尔方特的办公室很有家的氛围,有着塞满小摆设的架子,以及一墙的歪歪斜斜的照片,大部分都是孩子的。查尔方特让乔治坐到一个高背转椅上,同时自己绕过办公桌,坐在一个木质高脚凳上。"能让我在工作时不至于睡着,"他说着,对乔治眨眨眼,"我是说凳子。"他补充道,然后拿起了他办公桌上的电话。

乔治说:"你知道些什么吗?你知道奥德丽不是奥德丽吗?我不想固执己见,但——"

查尔方特伸出一根手指,然后对电话说道:"丹尼丝,甜心,帮我个忙,好吗?我需要枫糖镇过去三年的所有高中年鉴……是……不,从去年开始,然后往前追溯……我们这里都有,对吧?……那么,可能也要四年前的。把它们带到这里,好吗?越快越好……谢谢,甜心。"

查尔方特挂上了电话,鞋跟踩在凳子最底部的支撑物上。他看起来不太像警探,反而更像一个患胃病的棒球教练,正在经历一个失败的赛季。"让我跟你说说我们已经掌握的信息吧。我发现,揭开所有真相总是最容易的部分。我们知道真正的奥德丽·贝克,萨姆和帕特里夏·贝克的女儿,你刚刚见到的那个,上个学期的大部分时间是在西棕榈滩度过的。她告诉她父母以及大部分朋友,她准备去马瑟学院上学。她在自己的车里塞满毛衣和牛仔裤,然后出发了,一路向北,但是显然在某一时刻,她调头往东开了。根据伊恩·金的说法——你听说过他吗？不，我觉得你没有。根据伊恩·金的说法，秋天的大部分时光，她都和他，以及他的乐队成员住在一座出租屋里。他有一个名叫'短吻鳄诱饵'的乐队，我不认为……"

乔治摇摇头。

"不，你当然不知道。我知道所有这些，是因为伊恩·金昨天来过这里。他找到我，因为他觉得奥德丽·贝克是被一个名叫萨姆·帕里斯的毒贩杀害的。很显然，'短吻鳄诱饵'和奥德丽·贝克欠了他毒品的钱。奥德丽·贝克是个瘾君子，我们对此毫不惊讶，因为这个在验尸官的报告中再清楚不过了。令我们惊讶的是，听说她从没在大学里上过学。我们正准备打电话给马瑟学院——哦，你好，丹尼丝，请放在办公桌上。"

一个梨形身材、化着浓妆、至少有五十岁的妇女把一堆高中年鉴放在桌上。

"我们正准备打电话给马瑟学院，然后贝克家就接到了你的电话，一位大学里的男友。你可以想象，我们非常有兴趣听听你的故事。"

"你觉得有其他人代替了她的位置？"

"看起来的确如此，孩子，除非你觉得她能同时出现在两个地方。"

"我早先看到的照片，绝对不是我认识的奥德丽·贝克。"

"没错，因此我希望你能帮我浏览一下这堆年鉴。如果有人代替了奥德丽的位置，假装成她，那个人很有可能是她高中认识的同学。"

"好的。"乔治把一只手放在第一本年鉴的封面上，它是用带有衬垫的人造革做的，"我会尽我所能地帮你，但你也必须帮我找到我正在寻觅的女孩。她一定还活着，你不这么认为吗？"

"我不想妄加猜测，孩子，但是，你所说的帮助和我所说的完全是一码事。你帮助我们，我们也会帮助你。我在办公室里还要做一会儿别的事。你可以待在这里，或者说你更愿意让我带你去另一个房间坐坐？"

"在这里就可以了。"

乔治一页页地翻阅着枫糖镇的高中年鉴，寻找那个无名女孩。他浏览着一张张的半身照：有着整洁头发和闪亮嘴唇的女孩；拍了扭头回望的大半身照的女孩；用浓妆盖住粉刺的女孩；颈部或衬衫上挂着十字架的女孩；被摄影师要求下巴要抬高些的女孩；想要远走高飞的女孩；觉得美好年华已逝的女孩。所有这些女孩都点缀在表情呆滞的毕业班男生中间，他们中有些很帅气，大部分则不是，几乎都梳着运动员的发型，眼睛里毫无表情的流露。乔治也研究了其他照片，俱乐部、球队、社团和毕业舞会的黑白照片。在所有这些团体照中，他都有可能瞥见他的奥德丽。他一页一页地翻阅着，直到指尖变得又干又涩。他发现了许多她的影子——她的发型在一个名叫玛丽·史蒂芬诺波里斯的女孩头上，她的侧影在一个为校报排版的褐发女生的脸上，她的臀部曲线和锥形腿在一个游泳队成员的身上——然而，她们中没有一个是她本人。

"还有其他需要我看吗？"乔治问查尔方特探员，后者现在正站在那里，透过双焦眼镜，看着手中打开的马尼拉文件夹。

"不，到此为止吧。我很担心你的眼睛。"他出现在乔治身后，意外地把一只大手放到乔治的左肩上，并捏了捏。乔治遗传了祖先的淡漠性格，发现这个手势既令人尴尬，又舒服得几乎令人无法忍受。"告诉我，对于这个女孩，你知道些什么。她是个什么样的人？"

乔治告诉了他整个故事。他一边说，一边逐渐意识到他们之间的恋情是多么普通和乏味。他们在一个派对上结识。他喜欢她。她也喜欢他。这是一种仪式性的舞蹈，被地球上几百万的大学生反复演绎。"我从未怀疑过她不是她自称的那个人，"他说，"她对她的过去有些吞吞吐吐的，只说过一点儿，但我以为她只是不喜欢谈论这个话题。不是每个人都喜欢这么做。"

"那么,她喜欢谈论些什么?"

"她问了些问题,关于我、我的小镇、我的父母。我们谈论电影和书籍。我们分析我们共同拥有的朋友。她不喜欢佛罗里达。她说它很丑陋,很保守。"

"难道你的小镇不是这样的?"

"显然不是。我来自一个美丽而富足的小地方。我从来不觉得它有多好,但她喜欢听我讲那里的故事。"

"她还对什么感兴趣?"

"她很聪明。她说她想主修政治学,辅修英国文学。她计划上法律学校。"

"她的成绩很好?"

"全A。"

查尔方特探员已经回到了他的办公桌前,把一只脚搁到他的凳子上,并开始把他的鞋带系紧。"你打算在这里待多久,在枫糖镇?"

"我猜,会待一段时间,就目前来看。直到我弄清发生了什么。"

"好的。"查尔方特把一张名片塞进乔治的手里,"你住在汽车旅馆,对吗?让我们保持联络吧。"

在外面,薄薄的云层,就像被扯开的棉花球,已经把蓝色的天空隔成了棋盘状的图案。在乔治的汽车挡风玻璃雨刮器下面压着一张字条——是从笔记本里撕下来的一张横格纸。纸片上只写了一个电话号码,七位数的,用的是淡紫色的墨水,字迹潦草。

他仔细地把字条叠起来,放进口袋里。这看起来不像是奥德丽的笔迹,但他也不确定。

在开回汽车旅馆的路上,乔治被从一家番茄加工厂倾巢而出的高峰车流阻住了，他感到有一股高涨的情绪，不仅是因为他认识的那个女孩还可能活着，也因为他被卷入了更神秘的事件中，比他所预期的要神秘得多。马瑟学院的乏味现状和他在郊区的家都逐渐远去，变成了平淡而灰色的过去。

他把别克车停在二手车商店的停车场里，把它留给丹·汤普森处理。紧接着，后者给他一杯冰啤酒和第二天一笔类似的交易。乔治告诉汤普森，他很有可能早上再过来，并谢绝了啤酒。不是因为他不想喝，而是因为他不想逗留在充斥着烟味和消毒水味的办公室，一刻也不想多待。而且，他还有个电话要打。

乔治与他旅馆房间的门锁斗争了一番，它有些卡住了。他自言自语地咒骂着，声音大到他没有立刻听出车门在他身后开关的声音。不过他的确听到了一些动静，感到了一种迫近的威胁。然而，仅仅在大约四分之一秒之内，他就被粗暴地推倒在他旅馆房间的地板上。

14

与艾琳的午餐简直漫长得永无止境。

他们进入餐厅,把他的名字报给女服务员,坐在靠窗的桌边,沐浴着令人晕眩的阳光。在这期间,乔治已经下定决心,绝不告诉艾琳,揍她脸的那个男人真的在向他传递某种信息。这可能只是对她的警告。如果他迫不得已告诉她整个故事,只会让她陷入更大的危险之中。他的计划是保住这个愉快而平淡的午餐,让这天余下的时光远离工作……然后该怎么办呢?如果他能想办法找到利安娜,或那个假装成唐尼·詹克斯的男人,也许回到新艾塞克斯县的乡间小屋,他就能确保艾琳远离危险,不管是什么危险。

虽然乔治突然失去了胃口,他还是按计划点了玉米煎饼包牛肉丝,还有朗姆酒加可乐。他勉强吃下了一半食物,即便他的胃仿佛已经缩到了干瘪柠檬大小。乔治问了一些问题,想要确定那个自称为唐尼·詹克斯的攻击者是个有着灰色牙齿的小瘦子,而不是杰拉尔德·麦克莱恩的胖雇员。她的描述消除了乔治的疑虑,攻击她的男人就是乔治在新艾塞克斯县见到的那个人。艾琳看起来异常冷静,仿佛她终于看到了城市生活的黑暗面,毕竟它还不算糟糕。很显然,这场事故已经变成了一则幽默轶事,她可以在鸡尾酒会和办公室厨房里到处炫耀。她越多地谈及它,乔治就越觉得发际线上布满了密密麻麻的汗珠。

"你看起来不太好。"她说。

"我只是担心你。"

"老实说,我不认为我会再次见到他。根据我的猜测,他已经做完了想做的事情:揍我,然后介绍他自己。当我躺在人行道上时,脑子里的第一个想法是,希望他直接杀了我,不要先奸后杀。这不是很可怕吗?而且,这不是由恐慌引起的想法。我觉得这么想很合乎常理。'让它成为一场直接谋杀案吧,因为我不觉得自己受得了强奸。'我也想到了你。当然了,先想到我的母亲,然后第二个想到了你。我只是很想知道,当你听说我死了,你会作何反应。这不是很奇怪吗?在约五秒内,我就想到了所有这些事。然后,他只是站起身,离开了。我感觉就像被赐予了额外的生命和时间。你正在喝什么?朗姆酒加可乐?也许我该要一杯玛格丽塔酒。"

乔治环顾四周,寻找行踪不定的女服务员。

"认真地说,你看起来不太好。你最后一次看医生是什么时候?"

"因为宿醉?从来没有。"乔治说道。

"是周一的宿醉。我还没问你周末都干了什么呢。"

"我的记忆已经一片模糊了。嘿,我真的感觉不太好。我觉得昨晚我在特迪的店里吃了一些坏掉的炸鱿鱼。如果我们早点结束这顿午餐,你会介意吗?"

回到人行道上之后,乔治说服艾琳不要陪他走回他的办公室。他们拥抱道别,乔治抱得比平时更久了一些。艾琳退了回来,疑惑地看着他。他温柔地吻了她的侧脸,就在她细软的深金色眉毛上方。"你真美,"他说,"即便只有一只眼睛。"

"我现在知道了,你的确感觉不太舒服。"

"不,我是认真的。发生在你身上的事情非常可怕。"

"如果稍后你感觉好些了,打电话给我,好吗?如果你的感觉不好,也可以打电话给我。随便哪种情况都行。"

他目送着她离开了,心里涌起一种掺杂着爱与保护欲的复杂感情。他知道,如果当时他与唐尼·詹克斯狭路相逢,他不会害怕,只会感到愤怒。当只有他躺在砧板上任人宰割时,这感觉很糟糕,但如今艾琳也被卷了进来,某种残存的侠义之情在他的血管里涌动翻腾着。

乔治驱车前往新艾塞克斯县。除此之外,他不知道自己还能做些什么。他没有办法联系到利安娜,也没有办法追踪到唐尼·詹克斯。关于他们两个人,他唯一掌握的真实信息是:他们都与海边的破败小屋有着某种联系。唐尼·詹克斯曾在那里出现过,而利安娜起码宣称自己住在那里,虽然乔治现在对她说的任何话都将信将疑。

他打电话给办公室,说他觉得很难受,已经回家休息了。他把空调开得很大,把体育广播的音量调得很低。这样开车的感觉很好,不用过脑子的常规路线让他有时间思考。很显然,乔治还给麦克莱恩的钱,不知何故,直接或间接地与他的被杀有关。但,他完全找不出头绪。有可能小唐尼·詹克斯不知怎么发现乔治还回了钱,就去了那座宅子,杀了麦克莱恩,抢走了钱。然而,在此之前,他就有很多机会拿走这笔钱。从利安娜那里。根据她的说法,他在金神大赌场就找上了她。当时他就能拿走钱。乔治考虑了利安娜和唐尼是同伙的可能性,然而这甚至更说不通了。如果他们是同伙,那么就可以直接把钱平分了,为什么要麻烦地还给麦克莱恩,然后再杀了他拿走钱呢?其中肯定还牵涉到第三方,他甚至还不认识的某人,也许是宅子里的某个工作人员，看到了装满钱的手提箱，起了歹念。难道是真正的唐尼·詹克斯？或者是一个照顾他生病妻子的谋杀犯护士？还是让他进入屋内的侄女？

他慢慢开车穿过新艾塞克斯县的闹市区。游客们全体出动，主要是退休老人，他们从礼品店逛到冰激凌小摊，再逛回礼品店。乔治看到几个男人瘫倒在人行道的长椅上，等待着他们的妻子购物归来。他们有着消沉而恬淡的品质，已经不再期待有什么大事会发生在他们身上了。

海滩路非常安静，直到他抵达那座石头老教堂。在已经非常狭窄的街道上，车辆还排成两排停靠着。他轻松地开了过去，瞥见一辆闪闪发光的黑色灵车，以及穿黑色西装的男人们站在教堂的入口处。

他找到了船长索耶巷，并拐了上去。泥泞道路上的车辙看起来很深，有些还半蓄着昨晚的雨水。阳光穿透了松树的树冠，在其照耀下，乔治看到了由小虫子组成的旋涡状云雾。在夏季时光，这种烟雾污染了新英格兰的沼泽地。当他停下车时，乡间小屋前没有任何车辆。然而，其他一切看起来都没变。他泊好了车，踏上前门的台阶，敲响了一扇腐朽的大门，上面的油漆很早就掉光了。透过一扇满是灰尘的侧窗，他往屋里窥视着。里面布满了蜘蛛网。他的眼睛需要些时间才能适应黑暗，然而当它们适应了之后，他发现这栋小屋根本就是一座被废弃的房产。墙上都被霉菌染黑了，他所能辨认出的唯一家具，就是一张软垫沙发，黄色的填充物都从接缝处露了出来。他听到身后有个声音，迅速转过身，但这只是他的汽车引擎冷却时发出的咔嗒声。

乔治绕到了乡间小屋的后面，那里有个腐烂的码头立在脏泥水中。拴在码头最结实的部分上的，是一艘玻璃纤维材料的船，有着舷外马达。那艘小船，最多十二或十四英尺长，看起来不是特别新或者特别贵，但在周围疏于照顾的环境中，还是很引人注目的。乔治努力回想自己第一次来这里时,是否看见过它。他记得看见过码头,但想不起那里有一艘船。

他转身走向小屋。那里曾经有一条被屏风隔开的门廊,但半个屏风已经被扯下来,门廊的一边倒在了地上。膨胀的白蘑菇从两英寸厚、四英寸宽的木板上萌发出来。

门廊上的门被闩住了,但他还是用力推着它,门闩最终因为腐朽的木头而败下阵来。从门廊通向小屋内部的门则敞开着,但很难推动。门顶部的铰链已经脱落了,底下的两角深深地陷进地板里。他踢了一下,它晃晃悠悠地朝里打开了,把门框上的木头都扯了下来。一股刺鼻的灰尘味扑面而来。他往里踏了一步,但决定止步于此。地板上覆盖着一层泡沫塑料的吊顶板材。经过时间的流逝,它们都发霉并掉落在裂开并起泡的油毡地上。他刚透过另一扇窗户看见的沙发,从这个新角度看甚至更加糟糕了。很显然,它是被野生动物掏空的。黄色的凝胶填充物散落得到处都是。

他转身走出去,回到了自己的车里。他可能不知道利安娜·德克特的许多事,但他肯定她永远不会在这个小屋里过哪怕一晚。

他驱车来到巷子的尽头,经过了除乡间小屋以外这里唯一的房产——一座棕色的甲板小屋,几乎隐没在黑暗的松林中。他正准备开回到海滩路,又改变了主意,把绅宝车倒回去,一直倒回甲板小屋的车道上。一个刚油漆过的信箱上标有"22号"的字样,在信箱的上方,是一个为《波士顿先驱报》准备的塑料盒子,上面的文字已经褪色到难以辨认的程度。他往车道里开了一小段距离,矮小茂盛的野草刮擦着他的汽车底盘。最后,他把车停在车库的前面。比起从巷子里看到的样子,房子现在看起来更大一些。它有着石头的地基,几乎没有坡度的覆盖木瓦的屋顶,从屋顶延伸到地板的四四方方的落地窗,像其脏兮兮的墙板一样黑漆漆的。无法确定是否有人在家,但是围绕着前门楼梯的矮树篱最近被修剪过。当乔治从车里出来时,透过一扇与前门差不多高的窄窗,他以为自己能发现里面的动静。

他按响门铃,听到从房子里传来一阵沉重的类似敲锣的声音。大约十秒之后,他听到安全锁链滑进沟槽里的声音。门咔嗒一声,打开了三英寸左右。在紧绷的锁链上方,是一双乔治见过的瞪到最大、最令人毛骨悚然的眼睛。它们是浅蓝色的,浅到近乎脱脂牛奶的颜色。

"对不起,打搅你了。"他说,"我正在找住在这条巷子里的人,在水边的乡间小屋里,我很好奇你是否知道那里有没有人住。"

那个女人往后退了半步,乔治能更清楚地看到她。她可能二十五岁,也可能是四十五岁,或者介于两者之间。她有着稀疏杂乱的长发,中分发型。她穿着一件有图案的家务便服,前面有拉链的那种,然而对她来说太大了,衣服的一边都从肩膀处滑落下来。她的皮肤太苍白了,几乎是透明的。你甚至可以说,她以前应该很美:她有着小妖精一般的五官和突出的颧骨。她的嘴唇又宽又平,但干得很厉害,布满了细微的纹路和裂痕,她的一边嘴角结着白痂。

她用一只手紧紧抓住家务便服,在胸前揉成一团。"事实上,我并不住在这里,"她说,"这是我的娘家。"她补充道。

"别担心,我只是对那座小屋感到好奇。我的朋友告诉我,她曾经住在这里,但我刚刚去看过了,不像能住人的样子。你对它完全一无所知吗?"

她探出硕大的脑袋,并把目光转向小屋的方向,仿佛她从房子里也能看到它一样。她的脑袋离乔治是如此之近,他都能闻到她的呼吸了,有股湿谷粒般的酸味儿。"没人住在那里。至少据我所知,没有人住在那里。"

"你知道它的主人是谁吗?"

"不知道。"

"那么,你这栋房子的主人是谁呢?"他问,看到她往门里退了退,她肿胀的眼皮低垂下来。乔治知道他问得太多了。

"你有香烟吗?"她问道。

"不,对不起,我没有。"

"好的。嗯,我该走了。"她关上了门。一朵白云遮住了太阳,在树荫下,突然感觉像是到了黄昏。在静默中,乔治能听到两只海鸥在沼泽上方发出粗嘎的对鸣声。在松树的黑暗阴影中,这声音听起来非常古怪。他回到车里,开回了波士顿。

在车库停好车之后,乔治慢慢走回他的公寓里。他计划好好睡上一觉,忽略门铃声和敲门声,忽略响起的电话铃声。他不知道睡醒后自己有什么打算,但这是他到时才需要担心的事情。从新艾塞克斯县回来的旅程既泥泞又充满超现实感,他备感疲劳。

乔治已经在这个社区住了够长的时间,能够立刻察觉出一辆陌生的车。在他住的楼房前,停着一辆白色的铃木武士车,它那个可移动的硬顶篷并没有被放下来。在它方方正正的侧面,漆着黑红相间的赛车条纹,白色的"武士"字样用模板印在挡风玻璃上。里面有两位乘客,一大一小,躲在前挡风玻璃的遮光板后面。乔治的脚步慢了下来,心知肚明他们是为他而来。而当他慢下来的时候,两扇车门都打开了。从驾驶座那边出现了一个梨形身材的大个子男人,就是乔治在纽顿的麦克莱恩家里见过的那个。另一个唐纳德·詹克斯,麦克莱恩简称其为DJ。他看向乔治,举起一只手,做了一个看起来挺友好的手势,然后转身面对他的同伴,那个正从乘客座里走出来的女人。她也是乔治的一个熟人。他认出她是让他进入麦克莱恩宅邸的年轻女子。警探们提过她的名字,但他已经忘了。

"乔治·福斯。"她用牢骚满腹的口气说道。

乔治点点头，走上前。她绕过铃木车，站到那个男人的身边。"抱歉……请问你的名字？"乔治问道。

"我是卡琳·博伊德。我们昨天在纽顿见过。我让你进入了杰拉·麦克莱恩的家。"

"没错，当然了。"

她看起来没有以前那么颐指气使了。她穿着黑色的紧身七分裤，白色的圆领无袖衬衫。她的金发倾泻下来，在潮湿的空气中微微鬈曲。她的双眼看起来很红肿，眼影都花了，仿佛刚刚哭过。乔治这才想起那些警探告诉过他，她是麦克莱恩的侄女。

"如果我们想跟你谈一会儿，你介意吗？"

那个司机走上前来。"我们也见过。我是唐纳德·詹克斯，DJ。"他从钱包里拿出他的身份证，证明自己是私家侦探。从近处看，他也算是个帅哥，他的脸被晒成了古铜色，皮肤光滑无瑕，上唇有一撮精心修剪过的黑色小胡子。"我是死者雇用的私人侦探。你知道杰拉尔德·麦克莱恩已经去世了吧？"

乔治说他知道。

"我们想跟你聊聊。"

乔治犹豫着要不要把他们请进自己的公寓，最后提议去附近的咖啡店。他们找了张后面角落里的桌子，尽量离柜台远远的。乔治给自己买了一大杯冰咖啡，但是卡琳·博伊德和DJ都没有点任何饮料。当乔治在桌前坐下时，那一品脱凝结着水珠的咖啡已经上桌了。DJ说："我们把谋杀案调查留给了警方，福斯先生，但我们希望你帮助我们尽量找回失窃的东西。这涉及很多钱。"

乔治在给自己买咖啡的时候，已经决定只把他告诉警察的事情告诉他们。他会省略有人冒充詹克斯的部分。他知道自己最终可能不得不和盘托出，但目前，他还是觉得在自己弄清楚之前，有些事情最好别说。他心中有一部分在为利安娜担心,而他更担心的是艾琳。

"警察没有向我透露太多事情,"乔治说,"发生了什么?"

DJ 和卡琳互相看了一眼,然后卡琳说道:"只要告诉我们,你最初是怎么卷进来的。简·伯恩为何要派你来归还她偷走的钱?"

"我会把我对警察说的话都告诉你们的。简是我在大学里认识的老同学,虽然她当时有另一个名字——"

"什么名字?"DJ 问道,拿出一部带有键盘的手机。乔治告诉了他:"奥德丽·贝克。"他也给了警察同样的名字,DJ 用拇指把这个名字输入到手机中,动作既快又流畅,就像个爱发短信的青少年。

"我已经有二十年没见过她了。我们在一间酒吧重逢了……就在这附近……她求我帮她这个忙。这看起来很奇怪,但是她解释说,她虽然想还钱,却不想与麦克莱恩——也就是你叔叔——面对面。"他对卡琳说,"当时我觉得这说得通。"

"你离开那栋宅子之后,又去了哪里?"

"我开车去了索格斯,见了……简,在九龙餐厅。我告诉她事情的进展。她看起来如释重负。我们共进了晚餐。你们中有谁好心告诉我,麦克莱恩是怎么被杀的?我觉得这能帮助我,同时也能帮助你们。这是在我离开不久后发生的吗?"

他们再次面面相觑,卡琳微不可察地对 DJ 点点头。很显然,他现在受雇于她了。

"他被锤子击中了后脑勺。"DJ 用一只手轻轻敲了敲他的后脑勺,对于他的体形来说,这只手显得很小,他戴着结婚对戒,指甲仿佛经过专业的修剪,"在他的卧室里,很可能就发生在你刚刚离开房屋之后。你很幸运,卡琳看到你离开了房子,福斯先生。不然的话,我觉得警察会立即拘留你。"

"你看见我离开了?"他问卡琳。在走出麦克莱恩的豪宅时,乔治不记得看到她了。

"我在二楼有间办公室。我的叔叔在与你会面后,突然出现在了我的办公室。他只是想在回自己房间之前,让我知道一切都好。我走出自己的办公室,就可以从阳台上看到你。在前门的上方有几扇窗户。当时你正走进你的汽车,然后离开了。你应该知道,这并不意味着我觉得你与我叔叔的死无关。"她的双眼像受过训练的审问者一样毫无感情。

"我向你保证,我满脑子想的就是为一个朋友还钱。在今早,警察出现在我家里之前,我对谋杀案一无所知。"

卡琳看着他,表情并没有改变。她的皮肤很白皙,有点雀斑,不施粉黛。在她前颈底部有一块粉红色的疹块延展开来,要么是潮湿的空气造成的,要么是压力造成的。

"我们相信你,福斯先生。"DJ用一种冷静的口吻说道,就像律师为了胜诉,正准备公布一个意料之外的证人,"我们真正在追查的是一些线索,能帮我们查出简·伯恩在哪儿,或者她真实身份的线索。"

"这么说,根据我的理解,钱已经不见了?"

"你用手提箱带来的钱?"

"是的。"

"好吧,没错,钱已经不见了,但这并不是迫在眉睫的问题。在会见你之后,麦克莱恩先生之所以去自己的卧室,是为了把钱锁进他的保险柜。我们推测,不管是谁杀了他,那人都事先潜伏在房间里等他。在宅子的后面,有一扇二楼的窗户开着,我们觉得他们就是这么潜入屋里的。附近有园丁,而为了修剪紫藤,他们通常都带着梯子。这些都不是借口。我们本该有更好的安保措施。无论如何,保险柜是开着的,除了他的文件,所有东西都不翼而飞了。麦克莱恩先生不相信流通货币,反正不完全相信,这些年来,他尽可能多地购进未切割的钻石。都是很贵重的钻石，有着罕见的颜色。这几乎成了他的一个爱好，不是吗，卡琳？他的保险柜里有惊人的资产，值很多很多的钱，比五十万美金多得多。我们只能猜测，钱之所以被还回来，是为了让他打开保险柜。然后，他就被攻击了，保险柜也被洗劫一空。我敢肯定他们是冲着钻石来的。你的朋友显然认识他们。现在的局面非常严峻。"

一旦DJ提到保险柜，乔治眼前咖啡馆里的空气就开始有些晃动了。不是因为他很困惑，或是过度疲劳，或是被太多的信息弄晕了。而是因为他突然豁然开朗，最后一块拼图放到了正确的位置上。自始至终，他都以为处于危险中的是那个装满钱的运动包，比他一生中见过的任何现金都要多，但那只是诱饵，引诱麦克莱恩在特定时间打开保险柜的手段。

"你还好吗？"

"对不起，"乔治说，"我不知道关于保险柜的事情。那些钻石值多少钱？"

DJ和卡琳又看了对方一眼。DJ开口道："我没有权利说出具体的数字，但是数额非常巨大，至少五百万美金，我们认为。我们不是指控你拿走了钻石，我希望你能理解……"

"不，不，我完全理解。对不起。显而易见，这对我来说是新进展。"乔治无助地看着他那半杯冰咖啡。一个冰块在杯子里转动着。

"正如我所说的，"DJ继续说道，"我们很好奇，你是否知道如何联系上简·伯恩，或者她来波士顿时可能在哪里落脚。任何有帮助的信息都行。"

乔治几乎没听他说的话。他的脑子正在飞速旋转，为了跟上这些刚获得的新信息。况且，这些都是坏消息。不管有意无意，乔治知道自己已经卷入了一桩谋杀案。他啜饮了一口咖啡，给自己争取时间，但他的胃里翻腾着，嘴里都开始反酸了。他用鼻子深深地吸了口气，说道："对不起，我刚刚在努力消化你告诉我的事情，这有点让人心烦意乱。我需要去一下洗手间。"他一边说出这些话，一边推开椅子，站了起来，离开了桌子。现在，他确信自己快要吐了。男厕所的门敞开着，朝向咖啡馆的后部。他关上门，并闩上了门闩。里面的日光灯不规则地闪烁着。地板很潮湿，仿佛最近刚拖过，但看起来还是很肮脏，瓷砖上粘满了深色的头发。乔治跪在马桶前面。老式水管的味道直冲他的鼻腔，他弯下腰，希望自己现在就能吐出来，完全顾不得身侧的尖锐疼痛。什么事都没有发生。翻滚的恶心感消失了，被头晕眼花所取代。他抓住抽水马桶的边缘，艰难地重新站立起来。他打开水龙头，用冷水洗了好几次手，然后把水拍在脸上和后颈上。他再次深呼吸，然后站起来，倚靠在水池上。

他看着镜中的自己，皮肤的苍白程度吓到了他。他的头发都被汗水浸湿了。"我真是一个该死的傻瓜。"乔治心想，又对着他的镜像凝视了一分钟，等待着这阵晕眩过去。

15

乔治翻了个身,这样他就能仰躺着了。就在此时,两名男子进入了房间,并在他们身后关上门。其中一人,更瘦小的那个,试图狠狠地踩乔治的膝盖,却失手了,另一个更高更胖的家伙说:

"起来,混蛋。不然,我他妈的就杀了你。"

乔治往后退回房间的中央,他的眼睛慢慢适应了黯淡的光线。那个男子跟他年纪差不多,或者更年轻,还处于青春期。他们看起来像一对高中橄榄球队的后卫,会穿戴整齐地在周六晚上去汉堡王吃饭。他们两人都穿着砂洗过的牛仔裤和塞在裤子里的太平洋牌的T恤。

"也许我还想待在床上。"乔治说道。

"你这个死基佬,"之前没说话的那个开口道,"如果我们说起来,那么你就要起来。"

"让我考虑一下。"

那个小个子,想踩乔治的那个,俯身抓住乔治最后一件干净衬衫的前襟。乔治试图攻击他的鼻子,却失了手,反倒打中了他的喉结。他发出了粗哑的吸气声,往回一跳,用手捂住脖子,嘴巴张大着。

"混蛋。"那个孩子发出沙哑难听的声音。

乔治站起来。他知道自己应该感到害怕,但他的生存本能让他保持冷静。他摊开双手,掌心朝外。"我不知道你们两个想要什么——"他开口道。

那个更高大的孩子向他冲过来。乔治试图出拳应战,但他甚至还来不及收回拳头,就被擒住了,并跌倒在刚刚铺好的床上。攻击者扭住了乔治的四肢,把他脸朝下牢牢钉在地上,他的后颈被对手的前臂牢牢钳制住,他的后腰被对手的膝盖紧紧顶着。

"你觉得怎么样,混蛋?觉得怎么样?"

乔治猜这是个反问句,就没有回答。被他打到脖子的那个孩子来到床边,走进了从拉起的窗帘中透出来的一缕缕阳光中。现在,他的呼吸更加轻松了,小心翼翼地抚摸着他的脖子。他有着窄窄的下巴,因为粉刺而有些发红,留着板寸头,因此可以看见雪白的头皮上散布着一些痦子。

"该死的,我真该杀了你。"他说道,声音还有些嘶哑。

"只要告诉我,我到底做了什么?"乔治说。

"你知道你自己干的好事。"那个大个子的家伙说着,把所有体重都压到自己的膝盖上,更用力地抵着乔治的脊椎骨。床里的一根弹簧断了。

"老实说,我不知道。这跟奥德丽·贝克有关吗?"

"不,切。"那个瘦猴说道,现在他正转动下颌,就像一位飞机乘客试图不让自己耳鸣。

"认真地说,我很可能不比你们知道的更多。我甚至不知道我是否真的认识她。"

"是你让她嗑药的?"

"瞧,我不认为我们谈论的是同一个人。奥德丽·贝克没有去上大学。有人代替了她的位置。奥德丽去了西棕榈滩,跟一个名叫伊恩·金的人。我向上帝发誓。"

"该死的,你在说些什么?"

"给我点时间,让我翻个身。我会告诉你的。"

"行,好吧。"瘦猴子说,另一个孩子还是控制着乔治,让乔治做出一系列复杂的摔跤动作,并把他翻了个身,这样他就能仰躺着了。现在,那孩子的膝盖抵在他的腹部神经丛上。乔治看了一眼主要攻击他的人。他又高又壮,有着肥厚的下巴和占据着大半个脸的前额。他的头发是金色的,头顶和两边的头发都剪得很短,后面留得很长。

"你们能好好听我说话吗,就一会儿?我没撒谎,我觉得我甚至没见过奥德丽·贝克。"

大额头的那个人摇摇头,就像一个发现孩子对自己说谎的家长。"如果我们发现你跟她身上发生的任何事有关,我会对你穷追猛打,就像猎捕一头鹿一样把你打死。你明白吗?"

"是的,但——"

"你明白了吗,混蛋?"

"是的。"

"斯科特,让我揍他的喉咙,就像他刚才揍我一样。"

"我会替你做的。"斯科特说着,往后举起了面团般的拳头。乔治耸起了肩膀,把下巴收到胸口,这样当他被揍时,一部分打到上嘴唇,一部分打到鼻子。鲜血同时从这两个地方涌出来,眼泪夺眶而出。

然后,两个男孩扬长而去,来得快,去得也快。

乔治跌跌撞撞地来到卫生间,把脸埋在一条薄毛巾里,它闻起来一股漂白剂的味道。疼得最厉害的是鼻子,其次是颧骨和眼眶之间的地方。他用毛巾捂着脸大约过了五分钟,然后才意识到门没有锁。他走过房间,锁上门,然后坐到床上,拨通了他在自己车上发现的纸条上的电话号码。他的心脏在胸腔里怦怦直跳。他很好奇，当他需要说话时，发音会不会有困难。

"你好？"是一个女孩的声音，透着担忧，稍微带点南方口音，但除此之外，并不太像奥德丽的声音。

"你给我留了张字条，上面有这个电话号码。"乔治的声音听上去就像患了感冒。

"你是从马瑟学院来的那个人吗？"

"是，你是谁？"

"我是奥德丽的一个朋友。"

乔治摇了摇他的那包香烟，直到其中一根的过滤嘴那头被摇了出来。"我本以为我也是她的朋友，但我猜我不是。"

"她没有去上大学。"那个女孩说道。

"好吧，但有人去了。你叫什么名字？"

"凯茜·扎温斯基。"

"这么说，你知道奥德丽没有去马瑟学院？"

"是的，我知道。"

"你知道是谁代替了她的位置？"

"我不知道她的名字，但我知道有人这么做了。她来自栗树高中，我认为。你遇见她，并与她相识了，对吗？她这个人什么样？"

"她是我的女朋友。她人很好。"乔治点燃了香烟。第一口让他的鼻子通畅了一些，他可以闻到一股血腥味。

"但你并不真的了解她？"凯茜问道。

"瞧，我也有许多问题要问你。我甚至不晓得你是怎么知道我在这里的，或者你到底想弄清楚什么。也许我们可以见个面？"

"可以的。"

"你知道高速公路旁的阳光餐厅吗？"

"当然。"

两个小时后,乔治梳洗一番,穿戴整齐,带着淤青的鼻子和还在开裂流血的嘴唇,等在餐厅后面的一个雅座中。他的面前放着一杯超大号可乐。

阳光餐厅里满是情侣,年老的都是自己待着,年轻的都带着吵闹的孩子。当凯茜进来时,她很容易就被他看到了——她孤身一人,和乔治年纪相当,穿着一件男式的复古西服马甲,里面是一件"拥挤房屋"乐队的T恤,还有一条紧身的破洞牛仔裤。乔治朝她的方向挥挥手,她从远处走了过来,坐到了他的正对面。

"你怎么了?"她问道。

"有两个家伙去我住的旅馆房间里找我,想知道我对奥德丽做了什么。也许你知道一些内情。"

"什么样子的家伙?"她有着红色的短发,蓝绿色的小眼睛,又短又扁的塌鼻子,还有一张大嘴和一口大白牙。她涂了足有四分之一英寸厚的鲜红色唇膏,有些已经掉到她的一颗犬齿上了,这对她的形象毫无助益。

"我不知道,大概是大学体育生吧。其中一个名叫斯科特。"

"哦,天哪,斯科特是我的兄弟。另一个瘦得皮包骨头,还是招风耳?"

"没错。"

"那是凯文·莱恩巴克,我兄弟的跟班。哦,天哪,我很抱歉。他们不知道……如果不是因为我,他们根本不知道你来这里了。"

"我还是弄不懂你是怎么知道的。"

一个女服务生出现了,凯茜点了一杯"胡椒博士"碳酸饮料。

"这么说,你今天去了贝克家,对吗?"她说,"你见到了比利·贝克,奥德丽的弟弟?是的,就是他打电话告诉我的,很可能就在你离开那里后的一分钟内。事实是,除我之外,他是唯一知道奥德丽根本没打算上大学的人。而他很清楚我也知情,因此立刻打电话给我。我的兄弟,那个混蛋,一定偷听了我跟比利的通话。不管怎样,那就是我的推测。去年夏天,斯科特和奥德丽一起出去约会了大概五分钟,他仍然非常迷恋她。"

"你怎么知道要在我车里留张字条的?"

"比利告诉我,你跟着警察去了局里。他还告诉我,你的车是什么样的。我推测,如果我只留下一个电话号码,万一被其他人看见了,也不会走漏任何风声。"凯茜的身体前倾,双手仍然垂在身侧,用吸管啜饮着她的"胡椒博士"。她看起来很沾沾自喜。

"那么,斯科特和他的朋友是怎么知道去哪儿找我的?"

"比利说的。他通过电话告诉我的,我一定是大声重复了,或者做了类似的事情,因为斯科特听到了。要不然,他就是偷听了。在我的房间里有个电话,但没有只属于我的专线。因此,任何人在房子里的任何地方拿起电话,都能听到我们的谈话。不管怎样,斯科特就是这么发现你的住处的。我猜他先我一步找到了你。"

"所以,我不理解的是,奥德丽为何不想去上学了。她一定提出了申请。"

"她是被迫申请的。她父母逼她这么做的。她是枫糖镇少见的那种小孩,能够负担四年的大学学费,也有实力考上大学。不管怎样,她父母告诉她必须上大学。她选择了马瑟学院,我觉得这是因为它够远。然而,她并不想去,完全没兴趣。她爱上了伊恩·金这家伙——"

"来自'短吻鳄诱饵'乐队。"

"哦,我的天啊,你还真听说过他们。"

"不,不算是。那个探员今天刚把他们的事情告诉我。他说奥德丽跟伊恩这家伙私奔了。"

"那就是她的计划——不管怎样，她就是这么跟我说的。她告诉父母，她准备去上学，然后就这么跑路了。她认为，如果他们找不到她，又能对她怎么样呢？"

"可是后来，她找了个人代替她上学？"

"是的。事实上，奥德丽没有跟我说那么多。我们是朋友，奥德丽和我，但并不是那种一生的挚友，或诸如此类。我们算是两小无猜，一起长大。我爸爸认识她爸爸。我妈妈也认识她妈妈。正因为如此，比利和我、斯科特和奥德丽相互认识。这就像是家庭内部事务。因此，当奥德丽跟我说她不准备去上学时，我就像……我不知道。但是后来，她告诉我，她碰见一个栗树高中的女孩，长得有点像她，而且非常聪明，但出身贫困家庭。而且，她非常非常想上大学。"

"她们是怎么遇见的？"

"在辩论会上，我觉得。"

"那是什么？"

"辩论社团的比赛。我也知道得不太清楚。"

"但她从未向你提到过那个女孩的名字？"

"我认为她被她们的相似度吓坏了，因此只告诉我这些。正如我所说的，我们不是什么死党。她让我最好不要出卖她，我保证我不会的。我猜我现在有点负罪感。也许我不该对你说这些。"

"续杯吗，伙计们？"女服务生突然出现了。

两人都点点头。

"你们两个决定吃什么了吗？"

乔治说："我真的不太饿。"

"你想跟我分享一盘炸薯条吗？"凯茜问，"这里的味道很不错。"

在十分钟之内，那些边缘有些焦的炸薯条就盛在椭圆形的大浅盘里端了上来。凯茜还有很多话要说,但关键信息已经说出来了。乔治正在寻找的女孩来自栗树高中,参加过辩论社。明天,他就能再次查阅年鉴并找出她的名字了。他还没有打定主意,是要独自做这件事,还是寻求查尔方特探员的帮助。

乔治陪着凯茜走到她的车边。她抬起头,仰望星空。"看,那是北斗七星。"她指出。

"你不认为另外那个女孩跟奥德丽的事情有任何关系,对吗?"乔治问道。

"当然,我曾考虑过这种可能性。但是,奥德丽的毒瘾很深,因此谁知道呢,你明白吧?"

"如果你发现更多新情况,你会打电话给我吗?"

"我保证。而且,别担心——我会告诉斯科特,这件事跟你无关,他不会再骚扰你了。"

"下一次,我会有所准备的。"

"他有点卑鄙。"

"我注意到了。"

夜晚下起了零零星星的小雨,乔治还躺在他坏掉的床垫上,无法入眠。他的脸还在发疼。在饱经风霜的旅店里,各种连接处都发出咔嗒声和呼啸声。高速公路上的汽车的阴影投射进来,旋转着穿过房间,忽长忽短。在此期间,乔治在烟灰缸里塞满了烟蒂,开关了好几次电视机。黎明时分,当风终于止歇,一轮朝阳升起,所有事物都沐浴在同样的微光中,他才渐渐入睡,他的嘴唇刺痛,嘴里满是香烟的味道。

他在早上打电话给查尔方特,告诉探员他认为他们正在寻找的女孩可能来自邻镇。也许他可以查看更多的年鉴。乔治告诉查尔方特,他觉得是栗树镇的可能性很大。查尔方特让他在午饭后来警局一趟。

丹·汤普森再次把车借给了乔治。"你会说墨西哥语吗?"

"对不起,不会。"

"没事,但如果会的话是最好了。我真的需要你帮个忙。有一家墨西哥连锁餐厅——阿贝里托——你知道它吗?"他又穿着同样的淡褐色西装,但搭配了不同的领带和手帕。今天,它们是鲜艳的霓虹蓝色。

"不知道,但我能找到它。"

汤普森给了他那条路的名字,以及与之交叉的道路的名字,还有需要签字的文件。

乔治把这份差事安排在午餐时间,并在繁忙的墨西哥餐厅吃了点东西。食物很不错,但他几乎没有胃口。他很确定地知道,在几个小时之内,他就会查出他所认识的奥德丽的真正身份。此后还要过多久他才能再次见到她呢?他付了饭钱,驱车前往警察局。

查尔方特出去了,但是丹尼丝已经在他的办公室留下了一大堆年鉴,包括栗树高中的。乔治被独自留在这堆年鉴之中,于是从最近的一本开始翻阅。这一次他没有先看个人照片,而是翻到最后,那里是社团和运动队的集体照。他找到了"演讲和辩论"社团,它有一张占了半页的黑白照,大约有七个学生站成两排。他紧张地浏览着每一张面孔。

她就在其中。在照片中,她的头发不太一样——更长更蓬松,颜色是更浅的金色——但其余部分都分毫不差,那脸庞,那姿态,那似笑非笑的样子。

他读了印在底部的名字。她在第二排,从左边数第三个:L.德克特。他翻回到前面的毕业照部分,找到了她:利安娜·德克特。她穿着黑色的圆领连衣裙,戴着一条珍珠项链。他久久地凝视着这张照片,她的双眼也回望着他。然而,它们没有告诉他任何新信息。

他合上了年鉴,但仍然把它放在膝盖上。自从丹尼丝把他领进办公室之后,他还没听到走廊里有任何动静。他下定决心,留下年鉴,随意地走出查尔方特的办公室。当他经过前台区域时,丹尼丝正好背对着他,一个文件柜敞开着。他晃荡着穿过玻璃门,进入温暖而多风的气候中。

在栗树镇地区有六个德克特。他从第一个开始拨打电话,并决定不管是谁接了电话,只说找利安娜。有两个电话响了又响——却没人接,也没有答录机——有一个已经是空号。有两次他被告知,他拨错了号码。但在最后一次尝试中,一个男人的声音回应了他的问题。他说:"你是谁?"

"她的一个朋友,先生。"

"你要告诉我你的名字,不然你想让我自己猜吗?"那个声音既苍老又颤抖,有股浓厚的痰声。

"我的名字是乔治·福斯。"

"很好,乔治。我会让她知道你打电话过来的。我不能向你保证她会给你回电,但这他妈的是你自己的问题。"

"谢谢你,先生。"乔治很少称别人为"先生",但自从来到佛罗里达后,他意识到他养成了这个习惯,"我能把我的电话号码给你吗?"

"什么,她没有你的号码?"

"没有,先生。"

"那么去死吧,孩子。你觉得我是我女儿的约会服务中心?"他挂掉了电话。

乔治低头看着电话簿,它正摊开放在他的大腿上。他的食指正按着他刚拨打的电话号码,指尖都有些发白了。那里还有一个地址。

K.德克特住在第八街,在驱车半个小时之后,乔治找到了那个地方。它所在的地区比乔治至今见过的那些更加破败。那些方方正正的房屋都带有铺着石板的院子,大部分的前面停着两三辆破车。一条满是绿水的排水沟排列在马路上,而不是人行道上。在房屋的后面有一道篱笆,其后是一潭死水的人工湖。即便是街道两旁的棕榈树,看上去也既老朽又疲惫。枯黄的棕榈叶杂乱地堆在地上。

乔治慢慢地开着车,寻找着401号。当他不得不调转车头时,却突然找到了那个地方。不是因为它有门牌号,而是因为紧挨着它的房397号有。401号房子的两边都贴着褪色的乙烯墙板。车库里停着一辆看起来饱经风霜的皮卡车。在巴掌大的一块土地上种着一棵橡树,一条条脏兮兮的西班牙寄生藤从上面垂挂下来,就像灰色的胡须。乔治推测只有父亲在家里,于是决定在外面观察这栋房子。他把车停在路边的橡树下,希望它的阴影能让他的车更凉爽,也不那么显眼。

半个小时后,乔治发觉这两个目标都无法达成。别克车里的温度持续升高,就像七月的阁楼。从他身边经过的几辆汽车都减慢了速度,居民们都伸长脖子,为了更好地看清邻居家出现的闯入者,那个躲在厢式轿车里的变态。他意识到,有辆车迟早会停下来,或者有个人会从附近的房子里出来,问他究竟以为自己在干什么,这只是时间问题。

这些担忧被一股狂乱的思绪压下去。他接近了利安娜·德克特——也就是假奥德丽·贝克的家——他正在重新评估她的性格和成长环境。他很好奇,她抓住机会与奥德丽调换身份,是不是为了逃离这条街带给她的不幸命运。而她的长远计划又是什么呢?她能永远地假扮成奥德丽·贝克吗?也许她能在马瑟学院混过去,毕竟天高皇帝远,但最终真相会大白于天下。事实上,已经大白于天下了。奥德丽之死证明了这点。乔治一边努力消化过去二十四小时内他所获知的一切,一边也试图弄清楚他目前行为的真正逻辑——躲在车里监视。他只是想见见利安娜,看着她从家里出来,或者刚回到家里。他想抢先一步找到她,听听她这边的故事,并警告她即将发生的事情,告诉她警察已经觉察到奥德丽·贝克从未去上大学。

一辆车突然横停在街上，是某种他认不出来的肌肉跑车，正喷着黑色的尾气。乔治钻进自己的座位中，双唇间含着一支未点燃的香烟。

车门摇摇晃晃地打开了，一个身材瘦长、穿着工装裤的男人从里面直起身子。他看起来不到三十岁，留着长长的黑发，在脑后扎成一个紧紧的马尾。从远处看，他的脸色很苍白，五官很小巧。他还戴着雷朋太阳眼镜。

乔治看着他穿过街道，迈着摇晃而拖长的步伐，懒散地走到德克特的住所。因为别克的位置在橡树下靠后一点，他无法清晰地看到前门，但两分钟后，那个男人再度出现在视野中，随意地溜达着，走向乔治所在的汽车。在他走到之前，乔治迅速点燃了香烟，过滤嘴在唇间已经变湿了。

那个男人把一只手放在车顶上，另一只手放在车窗框上，然后突然大幅度地俯下身来，他盘子那么大的脸几乎伸进了车里。他有一双相当漂亮的蓝眼睛，仔细查看着汽车的内部。乔治想要先开口说话，但想不出该说些什么。

"你好吗？"那男人说，他的声音很轻松随意，友好得简直能去电台播音。乔治注意到，在他毫无血色的双唇上方，有条铅笔那么细的小胡子。对于男人来说，他的颧骨有些太高了。

"还好。"

"我不会问你在这外面干什么，因为我已经知道了。利安娜把关于你的一切都告诉我了。她说你是个来自好家庭的好孩子。"

"我只是想见见她。"

"哦，我知道。这完全是无可厚非的。我觉得，在另外一种情况下，她也会想见你的。不过，你必须理解，目前不是时候。她让我请你离开这座小镇，回到大学里。"

乔治用他希望是讲道理的口气说道："如果我不回学校呢，你又能把我怎么样？"

那个马尾男人瞬间把他的手从车顶上移到乔治的脖子根，到底有多快肯定是有个精确的时间，但乔治来不及计算了。前一秒钟他刚说出自己的问题，下一秒钟他就感到呼吸困难。那个男人指节粗大的手掐住了乔治的脖子，同时把他推回到座椅的头枕上。

"看起来最近已经有人教训过你了，你很可能会觉得，被揍不是什么严重的事。让我们看看情况究竟怎样吧……"那个男人用空着的那只手探索着乔治的脸，把它微微转向一边，然后是另一边，就像整形医生正在检查一位女士的鱼尾纹，"当你的鼻子被揍时，那里一定很疼吧。"那个男人用像咖啡勺般宽而平坦的大拇指，按压着乔治娇嫩的鼻子。乔治反射性地举起一条手臂自卫。

"他妈的，别动。"那个男人把乔治的脖子掐得更紧了，还更使劲地用拇指按他的鼻子。鲜血从乔治的上嘴唇淌下来，流进他的嘴里，他都能听到软骨组织互相摩擦的声音。"如果我再揍你的鼻子，明天你就下不了床了。这会造成永久性伤害。除了一块扁塌塌的皮，你的脸部中央将什么都不剩。你能理解我正在说什么吗？"那个男人强迫乔治点点头，就像口技演员在操纵木偶，"很好。"一辆汽车缓慢驶过，却没有停下来。马尾男人对此毫不担心。

"好吧，乔治，现在我准备离开了，我建议你也这么做。如果你再次看到我，就意味着你马上就要忍受一些非人的痛苦了，因此你最好祈祷不要再见到我。"

那个男人放开乔治的脸，并站起来。乔治拭去脸颊上刚流下的泪水，痛苦地深吸一口气。他知道自己快要哭出来了，不只是流泪，还有抽泣和鼻涕。然而，在那个男人走出视线范围之前，他觉得他能忍得住。在车外，那男人调整了一下他的黑色紧身牛仔裤——上面系着一个硕大的皮带扣，上面有"杰克·丹尼"的标志。然后，他漫步而去，像他来的时候那么随意，并回到了他那辆低矮的黑色汽车旁边，弯腰钻进里面，开车离去。

回到汽车旅馆，乔治真的哭了，但没有像他以为的那么久那么激烈。最糟糕的事情已经过去了——那种觉得那个马尾男人的的确确会伤害自己的胆战心惊。他说过，永久性伤害，那个词组牢牢地刻在乔治的脑海中。

是时候离开佛罗里达了。他会乘客车回到大学。到达后，他会打电话给查尔方特，把他知道的一切都告诉探员，让他查出真相。利安娜陷入了某种麻烦，他无力解决的麻烦。

电话铃响了，他差点儿没法起来应答。

"嗨，乔治。"她说。

16

乔治站在咖啡馆的洗手间里,恶心感已经过去了,但恐慌还在持续。他需要做出决定,要把哪些事情告诉唐纳德·詹克斯和卡琳·博伊德。他有义务告诉他们所有事情,这是他欠他们的,但他还是想小心行事。不是为了保护利安娜,而是为了保护他自己。当他接受警察的问询时,没有提到见过另一个唐尼·詹克斯,或去过新艾塞克斯县的那栋房子,或知道简·伯恩的真名。但当时,他还不知道自己被利安娜欺骗利用了,还不知道自己的参与会导致一起谋杀案。这是一个绝妙而简单的计划。你怎么能让某人打开保险柜?只要给他一些会让他这么做的东西,然后静观其变。乔治是这场戏的最完美演员,因为他不知道自己在演戏。他只是个想做点好事的好人。把钱物归原主,让一个弱女子免遭威胁,让整个世界恢复井然有序。而当他正在履行自己职责的同时,有人——很可能是伪装成唐尼·詹克斯的男人——正等在楼上的保险柜旁,手里拿着一把大锤。他怎么进入那里的?是和园丁一起进去的吗?

在乔治的心中,还有一部分想要相信利安娜是无辜的,她并不是抢劫和谋杀的幕后黑手。他想要这么相信，不是因为他觉得她不可能犯下这样的罪行，而是因为他觉得她不可能为了这种目的而利用他。正如乔治一如既往地对利安娜心存爱意，他希望她也对他存有一份情。然而，对于他为什么没向警方坦白一切这个问题，他想保护利安娜这个理由显然不够充分。如果她是无辜的，那么她也同样身处险境。

不，真正阻止乔治立刻对卡琳·博伊德、DJ及警方说出一切的是：昨晚艾琳被假唐尼跟踪了。这是个警告，专门针对他的，他的行为不仅会影响自己的安危，也会影响她的安危。可是，为什么呢？毫无疑问，杀了麦克莱恩并拿走钻石之后，他所要做的只是与利安娜碰头，并远走高飞。他们两个都不会被追踪到。他知道利安娜的真名，但她已有好几年没用过它了。他也不知道她的同谋究竟是谁。那么，他们为何要威胁艾琳呢？他们又是怎么知道艾琳是谁，怎么找到她的呢？乔治突然意识到，无论那个周末发生了什么，都是事前计划好的。

他回到桌边时，变得更冷静了，并计划好了要说些什么。卡琳和DJ正在互相低声交谈，但当他拉开自己的椅子并坐下时，他们停了下来。

"你还好吧？"卡琳问道。

"我好多了。直到刚才，我想我才真正意识到一切都是精心安排的。发现我无意中协助了一起谋杀案，让我感到有点震惊。"

DJ的眼睛一亮，他鼻子底下那稀疏的小胡子抽动了一下。"你打算告诉我们一切了？"

"我会的。"乔治说，"所有一切。但我现在做不到，我需要几个小时理出头绪。"

"我可不喜欢这种口气。"DJ说道，听上去像个被学生要求延期交论文的教授。

"这已经是我的极限了。相信我，当我说出我所知道的一切时，你会感到失望的。我不知道简在哪儿，或者钻石在哪儿。如果一定要让我猜的话，我会说他们已经走得远远的了。但是，稍后我肯定会给你打电话的。"

DJ 好像突然放弃了，但卡琳的脸正在变红，她胸口的红晕一直向上蔓延到了脖子上。她转动着手指上的一枚戒指。"如果你知道些什么，就必须告诉我们。"她说着，来回看着乔治和 DJ，"好吗？不然我们会打电话给警察，说你在一起谋杀案的调查中有所隐瞒。"

"卡琳，放松些。"DJ 说着，伸出他看起来很柔软的手。卡琳已经逐步提高了音量，柜台后面的咖啡师都抬起了头。

"我也会把我知道的一切告诉警察的，"乔治说，"我只是需要几个小时，我保证。"

"我们不能让他走。"卡琳说道。

"没事的，我们别无选择。福斯先生，你会打电话给我吗？"

"我会的。"

"你要知道，如果你食言，我就不得不让调查人员知道你隐瞒了一些信息。"

"我知道。"

卡琳钱包里的手机响了起来。当乔治站起来时，她正在用很快的语速对着它说话，告知打电话给她的那个人，她很快会打回去的。

"你有我的名片。"DJ 说道。乔治摸摸他的衬衫前口袋，名片就放在里面。

"我会打电话给你的。"他说着，转身离开了。

乔治走得疲惫不堪、汗流浃背，终于来到通向他家后楼梯的小巷。他非常希望有人等在他家门口。利安娜的眼泪戏剧性地从脸颊上流下来，或者假唐尼·詹克斯挥舞着一把大锤，或者一队警探带着搜查证和一大堆问题。然而，那里一个人都没有，也没有人在他的公寓里。只有诺拉,在他留在地板上的一件衬衫上打瞌睡。他把它抱起来,用臂弯搂着它。它发出舒服的咕噜声,很高兴只有乔治一个人回到了公寓。他也对此表示赞同,突然很纳闷他怎么会轻视他那平淡无奇的生活。

他放下诺拉,打开了卧室里的窗式空调,把它开到最大。他的老式公寓有个优点:它会发出很多噪音,让他永远听不到电话铃响,或有人敲门。他剥光了衣服,爬到床上的一大堆被单下面,希望还能闻到利安娜的气味。但不知为何,他闻不到。她已经消失无踪。或者,也许这都是发烧时做的梦。这是他最后的清醒想法,然后他就陷入了深沉而无梦的睡眠中。

在傍晚时分,他醒了过来,带着因为睡了整个下午而产生的模糊的不真实感。空调发出交响乐般的咯咯声,已经让室温降到了隆冬的程度。汗水已经干了,他的皮肤还是黏糊糊的。他的嘴里还有股苦涩的咖啡味。他的牙齿也涩涩的。他一动不动地躺着,看着天花板上正在逐渐消失的阳光,努力猜测着时间,即便他只需转过头看看床边的闹钟就行了。

在空调的嗡嗡声之下,他能听到带有节奏感的疯狂抓挠的微弱声音,是诺拉正在抗议他锁上了门。一定是到了它吃晚饭的时间,大概是六点吧。

他再次闭上眼睛,感到沉重的睡意再次降临。也许他能就这么睡到早上。今天是星期几?明天他需要工作吗?一旦这些想法进入他的意识中,其他想法也随之而来。他想起了自己对卡琳·博伊德和唐纳德·詹克斯的承诺:他会把自己所知的一切告诉他们。他想起了他关于艾琳的决定,她也需要知道正在发生的每件事。他再次睁开眼睛,这次他转头看了一眼闹钟。刚过七点。

他给诺拉喂了食,然后检查了一下答录机。在他深沉的午睡期间,他记得听到过遥远的电话铃声。然而,里面没有任何信息。也许他是在做梦。他冲了个澡,穿戴整齐,然后来到他的迷你小厨房寻找食物。他烤了一个英式松饼,就着一杯牛奶勉强吃了下去。冲澡和食物,并没有让他活过来,而是让他更加疲惫了。他渴望躺在沙发上,看看有没有棒球比赛,或是老电影。然而,当他醒来时,心中就有了一个计划,他必须将其进行到底。

艾琳就住在剑桥市的河那边。她拥有一间 loft 风格的独立产权公寓,在一栋曾经是鞋厂的三层砖楼中。二十世纪九十年代,就在房地产热席卷到波士顿大部分地区之前,它被改建成了通风而环保的 loft 公寓。在当时看来,为了那间一千二百平方英尺的房子,艾琳已经付了高得离谱的天价,而如今看来,则是捡了不可思议的大便宜。购买这套公寓,促成了乔治和艾琳之间的第一个小矛盾,即便这只是他们早期关系中的众多小危机之一。他们同居不到两年,两人都住在不透光的大学毕业生公寓里。当时,她提出购买独立产权公寓的可能性,并询问他是否愿意和她一起负担。他们一起和长发飘飘的房产中介小姐看了许多空房子,当她向他们展示那些再生木材、不锈钢和嵌入式天窗时,把他们当作新婚小夫妻对待。而乔治看到的只有他那时负担不起的房贷和一个连室内门都没有的空间。一座大人的公寓,在醒着的每一分钟里,他都将和艾琳朝夕相处。那晚在奥斯顿喝了很多啤酒之后,他告诉她,这对他来说太快太沉重了。她可能很失望,但还是决定自己购买公寓。在那年的许多小摩擦之中,这是第一个导火索,逐渐侵蚀了他们之间的关系。

他把车停在离艾琳的公寓有几个街区的地方。没有必要先打个电话。现在是周日晚上,他知道艾琳整晚都会在家。她是日常规则的信徒。其中一条规则就是,永远不要在周日晚上出门,那是留给简单的晚餐和公共电视台的引进英剧的。他步行穿过了艾琳那个人口稠密的小区,狭窄的街道上挤满了三层立体交叉楼。她所居住的改建工厂占据了接近一半的街区。它就像停泊在一百艘帆船之中的游艇。步行穿过露天的中央拱廊,然后进入一道上锁的门,就能到达通向她顶楼公寓的楼梯井。沉重的大门旁有一个锃亮的金属面板,乔治按了她名字(艾·迪马斯)旁边的按钮。他一边等待着,一边抬头看着苍茫暮色中的防火梯。虽有苟延残喘的余热,夏季已接近尾声,白天变得越来越短。"你好?"她那空洞的声音从对讲机里传出来。

她在门边见到了他,穿着短睡裤,以及褪色的红袜队运动衫。他不看都知道,上面写着"蒂姆·韦克菲尔德"的名字,背后是他的号码。她的头发被布发箍拢到了脑后。她的脸上闪着光,仿佛刚刚洗过脸,并涂了某种夜间保湿霜。在脸的一侧,被唐尼·詹克斯揍过的地方,她贴上了新的创可贴。从他那天早上见过她之后,创可贴周围的皮肤还是又肿又黄。

"你还好吧?"她问道。

"对不起,贸然来访,但我需要跟你谈谈。我能进来吗?"

她的公寓里面比外面更加昏暗。在他们一起坐到她的沙发上之前,她打开了一盏落地灯。它投射出一池柔和的光线,形成了一个不规则的圆圈。虽然空旷的 loft 有着冰冷的几何线条,但艾琳将它设计得很美,以至于里面的隔间舒适安逸得就像温暖的小房间。乔治没有在艾琳的房子里待过很长时间——这总是提醒他,他们是失败的一对。它就像一个博物馆,里面的展品都证明了他的缺席,证明了他没有能力做出承诺。他不相信艾琳也会这么看这个地方,毕竟它已经成为她的家超过十年了。然而,当他来到这里时,还是不可避免地想到,这里本来也有可能是他的家。

他谢绝了饮料,坐到艾琳那张巨型沙发的一端。她坐在他的正面。

"还记得吗?在那个周五晚上,我谈论起杰克乌鸦里的那个女人?"他先开口道。

艾琳点点头。

"她就是我跟你说的那个大学同学,利安娜·德克特。"

"我就觉得可能是她。见到她时,你有点吓坏了。你又回去见她了吗?正是为了见她,你才对我说你感觉不太舒服吧?"

"是的。"

"这么说,你整个周末都和她在一起,我说得对吗?"

"是的,但这不是我来这里的原因。事情要复杂得多,而且这与你周六晚上的遭遇有关。"

他对她知无不言,如实还原了当时的情景。在他讲整个故事的过程中,艾琳几乎没说话,直到他讲到了杰拉·麦克莱恩的部分。她提到她刚在那天的《环球报》上读到了关于嫌犯的报道。

等他说完之后,艾琳说:"乔治,天哪。"并用运动衫的衣角擦了擦眼睛。

"你很不安吗?"

"不,我很害怕。为了你。该死的,你到底在想些什么?她杀过人。"

"我知道。我也很害怕。当你告诉我你被揍的事时,当我知道从头到尾都是我的错时,当我觉得不能告诉你实情时,你无法想象我当时是什么感觉。"

"我不知道你为什么觉得不能告诉我。我是个大女孩了。我会处理好这件事的。如果你告诉我,也省了你专程跑这一趟。"

"我知道。我很抱歉,对每件事。那是混乱的一天,而如今我知道自己该做什么了。"

"那么，你准备怎么办？"

"我准备对警察说出整个故事，也对麦克莱恩的侦探，对想要知道真相的其他任何人。我不准备再保护利安娜或者她的身份了。如今，我觉得我不欠她的。正因为如此，我首先来到了这里，来找你。我要让你听到整个故事，还有一件事……我觉得你应该暂时离开波士顿。"

"你是什么意思？"

"不管出于什么原因，那晚，唐尼·詹克斯从麦克莱恩的保险柜里拿走了钻石，然后过来找你，表明他能够伤害你，并留下了他的名字。他知道我会听说这件事，因此这是直接传达给我的信息。他准备做什么，我不知道，但这很有可能是一条信息，告诉我闭嘴。我想不出它还有什么别的含义。因此，现在我已经决定不再沉默，你得离开小镇，去旧金山拜访亚历克斯，或诸如此类的事情。这样我会感觉好些的。"

"我有工作。明天一大早我有个会议。"

"这事没商量。"

她大笑起来。"你是认真的吗？这又是什么意思？"

"意思是，我的愚蠢让你置于危险之中，而且你已经被伤害了——"他朝她受伤的脸的方向做了个含糊的手势，"而我需要你帮我这个小忙，这样我就不用再担心你了。我会帮你付旅费的。"

"这不是钱的问题……"

"我知道。只是……如果在你身上发生什么，我是无法心安理得的。如果我反应过度了，那就是原因所在。"

艾琳噘起了嘴。他知道她正在轻咬着嘴唇内部，思考着他对她说的话。她的眼周通常化着烟熏妆，而当它们卸去粉黛时，看起来总是那么的脆弱。她叹了口气，在沙发上调整了一下坐姿，把右腿放到垫子上。她的棉质睡裤在有橘皮组织的大腿上绷紧了，乔治连忙转开目光。他知道她对自己的粗腿很自卑。她把另一条腿也放到了沙发上，双腿紧紧并拢。乔治突然涨红了脸,对她产生了难以抑制的欲望,他知道这种感觉,比起性,它与舒适感和安全感有更密切的关系。

"我可以走,"她说,"我不介意去看看我的外甥女们。而且,因为你的生命处于危险中,而不得不立刻离开这座小镇,这让我觉得有点刺激。"

"谢谢,谢谢,谢谢。"乔治重复道。

"但你怎么办呢?"

"我能照顾好自己。"他模仿男中音的声调说道。

"显然不行。"

"对,显然不行。但我会把自己交到警方手里。这是我唯一要做的事,也是正确的事。老实说,我甚至不相信利安娜或詹克斯还在波士顿。这说不通。他们已经拿到了想要的东西。"

"你怎么知道他们中的一个不会欺骗另一个?也许是唐尼·詹克斯拿走了钻石;或者,也许是利安娜,这就是唐尼还在附近游荡的原因。"

"我也想过这个问题。有这个可能性。实际上,有很多种可能性。正因为如此,我希望你离开这座城市。我不知道将会发生什么。"

"同意。我会离开的。虽然我不禁觉得自己仿佛会错过什么,在这里发生的每件事。"她露出了微笑。

"这可不好玩。我看到的只有你眼神里的恐惧。"

她抬起手去摸创可贴。"不知为何,我总是忘了这玩意儿。你必须保证每天给我打电话,让我知道发生了什么。我也很担心你。"

"我会的。"乔治说,但仍然坐在沙发上。

"你不准备离开了?"艾琳说。

乔治从沙发上探出身子,吻了她。他不知道自己在期待什么,但艾琳饥渴地回吻了他,并把乔治推倒,这样她就可以坐在他上方了。

他解开了她的"韦克菲尔德"运动衫,并托起她的乳房,她小小的深色乳头已经变硬了。"去卧室?"乔治问道,他的声音既沙哑又低沉。她摇摇头,同时解开他的短裤拉链。他把手指滑进她睡裤的腰带里面,并把它脱掉。她阻止了他,把有弹性的布料拉到一边,在她还穿着短裤的情况下,引导他进入她的里面。他咬着嘴唇,不让自己立刻进入,而她紧紧地压着他,异常猛烈地前后扭动着臀部。她握住他的手,把它弯曲成拳状,压在她的那里,用那里摩擦着他的指关节。一分钟不到,他们就融合在了一起。

艾琳陪他走到门口。"你应该经常让我有被杀的危险。"当他们拥抱告别时,她说道。

"别开玩笑了。"

他们分开了。艾琳的脸颊上还有深深的红晕,她没有与他四目对视。"对不起,把事情搞得一团糟。"乔治说道。

艾琳挥挥手,说道:"嘘,别说了。你也不想让谋杀犯找上我的。"

"不只是这个……"

"好吧,你正变得多愁善感。你看起来精疲力尽。如果你愿意的话,可以在这里住一晚,你知道的。"

"我必须去警察局。"

"在外面小心一点。等我确定自己的旅行计划后,会打电话给你的。"

在门关上之后,乔治在外面站了一会儿,虽然还是很困惑,同时也坚定了他的决心。

17

在艾琳的寓所外,天空已经变成了铁蓝色,但拱廊里还是一片漆黑。风声飒飒,让一架防火梯发出跑调的共鸣声。两盏吸顶灯投射下浓厚的交叉阴影,洒在砖砌的院子里。在其中一个阴影中,乔治觉得自己看到了一个男人的身影轮廓。他一动不动地站了一会儿,让眼睛适应夜晚的黑暗。一辆丰田普锐斯悄无声息地从街上开了过来,车前灯短暂地照亮了院子,足以让乔治看清这里只有他一个人。

他开始走向自己的车,一会儿告诉自己,他太谨慎了,一会儿又觉得自己还不够谨慎。如果唐尼·詹克斯还在附近,那么他为何不会出现在这里呢?昨晚他就出现在这里,并把艾琳打倒在地。如果他想要找到乔治,就会知道这是乔治最有可能现身的地方。乔治加快了步伐,穿过一座窗口大敞的房屋,巨大的平板电视上正在大声播放着《美国家庭滑稽录像》。当声音逐渐消失后,他觉得他听到身后有自己脚步声的回音。他又加快了速度,并扭过头,与其说看见,倒不如说感到有人跟在他身后。他的心率仿佛加快了一倍。这时他停车的那条街道出现在了右边。拐向它的时候,他正好有机会回头,看看是否真有人在他身后。他再次加快步伐，转了个弯。当他这么做的时候，他尽量表现随意地回头看了一眼。有人在他身后，距离大约是半个街区，那人有点百无聊赖地走着，半隐在人行道旁种植的那排树中。

他考虑着自己有哪些选择。他的汽车还在街上几百码外的地方。他可以跑向它，寄期望于跟踪者的状态比他更差。或者他可以继续慢慢走，希望这全是他的妄想，他身后的人只是周日出来闲逛的。然而，在乔治最近的生活中，没有什么迹象表明他对任何事有过度的妄想。这时，他右边出现了一辆小型面包车，停在一座独栋住宅前的车道上。他想都没想，就冲到它后面，蹲下来，暗自希望在跟踪者到达街角之前，他就已经躲好了。

乔治一边倾听着，一边希望自己的呼吸声没有那么响。脚步声越来越响了，一只脚有点拖步。他觉得自己听到脚步声犹豫了一下，仿佛跟踪者突然搞不清他跑到哪里去了。然而，脚步声还在继续靠近着。乔治蹲伏的地方很昏暗，可他却穿着一件浅蓝色的衬衫，而面包车被漆成了带着金属光泽的深灰色。他紧贴在驾驶室的门边，当他的头不小心擦到了门把手时，一阵尖锐的警报声从车里爆发出来，前后车灯也一闪一灭的。

乔治压抑住冲动，既没有大叫出声，也没有尿裤子。恰恰相反，他从车后冲出来，仿佛它突然着了火，并奔向车道边的树篱那尖锐的枝丫。他咬紧牙关，转向人行道上的那个男人，后者已经转身面对他了。根据对方那保龄球瓶般的体形，乔治立刻知道，这不是他害怕见到的唐尼·詹克斯。是DJ，那个私人调查员。他正把手掌平放在心口上，看起来跟乔治一样害怕。他仍然半隐在阴影中，但乔治仍然可以看到他脸色惨白，满脸冷汗。DJ用双手扶着膝盖，喘着粗气。"你还好吧？"乔治问道，出来走到了人行道上。那个警报声响彻了整个社区。"让我们离那辆面包车远一点吧。"

他们一起走向乔治的车，DJ 的呼吸声就像刚跑了四十英里的后卫球员。"你跟踪我到这里的？"乔治问道。

"是的，那个警报声快把我的心脏病吓出来了。"

"你不是真的犯心脏病了，对吧？"

"我觉得没有。我以前真的得过，因此我知道那种感觉。跟这次不同。"

乔治不知道该说些什么，因此他问道："你从什么地方开始跟踪我的？波士顿？"

"是的。本来有点希望你能带我找到简·伯恩。"

"你怎么知道我做不到？"

"因为你去拜访了艾琳·迪马斯，除非她不知怎么地收留了简……"

"你是怎么知道艾琳的？"

"我是个侦探，我侦查出来的。你有办法隐藏你与前同事十五年的情感关系吗？"

"我猜不行。在我们见面的时候，你都待在外面？"

"没错，我还没有吃晚餐呢。"

他们来到乔治的汽车旁。汽笛还在背后尖叫着。他们尴尬地一起站了一会儿，仿佛他们在思考，是要继续这场约会呢，还是今晚就到此为止。"我不知道简在哪里。"乔治说。

"我相信你，可博伊德小姐不相信。我们也知道，你还有些事情没有向我们坦白。"

"没错，我已经想清楚了。我准备说出你们想知道的任何事情。对警察也是如此。"

"很好。"警报声终于停止了。根据乔治的观察，没人出现在街道上，包括面包车车主，来确认是否发生了犯罪案件。

"我不打算在大街上告诉你所有事。我们还能去别的地方吗？你的铃木车在哪儿？"

DJ大笑起来。"停在下一条大街上了。"

"我觉得那不是适合跟踪的最佳车型。"

"我成功跟踪了你，不是吗？"

"如果某人上了高速公路，那你怎么办？它的时速能超过六十英里吗？"

"好吧，你现在谈论的是我的宝贝。让我们就这么说吧，在我这一行，我真的不经常在高速公路上或其他地方跟踪嫌疑犯。我把更多时间都花在办公室里。"

"那么，我们该去哪里说话？"乔治问道，"我们可以回到我在波士顿的社区。那里有家很舒服的酒吧。"

"我没问题。我们可以在你住的楼房前碰面。我认为我能跟得上你。"

乔治绕到驾驶室的门边，而DJ正准备穿过街道。他往漆黑而安静的街道两边看了看，乔治因为他的过分谨慎而暗自窃笑。然而，当DJ开始穿马路时，一辆白色汽车疾驰而来，车灯都没有打开。乔治对DJ大喊，让他当心，但DJ已经走了一半了。DJ犹豫了一下，考虑是要继续前进，还是退回来。就在此时，那车的刹车就像恐怖片里的女孩一样发出尖叫。DJ刚往马路牙子跨了一步，就被还在移动的车子的引擎盖撞翻了。乔治看着他肥大的屁股飘浮在空中，仿佛处于失重状态。DJ伸出一只前臂，挡在头上。它正好撞在挡风玻璃上，骨头粉碎了。DJ做了个单脚尖旋转，消失在视线中。汽车终于停了下来，刹车的尖叫声也戛然而止。当DJ落到人行道上时，乔治听到砰的一声，沉重而令人作呕。

乔治走向DJ，一只眼睛匆匆瞟向汽车的司机，但目光突然定住了。车窗玻璃被摇下来了，那是一辆白色的道奇车。里面的司机端着一支散弹猎枪，枪身被锯短了，双筒枪口随意地伸出窗沿。乔治停下来，本能地举起双手，脚开始往后退。他的脚后跟碰到了他刚刚走下的马路牙子，往后倒在人行道上。他觉得自己仿佛听到子弹上膛的声音，正当枪声震动空气时，他半滚半爬地退到自己的汽车后面。乔治的绅宝车的轮子都在颤抖，其中一扇窗户已经被打碎了。在其后的寂静中，他听到随着轮胎的另一声短促尖叫，道奇车离开了。橡胶燃烧和金属发热的气味充斥在空气中。

"DJ。"乔治在夜色中呼唤着，但他没有听到回应，只有破裂轮胎的嘶嘶声，从别处传来纱门猛然打开的声音，有人声离他越来越近。

乔治在波士顿警察局的审讯室里已经待了一个多小时，独自坐在一把塑料椅上，头顶上是明晃晃的日光灯。他已经喝完了他的咖啡，然后不断把泡沫塑料杯从边缘开始撕成一条条，直到它只有最初的一半大小。就在午夜前，门往里打开了，罗伯塔·詹姆斯探长走了进来。她穿着牛仔裤，短袖女式衬衫的纽扣全扣上了，还有一顶波士顿凯尔特人队的绿色球帽。

"嗨，乔治。"她招呼道，把一个马克杯和一个文件夹放在桌上，坐了下来。

"探长。"乔治回应道。

"我听说你经历了一个可怕的夜晚？"

"你有什么唐纳德·詹克斯的消息可以告诉我吗？我已经问了这里的每一个人。"

"手肘骨折，肩膀脱臼，有脑震荡的症状。他们让他在医院里待上一晚。"

乔治松了口气。在被瞄准之后，他用意志力让他那双还算灵活的老腿迅速移动，并成功地跑到了街的另一边。而DJ还在人行道的半当中，扭曲地侧躺着，他的头发浸满了黏糊糊的鲜血。他还有意识，但当乔治问他感觉如何时,他只是抬起头,眼神困惑,然后回头看向人行道,仿佛这个问题简直就是对他的侮辱。

"发生了什么事?"当时,从他们身后传来一个声音。是个三十多岁的女人,留着金色的板寸头。她在几码之外徘徊着,眉头紧锁,一脸担忧。

"他被撞了,"乔治说,"被一辆车。那辆车逃逸了。"他的口气听起来既正式又颤抖,他觉得他很可能是受到过度惊吓了。那女人迈着犹豫的步伐走向他们。突然,她身边出现了一个男人,正对着他的手机说话。他的声音近乎低语,仿佛他不想让任何人听见。在救护车出现之前,一辆巡逻车就赶到了。更多的街坊邻居出现在街道上,围成了一个半圆形,窃窃私语着。当急救医务人员照顾DJ时,乔治在跟一位警官说话,向他指出柏油路面上的刹车痕迹。还有他的绅宝车的侧面,上面已经被散弹枪打成了筛子。那个警官,显然也是个汽车爱好者,严肃而冷静地研究着这些损伤。乔治如实陈述了整件事,省略了更为庞大而复杂的情况,但他出示了詹姆斯探长的名片,告诉他们刚刚发生的事与她正在调查的一个案子有关。当救护车离开之后,他被带到了警察局,被告知要等在一间审讯室里。

"你想告诉我刚刚发生了什么吗?"詹姆斯探长问。他很好奇她的搭档欧克莱尔在哪儿,他是否正在某处,通过显示屏监视和监听这里。

"当然了。"乔治说道。

"你知道今晚是谁向你开枪的吗?"

"我知道是谁,但我不知道他的真名。他给我的名字是唐尼·詹克斯。"

"如今在医院里的唐纳德·詹克斯吗?"

"不,那是真正的唐纳德·詹克斯。那个用车撞倒他的男人,那个朝我射击的男人,自称唐尼·詹克斯。不过,这显然不是他的真名。要不然,这就是一个天大的巧合。"

"我被弄糊涂了。"

"好吧,"乔治说,"我会解释前情,把我知道的一切告诉你。"

然后,他就这么做了。这是他第二次叙述那晚的事情,第一次是对艾琳。重述它只会让他越来越感到自己的天真和无能。他告诉詹姆斯探长从周五晚上开始发生的每件事,但没有详细讲述他的过去,二十年前与利安娜的往事。然而,他的确说出了她的真名。"这里应该有她的案底。因为佛罗里达的一宗谋杀案,她被通缉了。"

"她的姓是怎么拼的?"

"D—E—C—T—E—R。"

"为什么那天早上你不告诉我们这条信息?"

乔治耸耸肩。"我当时不知道她……我被卷入了谋杀案。我还以为她告诉我的可能都是真的:她来波士顿是为了还钱,并试图让她的生活恢复表面的平静。很显然,我错了。"

"而你不知道她可能在哪里?"

"不知道。我非常怀疑她还在这片区域里。我本来会说,她肯定已经远走高飞了。然而事实是,她的搭档显然还在附近游荡。"

詹姆斯探长打开了她面前的文件夹,拿出一张嫌疑人的黑白照片,把它转过来面对乔治。"这就是那个自称唐尼·詹克斯的男人吗?"

照片上的男人留着向后梳的长发,起码要比"唐尼·詹克斯"年轻十岁,但是脸部特征都没错,小小的五官聚集在倒三角形的头上。乔治看着他的鼻子。在颗粒状的照片上,很难看清楚,但它看起来就是那个鼻子,又短又扁,塌鼻梁。"这看起来像他,"他说,"他是谁?"

"他的名字是伯尼·麦克唐纳。这个名字对你有什么意义吗?"

乔治告诉她没有任何意义。

"但是,你很确定这就是你在新艾塞克斯县遇到的男人,那个揍了你腰部的男人？"

乔治又看了一眼。嫌疑人照片上的那张脸非常冷静，几乎有点狂妄自大，仿佛不是特别担心让他置于这种境地的东西，也不担心接下来会发生什么。正是这种冷静，让乔治确定，这就是自称唐尼·詹克斯的男人。"是的，我很肯定。他跟利安娜·德克特，或者简·伯恩有什么关系吗？"

"我们还没有实质性进展。但是直到最近，他都住在亚特兰大。他是一个酒吧的酒保，就在利安娜工作和生活的地方附近。他的指纹出现在城外一辆被偷的汽车上。正因为如此，我们才调出了他的案底。"

"他是做了什么才被逮捕的？"

"不是什么特别严重的案件。威胁侵犯他人身体罪和小偷小摸。没有谋杀罪，或者杀人未遂。不管怎样，目前还没有。"

"很高兴知道这些。"

"你觉得伯尼·麦克唐纳和利安娜可能躲在新艾塞克斯县的那所房子里吗？"

"我不这么认为。那里完全被废弃了，甚至不适合居住。不管出于什么原因，他们中的一个知道这么一个地方，于是决定筹划让我在那里见到那个家伙……那个伯尼。这个计划显然是：他会把我吓得够呛，这样我就会觉得有必要帮利安娜这个忙。"

"那么有可能是附近的某个地方吗？你觉得他们为何要选择新艾塞克斯县？"

"那条巷子里还有一栋房子。事实上，我去敲过门了，看看我能发现些什么。住在那里的女人看起来毒瘾很严重的样子。"

"你问了她的名字吗？"

"没有。我只是问她是否知道是谁住在那座老旧的乡间小屋中。她不太愿意帮忙。"

"好的。"探长把伯尼·麦克唐纳的照片放回她的文件夹里,并合上了它。她挺胸后仰,乔治都能听到关节的爆裂声。"我能走了吗?"他问道。他浑身发疼。尽管他这天早些时候打了个盹儿,还是觉得自己只要一闭上眼睛,仿佛马上就能入睡。

"除非你想起了什么没有告诉我们的事情。"詹姆斯探长说着,往后一靠,把双手放在椅子的扶手上。乔治第一次注意到,她的手臂是那么有雕塑感,那么光滑。"我真的不愿意发现你还对我们有所隐瞒。我们不会再这么仁慈了。"

"我不会的。如果我忘记了什么,只是因为我一下子没想起来而已。我只想回家睡个觉。"

探长凝视着他,眼神中同时充满威胁和厌倦,然后双手撑着扶手,站了起来。"跟我来,你现在可以走了。"

一位开巡逻车的警官送乔治回家,既然他的绅宝车还停在河那边的车身修理厂里。

他坐在后座,乙烯内饰都开裂了,闻起来有股派素万能除菌清洁剂和公共洗手间的味道。在开车的整个过程中,那个警官一直在用手机讲电话,与他妻子争论他们青春期的女儿能否在没有成人陪伴的情况下参加某个活动。他说不清楚那位警官是站在哪一边的,但他看起来快要输了。"地球还会继续转动,"乔治心想,"尽管有杀人犯、百万美金的抢劫案和像我这样的傻瓜参与其中。"

警官停在了乔治所住的楼房前,告诉他妻子等一会儿,然后转过身。"这样可以了吗?你希望我陪你走进去吗?"

乔治凝视着漆黑的巷子,一度很好奇,伯尼·麦克唐纳是否也住在这里。"我没事的。"他说,然后警官松开了门上的安全锁。乔治谢过了他,下了车。他太累了,没力气去担心有谁可能在后面的楼梯处等他。

那里一个人都没有。他的公寓里也没人，除了一只大声抗议、饥肠辘辘的猫。他给诺拉喂了食，喝了好几杯水，爬回到床上。在席梦思床垫上，他的身体感到不同寻常的沉重，浑身肌肉酸痛。他想象着，当散弹枪在绅宝车上炸开一个洞时，他的整个身体剧烈地紧绷起来。

他闭上眼睛，但没有立刻入睡，各种问题在他脑中嗡嗡作响。他无法弄清他还与这件事有着何种纠葛。他很清楚，他一开始就被利用了。然而，很显然在利安娜·德克特和伯尼·麦克唐纳之间发生了什么，导致了不和。否则，麦克唐纳为何还在附近？他觉得是乔治在保存那些钻石吗？

乔治听到几不可闻的喵喵声，是诺拉跳上了床尾。他可以感觉到它开始在它常睡的位置上安顿下来。他翻身俯卧着，开始慢慢沉入梦乡。他想起了利安娜，重放着二十四小时前的那段时光，当时她就一丝不挂地躺在这张床上。他还能想起她的脸，在晨光下，它仿佛简化为一张面具。在他的脑海中，那双眼睛、那鼻子、那嘴都变成了模糊的印象。他蜷缩起身子，想起当他俩并排躺着，四肢纠缠在一起时，他问过她这样一个问题。"这是真的，对吗？"他问道，"我们在大学里的经历。"

那张无法解读的面具，也就是她的脸，没有透露任何信息。"嘘……"当时她一边说着，一边把他拉得更近，这样她的嘴唇就能贴着他的耳朵。她用舌尖沿着他的脖子侧面舔了一遍。

随后，他想起了那晚早些时候的艾琳，在他们两个都尽欢之后，她把头埋在他的颈部。他俩静静地躺着，乔治还在她的身体里，她温暖的呼吸吹在他的锁骨上。

这些情景你争我夺，互相融合纠缠着，伴着乔治磕磕绊绊地陷入了焦躁不安的睡眠。

18

"嗨,奥德丽。"乔治在电话里对利安娜·德克特说道。他正坐在汽车旅馆的房间里,还没从与肌肉车男的遭遇中缓过神来。而且,他很确定,他的声音一定在颤抖。

"这么说,你以为我死了?"

"不然你觉得我会怎么想?"

"我对此很抱歉。"

乔治什么也没说,因此她继续道:"我猜今天下午戴尔吓得你够呛。我也对此很抱歉。"

"他可真是相当吓人。"

"是的,他就是干这个的。那是他的工作。不过他已经回到了坦帕市,因此我觉得我们可以在今晚见个面。我很愿意解释一下。"

乔治又发了一秒钟的呆,然后说:"好的。"

"有个名叫棕榈酒吧的地方,在栗树镇。"她把地址给了他,"你觉得你能找到它吗?"

他们相约在晚上九点见面,乔治还没来得及问更多问题,她就挂断了电话。他在床沿上坐了一会儿。他还是可以遵循他的原计划：离开佛罗里达，在路上打电话给查尔方特探员，把所有事情都告诉他。永远不再见奥德丽，不管她到底叫什么名字。然而，那个电话改变了一切。她想要见他，他没有办法不去。他来佛罗里达就是为了找寻真相，现在他快要接近了。

他冲了个澡，即便他已经没有干净的替换衣物可穿，然后拜访了丹·汤普森，问他借了一整晚的车。他被告知，他可以把车留过夜，只要在第二天早上八点前归还就行。

现在还是傍晚，还有点阳光。因为他实在太焦虑了，无法待在汽车旅馆，就开车出去了。他穿过了冬青河，进入了栗树镇，然后顺着科特斯大道一直开到了圣安妮岛。他停在海滩边。海湾是有金属质感的深蓝色。西沉的太阳染红了天空，将耀眼的白光洒在海面上。乔治走下了海滩，发现一个老式的木质码头，它的末端有个建筑物。他沿着码头行走，与渔民和老年游客擦肩而过。在码头尽头是一个露天酒吧，摆着三个饱经风霜的空凳子。他点了一瓶百威啤酒，拿在手上。以前他也在酒吧里买过醉——大学附近的廉价酒吧，以从不让当地学生赊账而臭名远扬——但他从未在这种地方的室外酒吧享受过服务。他很快喝完了第一杯啤酒，然后点了另一杯，并点燃一根香烟。第二杯他喝得很慢，同时看着渐行渐远的阳光下的过往船帆。

一个半小时过去了，但是离他与利安娜预定的会面时间还有一个半小时。乔治把别克车停在棕榈酒吧的碎石路面上。酒吧就坐落在两条平坦空旷的道路的交叉路口，那是一座老旧的农舍，一侧墙上画着一棵褪色的棕榈树，门上方有个啤酒的霓虹灯标志。他从快餐连锁店买了个起司汉堡，然后在车里吃了它。在停车场上，只有另外两辆车停在他旁边，都是卡车。他注意到这里没有肌肉车，感到一阵释然。

棕榈酒吧的内部跟火车的车厢差不多大小，头顶上的日光灯管只是大略地照亮了前部,却照不到后面。里面有一个员工和一个客人,每个人都在吧台黑暗的尽头喝着混合鸡尾酒。那个员工是个五十岁的男人,有着浓密的胡须,有些谢顶。他的顾客是个与他年龄相当的女人,戴着一顶修短的牛仔草帽。

乔治走到了吧台的中央,并把一个手肘搁在上面。当酒保走向他时,他要了一瓶百威。

酒保拿来了啤酒,收了乔治两美金。"自动点唱机坏掉了,如果你想放首歌,不用花钱。"酒吧说道。

乔治带着他的啤酒走到后面的老式点唱机前。在弧形的玻璃后面,水平叠放着四十五张唱片。歌曲的名称都写在小卡片上,有些是印刷的,有些是手写的。大部分都是乡村音乐。乔治仅仅是基于知名度,挑选了一堆歌曲随机播放。比如说,汉克·威廉姆斯[①],听上去非常耳熟。佩西·克莱恩[②]也是如此。

他带着啤酒来到远处角落里的桌子上,然后等待着。

在九点零一分,她穿过酒吧大门。在他等待期间,有个穿乙烯涂层外套的矮小男人走了进来,坐在戴牛仔草帽的女人身边,并点了一杯杰克·丹尼加可乐。然后,又进来一对夫妻。一个痴肥的男人带着他骨瘦如柴的有纹身的妻子。他们点了两杯威士忌加柠檬汁,并带着它们来到靠前的桌子上,无言地喝完,离开了。

奥德丽或利安娜踏入了前门,让门摇晃着在她身后关上。她暴露在头顶强光的照射下。有一阵子,乔治看到她漫无目的地凝视着吧台

---

① 汉克·威廉姆斯(Hank Williams),绰号金(King)。由于他在二战后对美国乡村音乐及流行音乐的沟通和发展方面所做出的具有历史意义的重要贡献,故被誉为"美国当代乡村音乐之父"。

② 佩西·克莱恩(Patsy Cline),被誉为上世纪五六十年代第一天后。

的后面。她穿着一条纯棉的黑色裤子,就是服务生有时候会穿的那种,还有女式短袖衬衫,是她最喜欢的绿色。她看起来就是他记忆中的样子:瘦小的肩膀、略宽的嘴唇、异国情调的眼睛,令人惊艳。她看见了他。

他仍然坐在那里没动。而她离开光照强烈的门厅,走入昏暗的内部,迅速瞟了一眼吧台,然后把一只手放在他的肩膀上,微微靠过来。她闻起来还是跟以前一样——像肉桂口香糖——他突然意识到,在这几个星期内,他就已经忘记了她有这个特点。

"他有没有给你记账?"她问道,指了指啤酒。

"不,我觉得你不必为此担心。"

"你还想来一瓶吗?"

"我会的,"乔治说,"你请坐。你想要啤酒,还是其他什么?"

"啤酒就好。"

她坐在桌前,而他去酒保那里又拿了两瓶啤酒。

当他回来时,她把双手平放在桌面上,充满了期待,仿佛一个孩子等待着被喂饭。乔治以前见过她这么做。除了她伪造身份之外,利安娜还是他以前认识的奥德丽。他有些半醉,想要伸手去摸她,并搂住她的肩膀。他想要吻她。

"我真不敢相信,你居然长途跋涉来到了这里。"在小口喝掉从瓶颈里溢出的泡沫后,她说道。

"我觉得你没有权利抢在我之前,以'我真不敢相信'作为开场白。"

她露出了微笑。"有道理。"

"我以为你死了。你有什么——"

"瞧,别说了。我对此也感觉很糟糕,让我花点时间解释一下,也许你会理解的。今天,你也看到我住在哪里了。因此,你知道我并不是来自非常富有的家庭，没有足够的钱去上大学。我真的不想说太多细节，但我和我父亲相依为命。作为一位父亲，他太老了，快七十了。三十年前，他为电视台写剧本，在加利福尼亚。他说自己写过《迷离时空》，但我对此一无所知。如今，他的爱好只剩下喝啤酒、抽大麻和赌博。上帝啊，这听起来就像……我真可怜，不是吗？不管怎样，长话短说，永远没有母亲的陪伴，可怕的老父亲总是欠着赌债，而可怜如我，觉得如果在高中毕业后能去马萨诸塞州社区大学读个两年制学位，就够幸运的了。"

"然后，你遇到了奥德丽·贝克。因为'演讲和辩论'社团。"

她挺起胸膛，深深地吸了口气。"没错。你全都查清楚了，福斯侦探。我变成了奥德丽的朋友，实际上只是熟人。我们会在辩论会上互相交谈。她告诉我，她喜欢我的耳环。我也告诉她，我喜欢她的牛仔裤。还有诸如此类的事。她还告诉我，她的父母怎么逼迫她上大学，虽然她只想去她男朋友及其乐队租的海滩小屋。我告诉她，我做梦都想上大学，但我没有钱。而且，我还告诉她，如果我让男朋友搬进我自己的卧室，我爸很有可能不会注意到。然后，我们制订了一个计划。不，这么说不太准确。我们制订了一个梦想。如果我们能互换位置，我们两个人都会觉得这简直太棒了。如果我拥有她的父母，我就能上大学，就会皆大欢喜。如果她拥有我的爸爸，那么她就能和她男朋友一起住在海滩上。那是五月份的事情。然后，我们都从高中毕业，我再也没有听说过她的消息，直到八月份。"

"整个夏天你都在干什么？你的计划是什么？"

"我在一家名叫'河景'的餐厅当服务生，过去两年我都是这么做的。我还报名参加了社区大学的课程。内容很糟糕，但我又能做什么呢？然后，奥德丽给我打了电话。她告诉我，她决定不去上大学了。相反，她想去西棕榈海滩。然而，如果她没有出现在学校里，她父母就什么都知道了。接着,她说我应该去接替她的位置。我有自己的汽车,我可以跟我爸说,我决定远走高飞了——他绝不会关心的——我可以一路开到康涅狄格州,作为奥德丽·贝克被大学录取,没人会知道的。她已经安排好时间,每周给她父母打电话,假装她在学校里。如果我接到她父母的电话,就假装成室友,捎个口信给佛罗里达的奥德丽。这看起来无懈可击……我的意思是,它就是无懈可击的。我们就这么做了,并且它起效了。"利安娜咬紧牙关,直视着乔治,"而且我觉得它会就这么一直起效下去。"

"然而,奥德丽死了。"

"没错,奥德丽死了。因此,我也死了。"在点唱机的灯光下,利安娜的一只眼睛闪闪发光。佩西·克莱恩唱着关于午夜漫步的歌曲。

"发生了什么?"

"你指的是奥德丽?"

"是的。"

"当我回到佛罗里达后,她打电话给我。她也回到了枫糖镇。我们见了面,事实上就在这里。她的生活一团糟。毫不意外地,她男朋友被证明是个浑球。她说,他所感兴趣的只有毒品和上床。她说,他试图说服她与整个乐队做爱。我猜压死骆驼的最后一根稻草是,有毒品贩子追着他们要钱。这听起来像一场噩梦。她问我关于马瑟学院的情况。我如实告诉了她。我没有撒谎,我告诉她,我过了一个很棒的学期,也告诉了她关于你的事情。我敢说,她觉得自己犯了个天大的错误,我是这么猜的。我觉得那晚她还在吸毒——当她过来见我的时候,她看起来好像沉迷于某种东西——然后她喝醉了。而且,她对我说,她希望我们的生活能换回来。她希望去大学上第二学期。"

"她觉得没人会注意到?"

"我当然知道,但她并不这么想。我告诉过她,这是不可能的,她不能只是出现在那里,告诉大家,她才是真的奥德丽·贝克。我告诉过她,如果这真是她想要的,我可以停止鸠占鹊巢,然后她可以转学到另一所学校。通过这种方式,我们才能摆脱出来。她显得非常焦躁。我觉得她真以为自己能一下子跳回被她换掉的生活。这不只是我们看起来有多像,或之类的问题。"

"你做不到。"

"正是如此。她开车回家,我也是。就在那天晚上,她死了。"

"因此,你觉得她是自杀?"

"她真的喝醉了,因此我觉得她可能直接开进了车库里,然后昏了过去。直到两天后,我才听说这件事。很显然,我已经决定不回马瑟学院了,我本来计划给你和埃米莉打电话。然后,她就死了,而我不知所措。"

"耶稣啊。"乔治说着,点燃了一根香烟。他的啤酒已经喝完了,他的脑袋有些飘飘然。然而,在她的故事中,有些东西不太合理。"当她告诉你,她想拿回她的名字时,你是什么感觉?你一定已经在计划回到学校了。"

"好吧,我是这么想的,但是我一直知道这是暂时的。成为奥德丽只是暂时的。我已经变成了这个完全不同的人,一个我更想成为的人——你知道的,能待在大学,功课很好,有个男朋友,像你这样的男朋友——但这就像我患有一种隐秘的疾病,或者我的身体里有个时钟,像心脏一样滴滴答答跳动着。闹铃随时都会铃声大作,奥德丽·贝克就不再存在了。她死了,我就必须变回利安娜·德克特。上帝啊,现在看来,这就像一场梦,那一整个学期。"

"这感觉一定很奇怪。"

"也很好。那是一段美好的时光,不是吗?"

"也许你能以某种方式回来。用你自己的身份。你在那里的成绩真的很不错。"

利安娜大笑起来。"你觉得他们会原谅我用了假身份?你觉得奥德丽的父母会原谅我?他们付钱让一个陌生人上了大学。"

"现在,她的父母知道奥德丽没有真的去上马瑟学院。我的意思是,每个人都知道了,包括警察。"

"没错,我听说了。我觉得总会真相大白的。我不是那么乐观——"

"但这都是拜我所赐——"

"但这都是拜你所赐,以及你坚定不移的奉献精神。"她伸出一只手,摸了摸他的面颊。他们沉默了一会儿。啤酒和她的亲密行为瓦解了所有的真实感,让乔治的立场和他们刚刚谈论的话题都显得那么不真实。

"我想你。我一直在想你。"乔治说。

"我也想你。"

"我能吻你吗?"

"好的。"

"我的嘴唇有点破了。"

"是的,我注意到了。没有关系。"

他们接了吻,温柔地,在酒吧的黑暗角落里,一曲快节奏的山区乡村摇滚乐代替了佩西·克莱恩的那首歌。

"你还没有告诉我整个故事呢。"乔治说。

"我知道。不过,首先,请告诉我,学校那边怎么样了。大家有什么反应?"

他告诉她,他是怎么度过在马瑟学院的那两天,怎么从埃米莉那里得知噩耗的,还有在巴纳德楼里的临时守灵夜,他与教导主任的会面,凯文是如何差点踢烂他的屁股的。利安娜专心地听着,她的嘴唇微微张开,眼睛比平时瞪得更大。"这就像被允许参加你自己的葬礼,"她说,"让人有点着迷,虽然这么讲可能挺病态的。"

然后,他跟她说了他的佛罗里达之旅,以及过去两天发生的事情。当讲到监视利安娜家的部分时,乔治说:"现在,你得告诉我关于那个家伙的事情。"

"戴尔。"

"没错,戴尔。"

"好吧。我想你有这个权利,但你不会太喜欢的。"

"他是你的一个朋友?"

"算是吧。"

"他是你的男朋友?"

"不完全是,但在某种程度上也算是吧。让我跟你慢慢说。首先,正如我前面所说的,我爸赌博,赌得很厉害。他过去常常去赛马场,但后来,他开始通过坦帕市的一个赌注登记经纪人进行体育博彩。老实说,我甚至不知道他打电话联系的那个男人的名字,但我爸过去总是在打电话,等我上初中之后,打得比我还多。我爸爸欠了很多钱,当他还不出的时候,恐吓者就出现了。其中一个叫——"

"叫戴尔。"

"没错。他是一个收账人,他过去常常来这里。他非常擅长使别人痛苦,而且不会留下任何明显的伤痕——"

"他不是这么跟我说的。他说会留下疤痕的。"

利安娜抓住他的前臂。"对不起,让你不得不面对他。我确定这绝不是什么愉快的经历。他曾经离开过一段时间。在第一学期开学前的暑假,他没有出现在附近。因为我爸开始参加匿名戒赌协会。这也是一部分原因,让我觉得我能离开这里,去马瑟学院上学。我告诉我爸,我正准备和一个朋友进行驾车越野旅行,而且我会打电话给他,向他及时报告情况。他说他没事的。我让他保证,他会继续参加匿名戒赌协会,但他没做到。"

"正因为如此,戴尔回来了。"

"这是一部分原因,但他也是回来找我的。我能抽一根烟吗?我有点不在状态。"乔治为她点了一根烟,"这个部分很难启齿,"她继续说道,"有段时间,事情真的变得很糟,我们欠了很多钱。事实上,是我爸欠的,但我觉得这也是我的问题。戴尔扬言要把他打残,也许甚至杀了他。戴尔之所以认识我,是因为他会来我家。而且,他喜欢我,因此,最终,我们做出了一个安排。"

"什么样的安排?"

"你觉得呢?"

"耶稣啊。"

"是的。"

"你当时几岁?"

"刚开始的时候,是十六岁。但后来,我让我爸停止了赌博,差不多在我高三的时候。因此戴尔不再这么阴魂不散了。"

"耶稣啊。"

"你觉得我很恶心?"

"不……是的,我觉得这很恶心。我觉得戴尔和你爸很恶心。这真是太可怕了。耶稣啊,我感到非常抱歉,为你。"

"好吧,这不是《草原上的小木屋》,但如今一切都结束了。我爸会戒赌——他已经这么做了。戴尔不会再探头探脑了——"

"你和他,这个圣诞节有没有……"

"是的,他就是为此而来的。但是,不,什么也没发生。奇怪的是,虽然我是被迫的,但他真的把我当成他的女朋友。他在保护我。

正因为如此,他那天下午跟踪了你。我爸透过窗户发现了你在车里,然后他打电话给戴尔,而戴尔做了他擅长的事情,我今天甚至不在家。"

"你一定能对此做些什么。"

"别担心。一切都过去了。让我们说说其他事情吧,或者让我们出去走走。这个地方太压抑了。"

他们站在外面黑暗的停车场里,头顶上闪着几颗黄色的星星。利安娜之前把她的车停在乔治的车旁边,他们就站在两车之间,拥抱接吻。乔治感到离自己原来的生活有天涯海角、沧海桑田那么远。

"如果我确定能在明天见到你,今晚我只会说声晚安。"他说。

"好的。但是,你最终得回到马瑟学院。"

"我不知道。也许我可以留在这里,和你在一起。"

"我不会让你留在这里的。我不管你有多爱我,这里不适合任何人居住。"

"什么?你是指佛罗里达?还是和你在一起?"

"两者皆是。"

"佛罗里达没那么糟糕。还有什么地方能让你同时买到烟花和橘子?"

"哦,烟花和橘子,对我们州的完美定义。让我告诉你真相吧:橘子不都像他们宣传的那么好。我过去常常开车经过一家果汁工厂,你知道有多难闻吗,那些地方?让我再也不想见到一只橘子,更别说喝一杯橘子汁了。就别让我开始说烟花的事情了。"

"是什么让你如此抵制烟花呢?"

"它们毫无意义。一群人对着天空中的愚蠢爆炸大呼小叫。一些闪烁的光芒,让每个人的智商都下降了二十分。"

"我不记得你是如此愤世嫉俗。"

"现在你看到了真正的我。"

他把她抱得更紧了,而她亲吻了他的锁骨。"明天你愿意来我住的汽车旅馆看看我吗?"乔治问道。

"我保证会去的。你希望我几点到?"

"只要你有空就行。"

"我会在中午到达那里。我们可以吃个午饭。"

"好的。我们可以讨论一下我们有什么选择。"

"好的,选择,我喜欢选择。"

"我们可以一起搬到某个地方,但不是立刻行动。我认为警察很想知道你和奥德丽之间究竟发生了什么。"

"我知道,稍后我会处理这件事的。"她说。

"不,我们会一起处理的。"

"对,我们。"

利安娜先进到自己的车里。然后,她摇下了车窗玻璃,乔治把头伸进来,与她吻别。"你还没有用我的真名叫过我呢。"

"晚安,利安娜。"在她驱车离开前,他说道,"这听起来有点奇怪。"

"好吧,那就是我的真名。事实上,我更喜欢'奥德丽'这个名字。如果你愿意的话,还可以叫我奥德丽。"

"不,我希望叫你的真名。"

他目送着她的尾灯上下颠簸着离开沙砾铺就的车道,画出一道逐渐变暗的细长光线,并开上了两边都是牧场的马路。后来,他很好奇,那天她是否整晚都在开车,一直升到她想去的任何地方,还是会再次停在她父亲的房屋前。

19

一阵敲门声把他吵醒了。乔治在那里躺了一会儿,感到非常困惑,过去几天来发生的事立即向他袭来。它们就像来自梦中的残影,却是真实的,从另一个房间传来的敲门声强调了这一点。在他过去的生活中,没人会不请自来,特别是在周四的清晨。

他穿上睡袍,不顾在潮湿的房间里他的皮肤还又湿又黏的事实。昨晚,他精疲力尽的时候,忘记了打开空调。整个公寓里的空气厚重得就像桑拿房。当他穿过客厅时,他的头和胃部都感觉轻飘飘的,他不记得他最后吃饭是什么时候了。又传来一阵响亮的敲门声,愤怒的七次连续叩击。他希望那是警察,而不是伯尼·麦克唐纳或者利安娜来完成他们的工作。

"是谁?"他隔着上锁的门问道。

"卡琳·博伊德。"他花了些时间,才把名字与人对上号。不是因为他已经忘记了麦克莱恩的侄女,而是因为他还没有从昨晚那深沉而多汗的睡眠中摆脱出来。他打开大门,准备邀请卡琳进来。然而,她推开门,自己进来了。"我已经在外面等了二十分钟。"她说。

"对不起，请进。"他说着，关上了门。

她的脸涨成了深红色，下巴看起来很僵硬。"你听说 DJ 出事了。"乔治说。

"今早我见过他了。他很幸运，还活着。"她的语气似乎在暗示，乔治就是那个开车撞他的人。

"我听说他得了脑震荡。他还记得发生了什么吗？"

"他记得他跟踪了你，并找到了你。他说，你正准备告诉他你所知道的一切，但后来，他就什么也不记得了。警察说你们被攻击了。"

"我们被一个很有可能杀害你叔叔的男人攻击了。瞧，我需要给自己来杯咖啡，我需要先坐下来。进来吧，请坐。我不准备找借口打发你。现在，我站在你这边了。"在上初中的时候，有一整年，他都饱受一个比他大一年级的女生的欺负。她常常对他怒目而视，就用卡琳·博伊德目前表现出的毫无节制的攻击性表情。乔治从她身边走开，前往厨房。"随便坐。"他说道。当她听话地坐到一把被诺拉撕破的安乐椅边缘时，他松了口气。"你需要什么饮料吗？一杯水？"

卡琳谢绝了。然后，他进入厨房，倒了一品脱的水，一饮而尽。咖啡壶还放在电磁炉上，里面有四指深的黑色液体，已经放了好几天。他把壶里的东西倒进一品脱的玻璃杯里，然后加了冰块和牛奶，并回到了客厅里。卡琳正在四下观望他的住处，眼神有点不屑一顾，或许，这只是她惯有的表情。

"就像你叔叔的住处。"他说道，然后立刻就后悔了。

她挑起一边的眉毛。"这里的地段不错。"她说，显然没被乔治玩笑中的企图惹恼。

"是的，没错。你是怎么找到 DJ 的？"他一边问，一边坐了下来。

"他本该在昨天向我报到的，但我没有听到他的任何消息。昨天深夜，我最终联系到了詹姆斯探长，而她跟我详细说明了此事。她说她已经把你带到局里问话了,但还是释放了你。我直接从医院赶到了这里,想听听你原本想对唐纳德说些什么。"卡琳说话的时候,一会儿跷起二郎腿,一会儿又放下,就这么交替往复。比起上次乔治见到她的时候,她现在穿得更休闲了——黑色短裙配褪色的蓝色polo衫。她的头发往后梳成一个马尾,脸上不施粉黛。当她说话时,胸口和双颊都会变得通红。她的皮肤是精致纤弱的白中透蓝,就像脱脂牛奶。乔治可以想象,她不喜欢晒太阳。

"你很可能会失望的。我并没有太多要说的,但我会把我所知道的都告诉你。我已经把一切都告诉警察了。"

"你想必没有告诉警察,简·伯恩目前在哪里吧?"

"如果我知道的话,肯定会说的。我完全不知情。我的猜测是,她拿走了你叔叔保险柜里的所有东西,现在已经远走高飞了。而让我觉得情况恰恰相反的唯一理由是,她的搭档还在附近徘徊。"

"他就是昨晚袭击你们的人?"

"我是这么认为的。我的意思是,我知道是他,但没有亲眼见到他。"

"你怎么知道不是简?"

"我以前见过那个家伙坐在那辆车里……我应该从头开始讲吗?"

"好的。"

二十四小时内的第三次,乔治复述了整个故事,自从周五晚上与利安娜重逢后,发生在他身上的每件事。就像詹姆斯探长一样,卡琳特别感兴趣的是,新艾塞克斯县的废弃小屋,以及巷子里的另一栋房子,在那里他遇见了一个看起来有毒瘾的少妇。

"你觉得他们就躲藏在那里?"卡琳问道。她还坐在椅子的边缘。在他讲故事的期间,太阳已经渐渐西移,阳光悄悄地潜入客厅的一扇窄窗里,照亮了她的半边脸。在耀眼的光芒中,她的一只小巧的耳朵看起来几乎是透明的。

"正如我所说的,我完全看不出他们为何要躲藏在这附近。除非他们中的一个欺骗了另一个。我认为乡间小屋旁边的房子很可能是他们的藏身之处。这是说得通的。让我们假设一下,他们中的一个认识住在那里的人。他们发现了那座腐烂的小屋,把它作为行骗的舞台。在那里,我遇见了假装为你叔叔工作的伯尼·麦克唐纳。他把我吓得够呛,这样我就会同意帮助利安娜……简。如果任何人回到那里,正如我之前所做的,他们看到的只有水边的断壁残垣。"

"你能带我去那里吗?"

乔治知道她会问这个问题,但还没有决定好该如何回答。虽然睡了一整晚,他还是精疲力尽,神经很衰弱。虽然他还是很想知道利安娜的下落,以及保险柜里的钻石的去向。当他决定把所知一切都交给相关部门处理时,还是感到一阵释然。"我可以告诉你它的位置,"他说,"或者更好的做法是,我们可以把我们的想法告诉警探们,让他们去。"

"但是,你已经告诉他们一切了,不是吗?你告诉他们关于乡间小屋和附近房屋的事情。如果他们想去的话,自己会去的。"

"因此,我们会让他们去,而不是我们自己去。"乔治说。

"这是一个风险很大的赌注,明白吗?那里很可能什么都没有。我们去检查一下,不会受伤的。"

"我可以告诉你,它在哪里。"

"我觉得我不想独自前往。如果你一起来的话,我会感觉更舒服的。"

"瞧——"

"我认为你欠我的。我叔叔死了,你也有一部分责任。如果唐纳德的身体状况够好的话,我会和他一起去的。但是,你对他的受伤也负有责任。"她提高了声调，乔治意识到，不管正确与否，她已把他视为这起案件的主要嫌犯。

"我会带你去的，"他说，"但是，如果有任何人在那里，或者我看到一辆可疑的车辆，我们就立刻调头，打电话报警。"

"好的。"

"我需要一些时间做准备。我得打几个电话。"

卡琳查看了她的手表，仿佛在决定是否要给他所要求的时间。"我会等的。"她说。

乔治在卫生间刷了牙，用湿手理了理头发，涂了额外的香体露，替代冲澡。在卧室里，他一边穿衣服，一边先给他的办公室打电话，先是找到了前台接待，告诉她，他还是感到很不舒服，不能去上班了。然后，他拨打了艾琳的手机。在几声铃响之后，她接起了电话。"你在哪儿？"他问道。

"在路上。我姐姐和她的孩子们竟然去罗切斯特拜访我爸爸了，因此我正在赶往那里。你在一个正确的时间点，让我的生活陷入危险之中。"她的声音听起来欢欣鼓舞得没心没肺，而他选择绝口不提昨晚在她公寓楼外面发生的事情。

"开车小心点，好吗？"

"我会的。你那边一切都好吗？"

"无聊得就像刷锅水。我请了病假，但只是因为我累坏了。替我向你的家人问好。"

"我会的。"

卡琳早就把她的车——一辆金属灰的奥迪——停在乔治的公寓楼前的居民专用车位上。乔治小心翼翼地滑到乘客凹背座椅上，伯尼之前揍他的地方还有些疼痛敏感。今天是典型的夏末的一天，气温已经下降了大约十度，空气中的湿度突然不那么令人难受了。卡琳发动了汽车，在驶离停车位之前，用电动系统把两边的窗户都摇了下来。

"你知道怎么去新艾塞克斯县吗？"他问道。

"我能开到镇中心。你可以从那里开始给我指路。"

当卡琳根据导航系统的指示，穿过周一早上如蚂蚁工坊一样的车流时，他们两个都没有说话，这就是波士顿的交通状况。从北面的93号公路开始车行缓慢，一直堵到95号公路。卡琳咒骂着，发出嘘声，仿佛新艾塞克斯县随时会消失。不过，一旦他们平安地开上95号公路，道路顿时豁然开朗，车里的沉默变得扎眼起来。

"麦克莱恩太太怎么样了？"乔治问道，"我很抱歉，我不记得她的全名了。"

"特雷莎，也叫特雷西。她稍微恢复了些。当然了，还是奄奄一息，但神志暂时清醒了。这真是个奇耻大辱，因为我们不得不告诉她，她的丈夫已经先她而去。我们选择不让她知道，他是在自己家里被谋杀的。我们说他是心脏病突发，如今，我们只有祈祷她的身体不会好到开始想要读报或看电视了。她还是处在病痛之中，她还是随时可能会死，但是现在，她也能感到极度的悲痛。"

"你跟他们两位都很亲近？"

"我跟我叔叔很亲近。他膝下无子，而我是那种他梦寐以求的聪明小孩，获得了MBA学位。实际上，在金融危机的时候，我正在为雷曼兄弟公司工作。当我找不到工作的时候，我叔叔很可能是出于负罪感，提供给我一份工作，给他当助理。我猜，这是一座很好的沟通桥梁。"

"'出于负罪感'，你是指的什么？"

卡琳明显地犹豫了一会儿，然后才开口说道："我不太确定我叔叔是否干过些违法的事，但在次贷危机前的经济形势下，他赚到的钱多得荒谬。在他变富的同时，可能伤害了一些人。因此，其中可能涉及了一些负罪感。我说得太多了。"

"他在搞庞氏骗局吗？"

"你从哪里听说的？"

"我不是听来的，"乔治撒谎道，"只是你讲的那种事情听起来有点像。"

"多少有点吧，我猜。我相信，这都是见不得人的。"

"这跟我无关。我真的不在乎你叔叔是怎么赚钱的。"

他们说话的时候，流动的空气从敞开的窗户里嘶嘶地吹进来。卡琳按了个按钮，让两边的窗户都升起来并关紧。刹那间，汽车里变成了一个几乎无声的空间。卡琳摆弄着温度调节系统，把空调温度调低。然后，她再次陷入沉默。乔治感觉到，当谈起她叔叔的财富时，她显得不太自在。然而，他对此很感兴趣。毕竟，麦克莱恩的钱正是引发所有这些事件的根源。"你的叔叔把他所有的钻石都保存在纽顿的保险柜里吗？"他问道。

"上帝啊，不，但是他在那里放了很多。我们乞求他不要那么做，而是把它们放到银行的出租保险箱里。然而，这些钻石已经变成了他的激情所在，他喜欢把它们拿出来欣赏一下。他正在收集不同颜色的钻石。它们有许多种颜色，你知道的，不仅是白色。"

"关于钻石，我只知道它们很值钱。"

"是的，而且它们很容易得手，也相当容易出手。"

"而且它们也能轻而易举地隐藏你到底有多少钱。"

"你瞧，即便我叔叔的某些赚钱方式不太道德，他也赚了足够多的合法收入，通过他的家具打折店和投资项目。你不认为我追查此事，只是想追回保险柜里的钱款？"

"我觉得那只是部分原因。"

"我叔叔被算计、抢劫并谋杀了，我想要找出干这件事的人渣。如果他的保险柜里只有他童年时代的火车玩具，我还会做这件事的。"

"我理解，我也有同样的感觉。"

"不管怎样，就算我们找回了钱，那也不是我的钱。那些钱会还给他妻子，只有天知道她会作何打算。"

当卡琳提高音调时，乔治注意到奥迪的车速相应地加快了不少。当他指出前往艾塞克斯县的出口时，他们已经很容易地飙到了九十英里的时速。她熟练地穿过了三条车道，并换成低速挡，驶入了出口匝道的 U 型弯道。他指示她往前开，然后离开艾塞克斯县的中心区域。一旦他们开上了海滩路，他就让她留心寻找石头教堂。她再次摇下了两边的玻璃窗，汽车里顿时充满了海边空气的咸味。乔治看向大西洋，它呈现出闪光的蓝色，上面撒着点点光斑。即便是星期一，还是有大量的帆船出航。难得的高气压横扫了这周令人窒息的潮湿，愉快的船主们充分利用了这点。

乔治突然感到害怕了。虽然，他相信他们在船长索耶巷里的房子和乡间小屋可能会一无所获，但也开始考虑相反的可能性了。伯尼·麦克唐纳也许会在那里等着他们，带着他的散弹枪。他提醒自己，如果在那栋房子或乡间小屋中发现有任何人类居住过的迹象——比如说，伯尼的汽车——他们就立刻转身离开，然后报警。然而，还有别的什么原因正在驱使着乔治，他意识到那正是利安娜。他有机会再次见到她。有非常渺茫的可能，她是被伯尼·麦克唐纳绑架的。虽然缺乏任何证据，乔治还是抱有一丝希望：利安娜可能真的需要他。

这一丝希望他已怀揣了二十年之久。

他们经过了教堂，它那迷你的停车场里空无一车。乔治指出了船长索耶巷，而卡琳放慢了车速，突然来了个急转弯。即便现在是光天化日，在浓密的树荫下，那条巷子也黑漆漆的。卡琳用力过猛，撞到了一条车辙上，她的汽车底盘刮擦到了马路。于是，她龟速前行。

"你想看看那栋乡间小屋吗？"他问道。

"那个被废弃的地方？"

"是的，一直走到水边。"

"不，让我们直接去那所你看到那个女孩的房子。如果这么做毫无结果，我们可以检查一下乡间小屋。"

他指出了那条车道，她开了上去。一如既往，高高的野草从碎石路和尘埃中抽芽生穗。那个甲板小屋如往常一样黑漆漆的，让人难以看清。车库关着，没有汽车停在车道上。窗户看起来和墙壁一样，是一大片空无一物的棕色。除了外部状况相对较好外，它看起来和水边的乡间小屋一样被废弃了。

"你上次来这里时，有辆车停在前面吗？"卡琳问道，她的声音透着一丝最轻微的颤抖。那些阴森的树林让她神经紧张。

"不，它看起来就像这样。"

他们停好车，两个人都走到了车外。乔治本来期待，在黑暗的松树林里会更凉快一些。然而，空气感觉还是很潮湿，就像不知怎么，上星期的湿气已经被困在严丝合缝的树林中了。尽管离大海是如此之近，这里没有一丝可察觉的微风。他们一起步行走向大门，乔治按响了门铃。一如既往地，他听到从房子里传来沉重的类似敲锣的声音。他们等待着，一言不发地待了半分钟。他再次按响了门铃，并把脸贴在一扇与门一样高的窄窗上。那房子是错层式的。铺着地毯的楼梯平台通向两段很短的楼梯，一个往上，一个往下。没有任何动静。

卡琳伸手去拉门闩，但它被锁住了。他们面面相觑。"我们应该从其他窗户看看吗？"他问道。

"我会建议我们直接闯入。"

"让我们先在房屋周围转转吧，看看是否有其他敞开的入口，或者有没有人待在那里。你想走这条路吗？我会走另一条，然后我们在另一边碰头？"

"我们为何不一起行动？"卡琳问道，"这个地方让我浑身发毛。"

他们开始绕着房子转圈，按顺时针方向。车库门也锁着，因此他们转过了拐角，来到了后面。这里有一小片庭院，将房屋黑漆漆的侧面与逐渐入侵的树林隔开来，但自从冬天以来，这个庭院很可能就无人照管了。里面的草已经长到了齐膝高，满是野花。乔治在草丛里跋涉着，走着外八字，这样就能把草按压下去。由虫子聚集而成的小团云雾从灌木丛中升起。卡琳紧跟在他身后，说："我讨厌该死的大自然。"

"讨厌它的全部？"乔治问道。

"我不介意欣赏它，但我不想置身其中。"

在房屋的这边只有一扇窗户。窗台上有个布满苔藓的木头花盆箱，一些植物从里面散乱地窜出来，其前方有一块水平的长方形空地。地基的周围，有几个褪色的塑料牛奶板条箱，还有一块木制运货板，因为腐蚀和霉变而发黑了。"如果我站在一个板条箱上，"乔治说，"很有可能看得到窗户里面。"

他举起一个板条箱，露出下面又湿又黑的泥土，它显然在这里已经放了很长一段时间了。一条绿色的小蛇蹿出来，冲进了地基的缝隙里。卡琳发出一声窒息的尖叫，抓住乔治的手臂。"只是一条乌梢蛇，"他说，"我们官方的州蛇。"

"我不管，我穿着凉鞋呢。让我们绕到后面，看看有没有更低的窗户可以往里窥视吧。"

乔治同意了，放下了牛奶板条箱。

后面那个小院子也同样杂草丛生，有个与房子一样长的砖砌露台。曾经配有家具的露台的残骸全都散落在碎砖破瓦上。一张玻璃台面的圆桌上覆盖着一层如薄纱巾般的黑水，两把椅子翻倒在一边。一个巨大的韦伯牌烤架已经被这样留在外面太长时间了。它的金属把手和金属腿上全是斑斑锈迹，一个被废弃的蜂巢紧贴在它一条腿的关节处。在露台和房屋之间，有两扇宽大的玻璃移门。卡琳走了过去，试了试门，但它们也被锁上了。他们两个同时透过玻璃，看着屋里的客厅。露台的状况让乔治相信，这所房子的内部可能也同样年久失修了。然而，客厅看起来可以住人的样子。那是一个有着低矮天花板的房间，放置着几件大型软垫家具，墙上排列着书架，还有砖砌的壁炉。沙发前摆着张矮桌，上面乱堆着玻璃杯、烟灰缸和脏盘子。

"这提供了一些信息。"卡琳说着，再次拽了一下门。

"我认为我们应该直接离开。"乔治说。

"为什么？这里没人。如果我们找到任何迹象，表明你的朋友好像就住在这里，那我们就马上报警。"

乔治抓住门把手，用力一拉，感觉没有上锁，更像是被堵住了。他能够把门拉开半英寸，足够看清它没有被闩上。他蹲下来，看着里面的锁道。一个单薄的木销钉插在里面。乔治让卡琳更用力地拉门，然后看着销钉逐渐弯曲，并最终脱离了锁道。虽然知道自己正在犯傻，乔治还是下定决心，如果在房子里短暂地查看一下，应该没什么关系。"我觉得我们能砸开门，"他说，"如果我们拉得足够用力的话。"

他们两人都用一只手握住门把手，站稳脚跟，将两人所有的重量都压上，试图折断这个用薄木片做成的安保措施。它只坚持了很短的时间，然后是一声意料之外的巨响，大门终于滑开了。乔治向后摔倒在露台上，卡琳则倒在他身上。她狼狈地翻身下来，然后两人都紧张地放声大笑起来。

乔治大叫着"你好"，走进了房屋昏暗的内部，即便他很确定这座房子是空的。他步入其中，卡琳紧随其后，然后他让眼睛适应了一会儿黑暗。空气闻起来不太新鲜，其背后似乎还有什么，一股强烈的腐败味道。他走向低矮的咖啡桌，上面放着几个脏盘子，其中有些沾着似乎是食物残渣和烟蒂烟灰的污渍。一个雪茄盒上放着一对勺子，每个勺子里都黑乎乎的，乔治猜测，这是烧制海洛因或可卡因的。他不由自主地移开了勺子，打开了雪茄盒。然而，某种本能警告他，不要碰屋里的任何东西。

卡琳已经进入了厨房，它直接通向客厅。乔治可以通过一个传递饭菜的小窗口看见她。她纹丝不动地站在那里，环顾着四周。"厨房里有什么？"他问道。

"真是不堪入目。"她说。

"没有未切割的钻石？"

"大致看来没有。"

乔治轻按了一个电灯开关，看看这所房子里还有没有电。头顶上的一个风扇开始旋转起来，他把它关闭了。"还有电，"他说，"你去搜查上面，而我到下面看看，好吗？"

卡琳走回到客厅里。她的双臂紧紧地贴在身侧，仿佛只要抬起来，它们就可能会暴露在房屋里的污秽中。"你为何总是提议我们分开行动？我不想独自在这个房子里转悠。让我们先上楼看看吧。"

一条走廊直接从客厅里延伸出来，里面没有窗户，几乎是伸手不见五指。乔治轻轻按下一个开关，在走廊低矮的天花板上，三盏嵌入式吸顶灯之中有两盏亮了起来。墙壁被漆成了无聊乏味的工业灰，上面没有挂任何照片。根据他的观察，整个顶楼都铺上了地毯，颜色是那种深沉的丛林绿。他只能靠想象确定，灰尘和污垢就隐藏在它的暗色之下。在走廊的尽头有两扇门，面对面矗立着。一扇门敞开着，乔治探头看了看。那是个卧室，里面贴着小碎花的墙纸，挂满了海报和相框。他步入其中，卡琳也紧随而来。这显然曾经是一个青春期少女的房间。墙上的海报都是乐队海报。相框里的照片都是女孩们的集体照，有些穿着毕业舞会的连衣裙，有些穿着曲棍球队的运动服。角落里有一张小小的松木书桌，上方有一块公告栏，上面全都是从时尚杂志上剪下来的照片。在对面的角落里，有一张狭窄的单人床，但上面没有铺着床单和毯子，相反，只有一个蓬松的睡袋，以及一个没有枕套的单人枕头。

"你见过住在这里的那个女人，"卡琳问，"你觉得她大概几岁？"

"这很难说。她有点毒瘾，因此，在我看来，她只有二十岁出头，但看起来像四十岁。当然了，她绝不是十几岁的少女。我很确定这点。"

卡琳坐到书桌前。她拿起了一本螺旋装订的笔记本，看着它的封面。"凯瑟琳·阿勒，这个名字对你来说有任何意义吗？"

乔治告诉她没有。

卡琳放下了笔记本。"我们应该继续搜查这所房子吗？"

他们回到了走廊里，乔治打开了卧室对面的那扇门。他们立刻被一股恶臭袭击了。那是一个小小的洗衣房，比他们在这座房子里见过的其他东西都要肮脏污秽。除了被灰尘覆盖的洗衣机和干衣机，铺着瓷砖的房间里还塞满了几个巨大的垃圾桶，每个桶里的垃圾袋都快溢出来了。一个塞得满满的垃圾袋倒在地板上，爆裂开来，无法辨认的黑色液体从裂口处渗出，四周围绕着一群笨拙臃肿的大苍蝇。"我猜这是垃圾房。"乔治说道。

"她为什么不把垃圾弄到外面去？"

"我不知道。"

还没有怎么踏入房间，乔治就用手捂住了鼻子和嘴巴，并探出头来，以便看得更清楚。在洗衣机和干衣机之间，有一个挺深的立方体水槽，是白色塑料做的，布满了黑色的苔藓。苍蝇在水槽周围嗡嗡作响。在远处的墙上，靠着一卷圆柱形的透明塑料布，有卷起来的一大块地毯那么大，约有六英尺长。两端牢牢地绑着黄色的尼龙绳。那效果就像一个巨大的牛奶巧克力卷,还带着包装纸。由于水槽上方的一扇窗户,整个房间光照充足。然而,不知为何,乔治还是用手在墙面上摸索着,寻找电灯开关。他没有找到,就只能屏住呼吸,走向房间的深处,并拉了一下从头顶的日光灯上垂挂下来的开关线。在单调而刺眼的光线下,这个房间变得更加丑陋了。"你在干什么?"卡琳在他身后问道。当他进入房间时,她已经退到了走廊上。

"我想看看这个像地毯的东西是什么。"

他蹲在那卷塑料布旁边。更多的苍蝇被惊扰到了,不规则地绕着小圈,就像带电的电线一样发出噼啪声。塑料布卷了好多层,但他还是能认出中心的黑色身影,大约五六英尺长。他突然确定地知道这是什么了。

"你发现了什么?"卡琳在走廊里问道。

"我还不知道。"他说着,说话时吸进的空气让他开始感到作呕了。

乔治强迫自己凑到塑料圆柱体的顶部,把一只手压在下面的黑色身影上。当塑料布被压紧之后,里面包裹的物体就浮现出来了。一张黑色的脸,可以看到前额,外加眼窝的阴影。他也能辨认出头上飘动的头发。乔治连忙把手从塑料布上拿开,然而对尸体的打搅,在它的临时棺材里,产生了一种令人窒息的腐败臭味,淹没了这个迷你洗衣房。他站起来,如闪电般地冲向走廊,当他意识到来不及时,突然停下来,俯身在深深的塑料水槽中,开始呕吐。卡琳在走廊里异常沉默,但当他吐完之后,她喃喃地问道:"那里有什么?一具死尸?"

"是的,"他说,"被包裹在塑料布里。我们必须报警。"

他拧开水龙头,它噼噼啪啪响了好几次,然后才吐出一股细流。他知道自己不应该破坏犯罪现场,可是他不顾一切地想要用水漱漱口,然后离这所房子越远越好。他弯下腰,含了满满一大口铁锈味的水,然后把它吐在水槽里。他从洗衣房来到了走廊上。卡琳已经走了离他有好几步远了。她的眼神呆滞而有些湿润，他很好奇她是否被吓傻了。

"我们需要报警。"他再次说道。

"对。"卡琳环顾着走廊，仿佛一个电话会变魔术般地出现在眼前。

"你带手机了吗？"

"我把它留在车里了，在我的钱包里。"

"我看到厨房里有电话，让我们去确认一下吧。"

卡琳跟着他走向厨房。因为刚刚吐过，现在他不仅觉得恶心感一扫而空，而且不知怎么，连恐惧感也都消失无踪了。即将发生的事情非常清晰地展现在他眼前。他们会去报警，并在车里等着警察的到来，同时留心着不再破坏犯罪现场。他也会设法尽快联系罗伯塔·詹姆斯探长。他很确定她希望看到一个完好的谋杀案现场。厨房里的电话是挂壁式的。他把粉红色的听筒放在耳边，可是没有拨号音。他并不感到惊奇。"我们不得不用你的手机报警了。"他对卡琳说。在开放式厨房的灯光下，她的脸又涨得通红。她的双唇无声地一开一合，就像金鱼沉默地凝视着自己在鱼缸中的倒影。她转过身，往前门方向走了四步。他觉得最好能沿原路返回，但决定随便她，就跟着她走了。她拔掉那扇沉重的大门的门闩，把门往里拉开。然后，他们发现自己面对着一辆白色道奇车，就停在卡琳的奥迪车后面，堵住了它的去路。而伯尼·麦克唐纳或唐尼·詹克斯正走向他们，一杆长长的来复枪随意地挂在他的身侧。

20

在棕榈酒吧见到利安娜后的第二天,乔治刚过黎明就醒了。利安娜会在中午过来,而他很想知道,他能否等那么久才见她。

在冲凉并穿戴整齐之后,他走进阳光餐厅,要了一大杯咖啡和丹麦面包。他还新买了一包香烟。利安娜还有五个小时才会来汽车旅馆,但乔治不想冒任何错过她的风险。他拉开房间的窗帘,并打开了门。他喝掉咖啡,吃了半个面包,然后撕开骆驼香烟的玻璃纸。中午来了又去了,利安娜没有出现。他开始考虑是否应该去二手车店把那辆别克再借出来,他都开始觉得这辆车就是自己的了,然后直接开到利安娜的父亲家。等到下午一点的时候,乔治陷入了真正的恐慌,他在汽车旅馆的房间里来回踱步,几乎抽了半包骆驼烟。他试了一下她父亲家的电话号码,然而无人接听。

他决定去借车。而当他走出房间,进入温暖而多云的天气中时,一辆深灰色的维多利亚皇冠车流畅地驶入停车场。乔治认出了方向盘后面是查尔方特探员。

查尔方特泊好车,关掉了引擎,下车来到人行道上。他是独自一人。"乔治,你有空吗?"

他们一起回到了汽车旅馆的房间,那里的空气中充满了浓重的香烟味和脏衣服味。乔治坐在没有整理过的床的边缘,而查尔方特坐到房间里的一把椅子上。他把自己的裤子理顺,并从膝盖上拿掉了什么东西。"猫毛。"他说着,对乔治笑了笑,"我想问几个问题,然后我想请你帮个忙。你能给我一分钟时间吗?你似乎想去某个地方?"

"我想看看我能否从隔壁借辆车。也许出去兜兜风吧。"

"我猜你不会是准备回到栗树镇,回到第八街,看看你能否找到利安娜吧?"

乔治一言不发。

"没事的,"过了一会儿,查尔方特说道,"你不必告诉我那些我们已经知道的事情。我应该感谢你。你为我们做了些跑腿的活儿,尽管我更愿意认为靠我们自己也能查到这一步。昨天,威尔逊警官从警察局跟踪你到了栗树镇。他打电话上报了你前往的地址,我们获得了'德克特'这个名字。年鉴帮我们完成了接下来的工作。我需要问一声的是:到目前为止,你跟利安娜有任何联系吗?你见过她吗?"

乔治犹豫了一会儿,苦思冥想着应该说出多少实情。"我跟她说过话。她在那里打电话给我了。我们相约在今天中午见面。"

"她今天打过电话了吗?"

"没有,就昨天打了。她很害怕。她知道人们已经发现她与奥德丽·贝克交换了身份。"

查尔方特用鼻子深吸一口气。"乔治,我遗憾地告诉你,我们有她的逮捕令。如果你有关于她下落的任何信息——"

"什么逮捕令?我知道她对自己的身份撒了谎,但这主要是学校方面的问题,你不这么认为吗?"

"不是因为这个。你是对的,这几乎不关警察的事。逮捕令是给谋杀嫌疑犯的。我们不相信奥德丽·贝克是自杀的。有确凿的证据表明，在她死去的那晚，还有别人和她一起待在车库的车里。"

"那不是利安娜。我跟她谈过那件事。当晚早些时候，她的确和奥德丽在一起，在一个酒吧里，但是后来她们分道扬镳了。"乔治意识到他的语速很快，他的嗓门都提高了。

"乔治，放松些。如果你在这件事上是对的，而且我也希望你是对的，找到利安娜的话，事情就更容易澄清了。并没有明确证据显示，和奥德丽一起待在车库的车里的是利安娜，但除了奥德丽之外，车里肯定另有其人。我们就知道那么多。我们也知道利安娜和奥德丽一起开车去了棕榈酒吧，因此她们也很有可能是一起离开的。"

"你怎么知道她们一起开车去了那里？"

"奥德丽的弟弟，比利，看见她们离开的。他在我们手头的年鉴照片上认出了利安娜。乔治，你能帮我解决这个问题。如果你这么相信利安娜是清白的，而我也很确定你是对的，那么，对她来说，最好的事情就是自首，理清这团乱麻。"

"你去她父亲家找她了？"

查尔方特的眼珠一转，跟随着一只在窗玻璃上嗡嗡作响的黑苍蝇。"从昨天傍晚开始，她就没回来过。我们有理由相信，她潜逃了。现在，如果你有任何关于她行踪的消息，或者你觉得她可能去哪里，就需要告诉我们。否则，你会被控协助和教唆逃犯，明白了吗？"

"我不知道她会去哪里，或者她为什么突然远走高飞。"

"当你跟她谈话的时候，她没有告诉你任何事？她没有提到她可能去找的一个人或可能去的一个地点？"

"没有。正如我说的，她本该在中午来这里与我见面。"

"我相信你，乔治，我相信你就是那么认为的。但我们很确定，她已经不在这片区域了。"

"她为什么要这么做？"

乔治看到查尔方特的眼珠再次转了一下，动作非常细微。他很确定，查尔方特以前没有骗过他。那么现在，他为何看起来像是在对自己撒谎呢？"她还好吗？这跟戴尔有什么关系吗？"乔治问道。

查尔方特抬起头来。"关于戴尔·瑞安，你能告诉我些什么？"

"不是太多。我甚至不知道他的姓。昨天他出现在栗树镇的那座房子里。"

"很好，乔治。让我告诉你将会发生什么。我需要你跟我一起回警局，并回答一些问题，就是关于我们在这里谈论的那些事。没什么可担心的，你不会陷入任何麻烦。然后，我需要你收拾包裹，重新回到大学。利安娜不会再回到这里，但她有可能前往康涅狄格州。你需要待在那里，以防万一她会联系你。一旦这事发生了，你一定要让我知道。你能为我这么做吗？"

听着探员说话，乔治开始产生了这些天来从未感受过的舒适感和安全感。查尔方特是个成年人，他正在告诉乔治该怎么做。这个决定是出自他之手。突然间，他想要回到马瑟学院，这种感觉强烈到几乎令他痛苦。这不仅是因为利安娜可能会出现在那里寻找他，而且，即便没有利安娜，马瑟学院也让他有家的感觉。乔治能感到背后和颈部紧绷的肌肉突然放松下来。"好的。"他对查尔方特说道，然后站起来。

他们再次一起来到了枫糖镇警察局。

随后，乔治回到了大学，等待着利安娜·德克特的出现。

21

只用一个流畅到近乎随意的动作,伯尼·麦克唐纳就举起了身侧的来复枪。它没有发出任何声音,但乔治的确看到了子弹在迅速逼近,一道红光迅速奔向卡琳和他。然后,是一阵骇人听闻的声音,就像小号斧子劈开木头的声音,卡琳颓然倒在他身边。麦克唐纳调整了一下枪的角度,而乔治立刻摔上门,并插上门闩。

他跪在地上,看着卡琳。她正在抓挠她的喉咙,发出细微的声音,就像被哽住的哈欠。他移开她的手。那里有个飞镖,比高尔夫球座大不了多少,正中她的喉咙。他抓住那个红色圆锥形尾部,把它拉了出来。它留下了一个肿胀的印记,还有个小小的血泡,只有地图上的图钉那般大小。卡琳断断续续地喘着气,呻吟着,来回摇晃着脑袋。

"那是个飞镖,"乔治说,"一种麻醉剂,我觉得。你有什么感觉吗?"

卡琳坐直了身子,把一只手放到她的脖子上。肿胀很快变成了伤痕,她揉搓着它,抹去了鲜血。乔治突然想到,他们没有锁上客厅的移门,如果他还想有机会逃离麦克唐纳的魔掌,就必须到达那扇门。

"我需要你保持冷静，"他对卡琳说，"同时我会锁上后门，并找个办法打电话，好吗？只要靠在这堵墙上，一切都会好起来的。"在他听来，自己的声音理智而冷静，仿佛他正在告诉一位同事，他需要发一个传真，很快就回来。

他移动了一下卡琳，让她倚靠在走廊的墙上。她的眼神中闪烁着动物般狂乱的光芒，但他觉得她的眼皮已经开始有点打架了。"我被击中了？"她问道。

"只是麻醉剂。你可能很快就会入睡，但你会没事的。"

她把手指从脖子上拿开，看着指尖上的血迹。"我马上就会回来的。"乔治说着，已经冲到了通往二楼的阶梯的中间。他的眼神越过客厅，看向玻璃移门。没有迹象表明，麦克唐纳在后院里，或者在露台上。他把门紧紧拉上，转动门闩，把它锁起来，然后走回客厅的中央。他突然想到，锁门几乎是徒劳的。很显然，这栋房子，以及包裹在塑料布里的尸体，与麦克唐纳和利安娜有直接关系。麦克唐纳肯定有钥匙，如果他没有，他也只需砸开玻璃门而已。

乔治奔回到卡琳身边。她还倒在那里，姿势跟他离开时一模一样，但她的眼睛已经闭上，从微张的嘴里传来沉重的鼾声。她曾经看着的那只手，包括沾满血的手指，还是垂在她眼前。不知怎么，她的手臂还是保持着举起并有些弯曲的姿势。她看起来就像一个提线木偶，只是所有线都被剪断了，除了手臂上的这一根。

乔治蹲下来。自从他发现洗衣房里的尸体，感觉已经过了一个小时。而实际上，很可能只有几分钟。他什么声音也听不到，不管是在屋里，还是在外面。麦克唐纳到底会怎么做呢？如果他进入了房内，就不得不冒着让乔治听到他动静的风险，然后乔治会冲向另一个出口，找机会逃命。既然麦克唐纳已经堵住了车道，乔治不能使用汽车，但他能跑进树林里躲起来。他的机会很渺茫，但还是有机会的。

乔治试图计算出房子里到底有多少出入口。他知道至少有三个，前门和客厅的玻璃移门，卧室里还有个玻璃移门，也可能有某个入口通往车库，很可能从他蹲着的地方下楼就到了。伯尼为何还不采取行动呢？

乔治决定待在二楼黑暗的走廊里，这样麦克唐纳就无法从窗户里看到他。他从蹲姿变为站姿，他的膝盖关节发出响亮的爆裂声。卡琳还保持着原来的姿势，她的手臂还是这么举着，仿佛她的手肘被锁定了。乔治弯下腰，温柔地抓住她的手腕，把她的手臂放下来，让它躺在她的身侧。现在，她看起来像个派对上的醉鬼，站着就睡熟了，然后滑到了墙角。这是一个小小的进步。

他试图让脚步放松些，既不太快，也不太慢，走到了二楼。他再次透过玻璃窗看着后院，什么也没看到。然后他进入走廊，关上开关，这样走廊就一片漆黑了。他倚靠在墙上，再次屏息静听。一分钟过去了。他的皮肤刚刚还感到紧绷而刺痛，但如今变得既放松又冰冷。他用手捋过头发，惊讶于自己出了这么多汗。在屋子里，有什么东西发出一种微弱的滴答声，他的双腿开始发软。他意识到，不管是多少勇气和智谋支持他走到这一步，如今都已耗尽了，快得就像从水槽里流走的水。他没有去想该如何逃出房子，反而开始想象，伯尼·麦克唐纳突然出现在黑暗的走廊里。他仿佛看到自己僵在原地，就像一尊雕塑，而伯尼射出了飞镖，或者更糟，射中了他的脖子。

乔治想道："伯尼为何不担心我会打电话叫警察呢？他显然知道固定电话已经不能用了，但他怎么能确定我没有带手机呢？他知道这里没有信号，在这海边的森林深处？"如果这就是实情，那么伯尼就没有理由着急。而乔治知道，他在房子里待得越久，他发疯的可能性就越高。

乔治决定挑选一个方向，然后趁人不备偷跑出去。他有一半的几率能够逃出去。从屋后走有个好处：那里很靠近森林，它们离露台只有几英尺的距离。乔治努力想回忆起那些树木是什么样子的。他能想起屋子边上有低矮而浓密的杜鹃花和蔷薇灌木，但无法确切想起他在露台边看到过什么植物了。如果是更多无法穿越的灌木，他就没有机会了。

从前门走的好处是：他明确知道要去哪儿——直接走下碎石车道，沿着边缘行进，这样树木就能提供一些掩护，然后一路走到船长索耶巷。在房子的前面，他更容易暴露自己，但他可以跑得更快些。

乔治构想出一个计划。他会迅速而冷静地移动到前门，偷偷地望向车道，搜寻麦克唐纳的踪迹。如果他还在那里，手持来复枪，待在他的汽车边，那么乔治就会转身冲到后门，尽可能快地逃走，到后面的树林里碰碰运气。如果乔治什么都没看到，那么他就会拉开门闩，尽可能快地穿过大门，争分夺秒地奔向船长索耶巷。

他强迫自己开始走向前门。他小心翼翼地往楼梯平台走了几步，经过了卡琳，她还倚靠在墙上，像一摊烂泥，保持原来的姿势。她的脸色正在变成令人担心的灰色。他停在窄窄的侧窗边，观察着外面的世界。没有麦克唐纳的身影。他的汽车还在那里，停在卡琳的奥迪车后面。一只乌鸦沿着碎石车道蹦跳着，正在啄着什么东西。他极目远眺，在他的视线范围内，什么也没有看到。

他解开了门锁，门摇摇晃晃地朝里打开了。他走到外面，往两边看看：没有伯尼·麦克唐纳的影子。他跑向那些车。那只乌鸦跟跄着走了几步，跳了起来，扇动残破的翅膀飞走了。他跑过卡琳的奥迪车，然后是麦克唐纳的道奇车。当他经过道奇车时，迅速瞥了一眼里面。一个女人躺在后座上。为了看得更清楚，乔治慢慢地停下来：是利安娜，仰躺着，双腿弯曲，这样她才能正正好好地躺在后座上。她的脑袋倚靠在座位的靠背上，她的头发披散在一侧的脸颊上。当乔治的影子投射在她身上时，他觉得仿佛看见她苍白的嘴唇嚅动了一下。他走得更近些。尽管她在后座上姿势笨拙，她的衣服还是相当整齐的。她穿着一条紫裙子，乔治以前看到她穿过，还有看起来像是棉质高领毛衣的衣服。她的毛衣被微微拉到中腹部，露出一段白皙的皮肤。一只平底鞋放在汽车的地板上，还有一只挂在她纤细的脚上。乔治拉了拉门把手，但它被锁上了。他轻轻地摇晃着汽车，努力不弄出太大的噪声，但是她显然失去了意识。毫无疑问，麦克唐纳装在来复枪里的药物把她给麻醉了，不管那究竟是什么玩意儿。乔治很高兴地看到她的眼皮抽动了一下，起码她还活着。

他突然感到肩膀上一阵刺痛，抓住那玩意儿，拔出来的是一支小飞镖。然后，他猛地把它扔掉，仿佛它是一只活生生的黄蜂。麦克唐纳正在走向他，带着一种随意的优雅，来复枪再次出现在他的身侧。他是从房子后面绕过来的。乔治猜得没错：他刚才在后门那里。乔治再次开始逃跑，奔向马路。"也许我能跑到森林，找到一个藏身处，然后爬进去。"他心想，"也许他不会发现我的。也许在毒药有机会进入我的血液之前，我就拔掉了飞镖。"

然而，当他奔跑着，在林间时隐时现的阳光中穿进穿出时，他脚下的土地开始晃动起来，他猛地倒向右边。他努力调整自己的步伐，但脚下还是一绊，在树林的地面上摔了个狗啃泥。他跪了下来，整个世界开始倾倒，树林在他身边旋转，就像快进的电影一样。他躺倒在地上。森林的地面上铺满了掉落的松针，就像一张软床。他闭上眼，头晕目眩的感觉停止了。

22

有时候，乔治很好奇，他有限的记忆是不是完全被利安娜的细节所充斥着，一切都停留在大学的第一个学期，这任性的十六周。尽管没有照片，他还能清晰地记得利安娜的大部分着装；她宿舍的精准尺寸和装修风格，她拿钢笔的姿势，她抽烟的方式，她嘴唇的确切滋味。他记得这些细节，因为在他的意识中，他可以一次次地回到那些时刻，让那时发生在他身上的绝大部分事情在脑海中任意漂流，不去观察，也不去分析。而且，他注意到，每次他回忆起关于利安娜的事情时，都会在他的脑中重新塑造它们，修修补补，弄虚作假。他知道自己不该再相信这些记忆了。那些都是他通过扭曲时间，讲给自己听的故事，就像在电话里玩的传话游戏一样。

不过，有一个晚上的回忆，在黑暗的十二月初，他是真的相信的。他在脑海中无数次地回到那个夜晚，那场对话从未有所改变。出于这个原因，他相信这是真的。当时，他们去了特朗布尔艺术电影院，一家由学生运营的影剧院，在大学主庭院东边的一个装饰华丽、修整一新的演讲厅里。他们看了《散弹露露》，乔纳森·黛米导演，杰夫·丹尼尔斯和梅兰尼·格里菲斯主演。虽然乔治此后再也没有看过这部电影，他还能记得几乎每个场景，正如他记得他们曾坐过的有些破损的包厢座椅，以及当他们手拉手看电影时，她的掌心在他手里的触感。

那是个周五晚上，他们本来计划之后去一个派对。那个派对在扎克·格罗斯曼的院子里举行；扎克是他们的一个朋友，也是利安娜的室友埃米莉的现男友。他是当地人，三个兄弟中的老小，因此是新生派对的啤酒桶的可靠提供者。快要走到派对现场时，通过敞开的窗户，他们听见 UB40 乐队的歌曲发出隆隆巨响。利安娜捏了捏乔治的手，说："我有一个更好的主意。"

"什么？"

"让我们去看看新的理科大楼吧。"

他们顶着刺骨的寒风，走向校园的最北面。在那里，四层的理科大楼已经开始施工了。它修建在一个有些倾斜的坡道上，紧邻着学校最大的停车场。地基已经打好了，结构性梁柱和主梁也都全部就位，搭建到了四楼。这让乔治想起了巨型拼装玩具。一条橙色的塑料栅栏将这个地方随意地围了起来。

利安娜带着乔治来到一个栅栏倒下的地方，那里的一根木桩被从地面连根拔起。她跨过栅栏，并拉着乔治和她一起。

"我们要去哪儿？"他问道。

"让我们去里面看看。我早就想这么做了。"

乔治跟着她进入了大楼。他们站在浇筑的水泥地面上，让眼睛慢慢适应黑暗。一个造了一半的楼梯井和基础的木板组成了台阶，并通向顶楼。有些楼层的某些部分已经完工了，但大部分还没有。乔治抬起头，可以看到紫色的夜空，还有闪烁的星星。

"我不准备上去。"他说。

"为什么不？"

他还没来得及阻止，利安娜就沿着楼梯冲了上去，把梁上的木板踩得嘎吱嘎吱响。乔治紧随其后，勉强抑制住内心的恐惧。在三楼的时候，利安娜穿过一条临时的走道，走向大楼的西南角，那里有一块区域已经铺上了永久性的地板。她坐下来，乔治感激地跌坐到她身边。破烂的蓝色防水布被钉在上面，作为墙壁的替代品，它们在狂风中噼啪作响。"这感觉就像我们在一艘船上。"乔治说道。

"的确。"利安娜说着，往后躺下来，抬头仰望天空。乔治则转身面对着校园。他可以辨认出围绕着庭院的宿舍的低矮石板屋顶，然后是小教堂的尖塔，被它苍白的聚光灯照亮了。整座城市在远处闪烁着。

"好吧，"他承认，"这是个好主意。"他躺在利安娜的身边。风声和防水布的噼啪声盖过了来自校园的其他所有声音。

"你觉得露露不诚实吗？"利安娜问道。

乔治过了一会儿才意识到，她正在谈论的是他们刚刚看过的电影。

"嗯，是的。"他说。

"因为她假装成其他人？因为她没有向他坦白她的所有经历？"

"两者都是。"

"可是，这等于说每次我们遇见某人，都被要求以某种方式袒露我们的整个过去，仿佛这才是最诚实的事情。"

"袒露你的整个过去和使用你的真名完全是两个概念。"

"但是，你宿舍里有个孩子，"她说，"自称是'雪佛兰'。那是上大学时，他给自己取的绰号。在电影中，露露的所作所为也别无二致。"利安娜平时缓慢而有节奏的语调突然加快了，还没有到令人担心的程度，但也足够明显的了。当时，乔治认为，她正在向他展示她的另一面，虽然他说不出那究竟是什么。他坐起来一点，用手罩着他的打火机，点燃了一根香烟。

"我猜是吧。"他说。

"我只想说,如果某人彻底改造了自己,就像露露在电影中做的那样,她变成的那个人有没有可能比她本人更加诚实……也更加真实?没有人能选择自己的家庭出身,也没有人能选择自己的名字,或者长相,或者父母。然而,当我们长大之后,可以自己做出选择。我们可以变成我们想成为的那个人。"

"你打算向我坦白你的真名叫鲍勃,并且来自加拿大?"

"不是,但我也完全不觉得我与我的父母,或者与我的出生地佛罗里达,有任何关系。我还是也改个名字的好。你明白我的意思吗?"

"我理解。我不太确定自己是否完全同意,但我理解你的意思。"

"你不同意是什么意思?"

"你说得好像人类可以凭着一时兴起,随意地完全改变自己。其实并不是那样的。我们可以不喜欢我们出生时的身份,但这改变不了什么——我们还是原来的那个人。"

"这跟改变的自由没有关系。我只是想说,也许我们想变成的那个人才是真实的自我。就像在电影中——露露就是那个角色真正的自我,即便她都是装出来的。"

"可那不是这部电影真正想告诉我们的。这部电影说的是,我们无法逃离我们的过去。"

"我知道,我只是把我的想法告诉你。"

"你说的某些观点我还是无法完全赞成。"

"你只是在抬杠罢了。"

"我没有。我明白了你的意思。你是说,等我们长大后,就有机会变成我们想变成的人。我只是觉得,通常来说,那些试图逃避过去的人,或试图与父母断绝关系的人,都是在自欺欺人。事情并不是这样的。他也许可以改变外表,也许可以改变别人看待他的方式。但是,从深层次说,每个人都是自己过去的产物。"

"因此你不认为人能改变?"

"我没有这么说。我只是说,没人能完全掩盖他的出身,不管他喜欢与否。"乔治把香烟在大楼的边缘轻弹了一下。看着橙色的火花被风刮跑了,他感到胃里有点空落落的。他从不喜欢高处。

"血脉会揭露一切。"利安娜说。她的声音听起来已经放弃了。

"差不多吧。"

利安娜安静下来,抬头凝望着大楼的骨架结构。乔治转身侧卧着,注视着她的侧影,在远处停车场灯光的映衬下,那是一个黑色的剪影。

"你这么说,只是因为你喜欢你的出生地。"利安娜说,"你喜欢你的父母、你的家乡,以及新英格兰。你选择上这所该死的大学,因为它离你住的地方只有不到两个小时的车程。我不认为你真的理解在自己家里当个陌生人的感觉。"

"好吧,就算是吧。冷静点。我不是真的否定你所说的一切。我只不过是觉得……当你说……当你说我们在今后生活中变成的那个人,比我们刚出生时的样子更加真实,我不能完全赞同。不,等等,听我说完。我只是觉得,一个人的这两方面都是真实的。你不能无视你的出身,即便你想这么做。它一直都在那里。它一直就是真实的我们。"

利安娜再次陷入了沉默。回头想想,乔治觉得她已经认输了。谈话就这么结束了。然而,多年之后,乔治在脑海中反复地重放此事。过了很久,他才意识到利安娜·德克特是想得到他的允许,永远地变成奥德丽·贝克。她拥有这个新身份还不到三个月,但是她一定看到了这种真实的可能性:她可以金蝉脱壳,重新开始。

他们在这座半成品大楼里又待了一小时,感到越来越冷。他们侧卧着,用手臂抱着对方,互相取暖。乔治还记得他当时感到屁股生疼,利安娜比他更早开始冷得发抖。他们接了吻,而乔治可以在利安娜一只睁开的眼睛里看到一丝湿润的微光。他们的双手穿过衣服相互抚摸着。乔治问，他们是否应该回到其中一个人的宿舍里。

"不。"

乔治还是侧卧着，而她往下移动到他的腰部，解开他的牛仔裤拉链……

利安娜已经躺回到了原来的位置，并吻了他。现在，他也开始发抖了。然而，他们还是肩并肩地躺着，又过了十五分钟，然后才败下阵来。

时间回到现在，乔治醒来了，因为麻醉枪的作用而感到既恶心又头晕眼花。他发现自己侧卧着，与利安娜面对面。一开始，他以为自己还在做梦，或者他已经死了，回到了人生中最快乐的时光。但紧接着，利安娜睁开了眼睛，而他看到了其中的恐惧，并感觉到他手腕和脚踝有被绳子勒紧的刺痛感，以及他躺着的坚硬表面正在上下颠簸着。他闻到了汽油的味道，听到了马达有节奏的轰鸣声，还有水花拍打的声音。他们的身上覆盖着一块绿色的防水布，它足够透明，能让他感觉到他们头顶的阳光，并分辨出利安娜脸上朦胧的五官。

"我们在哪儿？"他的声音模糊得自己都认不出。说话的举动释放了他脑中的某种东西，整个世界已经天翻地覆，突然倾斜得更厉害了，仿佛他正在一个空间里四处翻滚，没有依靠。他剧烈地呕吐起来，他的身体感觉紧绷着，不知是什么东西把他捆在了这里。他的手腕感觉似乎被剃刀般锋利的玻璃割伤了。

在干呕之后，他突然爆发出一阵咳嗽，眼泪从他闭着的眼睛里飙出来。当他停止咳嗽，呼吸恢复常态之后，他再次看着利安娜，她已经悄无声息地滑得离他远了一些。乔治意识到她也被捆了起来，在防水布下动弹不得。

"你还好吗？"她问道。

乔治的嗓子和嘴巴仿佛都被胆汁覆盖了。另一波恶心感席卷了他。他闭上眼睛，抵抗着。

"你被麻醉枪射中了。"利安娜说。

"我知道，"他说着，再次睁开眼睛，"我们在哪儿？"

"我们在唐尼的船上。或许，我猜你已经知道他的真名了。"

"伯尼。"

"没错，他会杀了我们的。"

小船来了个急转弯，乘着浪尖，然后重重地砸在水面上。乔治感到似乎还有一个躯体在他背后翻滚着。他努力转过头，但能看到的只有盖在他们身上的防水布。"我身后是谁？"

"你的朋友。我不知道她是谁。"

"卡琳·博伊德。她是杰拉·麦克莱恩的侄女。耶稣啊。"

"她已经死了，乔治。"

"你怎么知道的？"

"我目睹他把你们三个人都拖上了船。伯尼告诉我，她死于麻醉剂。这也没什么要紧的。不管怎样，他准备杀了我们所有人。"

"在这艘船上还有一具尸体？"

"凯蒂·阿勒。"

"住在那栋房子里的女人？"

"是的，那就是凯蒂·阿勒。伯尼昨晚杀了她。"

"她是谁？"

"这个说来话长，而我们没有时间了。我需要你尝试看看。他把你的双手绑在了前面，对吗？"

"嗯哼。"

"在被逮住之前，我成功地抓了一把餐刀，把它塞进我的裙子里。在我的内裤松紧带里。我已经试过了，但我够不到它。"

"在前面？"

"嗯哼。"

乔治尽可能地往前挪了挪，这样他和利安娜的膝盖就碰到了一起，他们的脸也并排着。防水布也随之移动，不过，它还是完全覆盖住了他们。即使他看不到伯尼是用什么方法把他五花大绑的，也知道他的脚踝被固定得死死的，他的手腕也是。他感觉绳子好像是绕过腰部绑住手腕的，这样他的双手就被牢牢钉在他皮带扣所在的位置上。他的手指既刺痛又麻木，但还能移动。他要靠得足够近，才能碰到利安娜的手指。他也能摸到尼龙绳紧紧地绑着她的手腕，还有她黏糊糊的皮肤，那不是汗就是血。"你需要把身体再低下去一点。"她说。

他照她说的做了。这是一项艰巨的任务。伯尼在每个关键点都把绳子绑得很紧，乔治能感到他的脚踝和手腕都受伤了，尼龙绳深深嵌进那里的皮肤。一旦他把手放到利安娜的下方，她就让自己更靠近他，这样他的手指就能紧贴着她的大腿根部。他能感觉到她裙子的面料，还有一侧臀部上的内裤松紧带。然而，他没有摸到餐刀。

"在右边。"她说道。他又往前凑得足够近，这样他的手就能往她的胯部再移动一英寸。突然，他摸到了一个硬硬的突起物，很有可能是餐刀的把手。

"我将不得不掀起你的裙子，"乔治说，"你能把臀部抬离地面一点吗？"乔治已经把利安娜裙子的一些布料攥在手中，并使劲地拉向他。利安娜从甲板上抬起了臀部。他又抓住一把布料，牢牢地攥在指间。小船猛地抖动了一下，导致利安娜的臀部重重地摔在地面上。她抱怨地嘟哝着。这大约耗费了极度痛苦的三分钟，但他们还是做到了。利安娜弓起身子，把臀部抬离甲板，同时，乔治努力把布料往自己这里拉，一次半英寸。他的手腕正在呻吟，他的手指正在抽搐，但他不敢对利安娜说什么。很显然，为了把身体抬离甲板，她也承受着极端的痛苦。他听到她的呼吸变得短促，而且断断续续的。终于，他的手指碰到裙子的下摆，他最后猛拽了一下布料，然后把手指滑进了下摆里。现在，他碰到了利安娜裸露的大腿根。"感谢上帝。"她说着，让身体放松下来。

她的大腿都被汗水浸透了，乔治的手指往上摸到她内裤的边缘。"这工作也是有福利的。"他说道，她发出一声疲惫的大笑。

乔治用一根手指勾住了她棉质内裤的边缘，一英寸一英寸地往上升，隔着布料感受着她扎人的阴毛。然后他让自己靠得离她更近些，并抬起双手，这样它们就能找到那把餐刀了——它水平固定在内裤松紧带的下方。他往下拉她的内裤，直到他能摸到裸露的木头把手，并用拇指和食指牢牢捏住它。当他往回退的时候，餐刀就松脱了，差点戳破她卷起的裙子，但他抓住了它，并改变了抓握方式，这样他就把它牢牢握在右手的掌心里了。

"你拿到它了？"她问道。

"对啊。"

"你能割断绳子吗？"

"你的，还是我的？"

"先切你的吧，这会更容易些。我的手臂已经完全麻木了。"

"给我一点时间。"乔治感到这艘船似乎改变了航线，如今正午的烈阳直接晒在覆盖着他们的绿色防水布上。汗水正如涓涓细流，持续从他的发际线上流淌下来。从他身上散发的汗臭味中，他能闻到恐惧的味道，混合着海洋空气的咸味，还有其他什么——腐烂的味道，他还记得那种味道是来自船长索耶巷上的那栋房子的洗衣房里。凯蒂·阿勒，躺在她的塑料裹尸布里。

他调整着餐刀，让右手的四根手指握住木头的刀把，把有锯齿的那边朝下放置。他往前晃动着手腕，感觉餐刀被绑着手腕的绳子勾住了。他重复了好几次，餐刀被挂住得越来越少，把绳子锯得越来越多。

"这起作用了，我觉得。"他对利安娜说。

"感谢上帝。如果你的双手能获得自由，这里有个塑料工具盒一直在四处滑动，砸到了我的头顶。我几乎可以肯定里面有把枪，是左轮手枪。"

"你想要我向伯尼开枪？"这看起来是个不言自明的问题，然而当乔治问出来的时候，他还是感到胃里有一丝蠢蠢欲动的恐惧在震颤着。他想起自己站在那条走廊里的感觉，当时他正等着伯尼手持来复枪信步走向他。他很想知道，从那以后，自己究竟还剩多少勇气。

"如果你能拿到枪，把它指向伯尼，告诉他从船上跳到水里。他不会照办的，但你有可能会给他一个机会。他会尽力想办法忽悠你。别给他这个机会。告诉他跳到水里。如果他犹豫，或者有其他举动，那么就瞄准他的身体中心，然后开火。不是他死，就是我们亡，乔治，你知道的。绳子快好了吗？"

"快好了。"小船的马达降低了转速，发出蚊子般的嗡嗡声。一想到伯尼已经找到他的抛尸地点，而他还来不及锯断哪怕一个结时，他的心脏就怦怦乱跳。但随后，马达再次轰鸣起来。"他在等什么？"

"我猜今天有很多船出海，他在寻找公海。"

"你打算告诉我，我们是怎么沦落到这个地步了吗？"

利安娜平稳地吐了一口气，她的呼吸暖乎乎的，有股隔夜的味道。"显然，我并不为此感到自豪。"

"这整个旅程，以及你的突然出现，都是一个骗局，为了从麦克莱恩的保险柜里偷出那些钻石。"乔治不是在提问，而是在陈述事实。"如果这是我人生的最后时刻，"他心想，"我没有兴趣再听利安娜撒谎了。"

"没错，"她说，"但我不知道伯尼会杀人。我向你发誓。他本该把麦克莱恩打晕，拿走钻石，然后逃跑。"

"伯尼是怎么进入那栋宅子的？"

"我们事先知道周六会有园丁过去，并算准了时间与他们同时到达。我会把车开到一条街上，伯尼在那里下车并穿过树林，进入那栋房产。他穿得像个园丁，因此如果他被看到从树林里钻出来，也不会看起来太可疑。他已经侦察过这栋宅子，知道在后阳台的屋顶的上方有扇窗户常常半开着。他随身携带了一把活动短梯。这很容易。他会进入杰拉在二楼的书房，在那里等他。从保险柜里拿到钻石之后，他只需带着它们再次穿过树林，我会在那头等着他。"

"你为什么需要我？"

"我真的不想亲自出现在麦克莱恩的宅子里。我对你说过我们之间的关系，那都是真的。他妻子已经奄奄一息了，他的情绪很可能不太稳定。派一个中立方前往是个更明智的选择。而且，如果你去了，这就意味着我能开车。伯尼不想把一辆陌生的车辆留在街上三个小时，在纽顿的某个高档社区中。这会吸引太多的注意力。绳子快好了吗？"

乔治还在锯着绳子，但他已经感觉到利安娜在担心什么：伯尼让小船转了个大圈，马达逐渐慢了下来，并最终空转起来。他已经找到抛尸地点了吗？

"我感觉自己割断了绳子，但我的双手还是没有一点松动。你为什么来九龙餐厅见我？你不必这么做的。"

"我认为在伯尼和我第二天早上远走高飞之前，有必要最后确认一下你的状态，而伯尼却大发雷霆。我没有料到，他如此坚信你和我是一伙的，想要合谋骗过他。正因为如此，他跑去威胁你的女朋友，并开始杀害目击证人。他已经失去了控制。"

乔治感到尼龙绳松动了一些。他的手腕猛地一拽，但它们还是被紧紧地捆着。他改变了餐刀的角度，让它碰到了另一条尼龙绳。他再次锯了起来。

"我们能逃出去。"利安娜说,但在乔治听来,她的声音不是那么肯定。

"继续跟我说下去,这对我有帮助。"

"比方说什么事?"

"昨天你都在哪里?"

"大部分时间在新艾塞克斯县,就在你发现的那栋房子里。我试图跟伯尼讲道理,劝他直接带我离开这座小镇。他坚信我们留下了太多的目击者。当然了,其中有你,还有凯蒂·阿勒……"

"她是谁?"

"我是在海岛上认识她的。她是个瘾君子,正在烧她父母的钱。他们都去世了,而这一整条船长索耶巷都是他们的土地和产业。当我知道我和伯尼会来波士顿之后,就与她取得了联系。她让我们住在她的家里——"

"并使用她的乡间小屋。"

"并使用她的乡间小屋,是的,而且——"

"而且这一定是她的船。"

"是的。瞧,乔治,我可以重复一千遍,我知道这不会改变什么,因此我只会说一遍:把你拖下水,我感到非常非常抱歉。我不知道其中会有任何危险。在这点上,你必须相信我。今天,我是死有余辜,但你不是。"

乔治开始感到绳子松了下来。他的手指又恢复了血色,他的右手腕至少能转四十五度了。新获得的自由,让他能够改变餐刀的角度,并且更好地握紧它。他又用力地割了两下,绳子突然脱落下来,解放了他的右手。他的左手还是不能动,被一条绕过他腹部的绳子捆绑着。

"我的手可以动了。"他说。

"两只手都是吗?"

"只有我的右手,但我觉得——"

小船突然发出"锵"的一声巨响,仿佛有什么东西撞上了船的侧面。"那是怎么回事?"他问道。如今,有一只手获得自由,他也没有那么恐惧了。无边的绝望被小小的希望所取代。突然,一股肾上腺素涌起,让他的脑袋晕晕乎乎的。他紧闭上眼睛,让这种感觉过去。

利安娜说了句:"该死的。"他睁开了眼睛,发现她正努力把头往后扭,眼睛向上看着,仿佛能看穿防水布。他正准备问她发生了什么,但突然他也感觉到了。小船的速度正慢下来,几乎停住了。马达已经停止发出嗡嗡声,它时断时续地冒着泡,然后完全熄火了。在公海中,小船摇晃着往前冲,然后又往回退了些。突然而至的沉默令人无法忍受。就像一个小孩在玩躲猫猫,乔治再次紧闭双眼,保持安静,仿佛伯尼会忘记有两个大活人在防水布下。

"快起床,太阳都晒屁股了。"一个带鼻音的声音说道,在这刚降临的静默中简直震耳欲聋。伯尼把防水布从他们身上拉开了一半,仿佛这是一条被单。乔治抬头凝视着,但太阳高高挂在万里无云的空中,晃得他什么也看不见,只能看到一个若隐若现的身影浮现在他们上方,这个黑得发亮的轮廓,轻易抹去了他们最后残存的希望。

23

"要跟你们说再见了,你们两个。"伯尼说道。

"伯尼,求你了,只要等一会儿,"利安娜说道,她的声音异常的高,"想想你正在做什么。这不是你。"

伯尼,依旧是一个挡住正午烈阳的毫无特征的黑影,扬起双臂,仿佛想舒展一下僵硬的背部。"还记得你什么时候说服我干这票的吗?"他说,"你告诉我怎么非法闯入别人的家,把他打晕,偷走那些钻石,这不就像小孩子过家家那样容易?难道只是因为第一次做才显得这么困难?你是对的。闯入他的家并不困难,不过,用那把榔头砸他的脑袋有点难度。"

伯尼大笑起来,显得笨拙而尴尬,就像有人在鸡尾酒会上嘲笑自己并不好笑的笑话。"我原以为,用榔头砸人的脑袋就跟砸一块木头没什么两样。但不是这样的。"他继续说道,"这就像砸开一只水果。榔头直接陷进去了,甚至在那里面卡住了一会儿。你知道这是什么感觉吗?"

"伯尼,你知道我没有要求你这么做。"

"你告诉我把他打得失去知觉。"

"不是用一把该死的榔头。耶稣啊,伯尼,好好想想你将要做的事情。你可以拥有那些钻石。你可以远走高飞。我们会丢掉其他这些尸体。没人会知道的。"

"是的,我会丢掉这些尸体。"伯尼说着走开了,不再挡住阳光。正午的骄阳直接照在乔治的脸上,他眯起眼睛。有那么荒谬的一刻,他很好奇他的太阳眼镜在哪里。伯尼弯下腰,乔治听到拖曳的声音,就像在地板上拖动沉重的家具一样。他的双眼慢慢适应了从晴空直射下来的强光。他能够分辨出,伯尼正在把某个重物拖到跟利安娜并排的位置。而她正在往后弓起身子,想要看清他正在做什么。

"伯尼,停下。"她说道,用了一种新的口吻,尽量表现出母性的权威。然而,乔治所听到的,伯尼很可能听到的,只是绝望地尝试新方法,任何方法都行,去阻止不可避免的事。

乔治用获得自由的右手,尽量迅速而用力地锯着紧绷的尼龙绳,它绑住了他的左手并绕在他的腰上。他敏锐地察觉到公海突然安静下来,知道自己需要克制一些,不要发出任何声音,或者让伯尼注意到自己。

伯尼抓住捆在利安娜腰间的绳索,把她抬起来一些,然后让她翻个身,背面朝上。这个举动导致她呼吸急促,然后哀号起来。防水布从她的下半身滑落下来,伯尼低头看着她卷起的裙子、裸露的双腿和臀部。"这是什么?"伯尼说,"给你男朋友的最后晚餐?耶稣啊,简,这真是太堕落了。"他往后仰起头,爆发出狗吠般的大笑。乔治几天前也听过这种大笑,当时在新艾塞克斯县的乡间小屋外,他第一次遭遇了伯尼。听到他称她为简,乔治意识到,伯尼对这个他准备干掉的女人知之甚少。

"想想你正在做什么。"利安娜说道,她的语气再次改变了。

"我已经想清楚了。我想过用那把榔头砸碎你的脑袋,就像我砸死那个老人一样,然后把你丢进大海里。不过后来,我觉得这么做太便宜你了。"伯尼弯下腰,俯在利安娜的身上。现在乔治能看见他正在做什么了。他已经拖过来一个水泥块,大约有一平方英尺,正在把它绑在利安娜的身上。"不,我认为我只需像这样把你沉到海底,在你溺水的时候,好好想想你的所作所为吧。"伯尼的动作很快,当他说完这些话时,已经站直身体,并拉紧了他刚刚打好的结。利安娜把头扭向乔治。头发遮住了她的半边脸,但乔治还是能看到一只惊恐的、眼圈发红的眼睛。伯尼把利安娜拖向小船的边缘,她裸露的皮肤在小船的油毡甲板上摩擦着,吱吱作响。

乔治快要割断束缚他左手的绳索了,但这还不够。即便在伯尼把利安娜推到海里之前,他完全割断了绳子,他的脚踝还紧紧捆在一起呢。他的双手会获得自由,但他几乎没有机会移动到工具箱旁,拿出手枪,并朝伯尼射击。在下半身还被五花大绑的情况下,肯定不行。

伯尼粗暴地再次拽着利安娜,把她拉起来,靠在小船的边缘。

"停下来!"乔治大叫道,伯尼转过身,脸上挂着几乎有点惊讶的狞笑,露出他灰紫色的牙齿。

"男朋友发话了。"他说。

"在你射中我之前,我已经报警了。"乔治说,"我说出了你把我们丢进海里的计划。现在,他们很可能正在搜索这片区域,还派出了飞机。"

"哦,你怎么事先知道我打算这么做呢?"

"我早就看见了那艘船,在乡间小屋。不然,你还有什么地方可以抛尸呢?"

伯尼饶有兴趣地看着他。他举起水泥块,把它扔过小船的边缘。连着利安娜的绳子突然绷紧了。现在,伯尼所要做的只是举起她的身体，把她扔进水里。"如果这是实情，"他说，"那么我应该加快工作速度了。当那些侦察机从头顶飞过时，我可不希望有任何证据还留在船上。"

伯尼回身面对利安娜。她现在正在挣扎，前后扭动着身子，想要挣脱束缚。伯尼的一只脚踩在她的脑袋旁边，另一只脚则放在她的腰部附近，然后弯下腰举起她。乔治大喊"救命"，用尽量大的声音，抱着一丝希望会有另一艘船正漂向他们。然而，他所听到的回音只有一只盘旋的海鸥嘶哑的聒噪声。当伯尼牢牢抓紧利安娜并开始举起她时，乔治再次大叫。通过伯尼叉开的双腿，他们可以看到彼此，利安娜对乔治摇摇头。海面上的微风吹动她的头发，把它们从她脸上撩开，这样乔治就能看到她的双眼了。如今，它们红通通的，充满了恐惧和认命。乔治停止了大喊大叫。

"乔治，对不起，"她说，"我爱你。"

"奥德丽。"乔治脱口而出。

当乔治疯狂地撕扯着仍被绑住的左手腕时，伯尼已经把利安娜的身体从小船边缘滚下去了。乔治听到了一个沉重的水花声，然后一切归于沉寂。水泥块立刻拖着她沉入了水底。

伯尼转过身，倚靠在船沿上，把他那双大手平放在大腿上。"这比我想象的要困难得多。"他说道，他的声音有点上气不接下气。乔治看不到他。他已经筋疲力尽，把前额靠在黏糊糊的甲板上，把注意力集中在伯尼的鞋子上。那是一双有流苏装饰的懒人鞋。他的西裤有一个裤腿在微风中飘动着。乔治深深地吸了口气，闻到一股刺鼻的铜臭味从甲板上飘出来。一种巨大的空虚感吞噬了他。知道死亡即将如此迅速地降临，他感到深深的寂寞。他父亲的形象在他脑中闪过。

乔治听到伯尼站起来时发出的刮擦声。"他会过来把防水布从我身上移开，"乔治心想，"看到攥在我肿胀的手指里的餐刀，并把它拿走。

他会发现被割断的绳子,嘲笑我徒劳无益的逃跑企图,然后重新捆绑好绳子,把专属于我的水泥块绑在我身上,把我送进深深的海底。"

乔治的头仍然贴在甲板上,他看着伯尼走向小船的前面。乔治颔首望去,可以看见另外三个水泥块被搁在前排座椅的后面。伯尼用单手举起其中一块,然后走出了乔治的视线范围。"你也太安静了,乔治。我会把你留在最后,这样你就能赢得一些时间。随便谈谈,我不介意跟你说说话。"

乔治感到伯尼的脚在沿着甲板移动,防水布发出沙沙的响声,但还在原处。砰的一声,乔治以为伯尼放下了水泥块,然后感到有一双手放在他身上,一只在他的后腰,一只在他的大腿背面,把他向前推出了好几英尺。那把餐刀还紧抓在他获得自由的右手上,刮擦着粗糙的甲板。乔治很确定伯尼会听到这个声音,但他只是说:"乖乖待在这里,好吗?"

乔治低头看着自己的身体。防水布还盖在他身上。伯尼会忙上几分钟,把水泥块固定在卡琳·博伊德和凯蒂·阿勒的身上,然后让她们尸沉大海。他用手指摸索着绳子,找到了他之前已经锯了四分之三的磨损边缘。他把刀刃放回原位,再次锯了起来。

"我没料到这位的出现。"伯尼说,"麦克莱恩的侄女。你真能吸引窈窕淑女,乔治,虽然我不能说我知道其中的原因。我在飞镖里装的麻醉剂,刚好能放倒你这种体型的人——这不是很容易就能掌握的技术,你知道的。但对这位来说,有点太多了,让她永远安息了。"

乔治刚刚成功割断了左手腕上的绳子,现在手臂无力地垂到甲板上,肌肉几乎麻痹了。他假装咳嗽了一会儿,掩盖了这个声音,弯曲着手指,又把麻木而刺痛的双手互相搓了搓。假咳很快变成了真咳,他的膈膜一阵痉挛,让他快清空了的胃里分泌出最后一茶匙的胆汁。他把它吐在甲板上。

"这一切很快就会结束了。"伯尼说道。乔治无法看到他,但听起来他正在举起卡琳·博伊德的尸体,越过船沿扔下去。他一边希望伯尼已经转过身去,一边迅速地把双手放到腹部,找到绕了两圈的绳索,它在他的腰间已经相对松动了。在他的左臀上有个指关节大小的绳结。乔治对绳结一窍不通。他用手指抚摸着它,只觉得它非常紧,他无法找到任何磨损的末端,挣脱出来。那个绳结把一段绳子牢牢固定在他的大腿上,并从他的双腿之间穿过。如果他能割开那段绳子,虽然他的脚踝还是被绑着,他的身体就能舒展开来,他的双手也会得到解放,他就有机会拿到工具盒里的枪了。

乔治听到扑通一声——卡琳·博伊德沉入了她的水下坟墓——然后,他听到伯尼深深地吐了口气。他感到累了吗?他很强壮,乔治很清楚。可是,今天虽然相对凉爽,也是正午,而伯尼穿着黑色的西裤,以及亮灰色的丝绸衬衫。

"啊,凯蒂。"伯尼说道,乔治听到塑料制品的沙沙声。他想象着她还被卷在塑料布里,捆得像一卷地毯,就像他在船长索耶巷的那栋房子里看到的那样。"你不太认识凯蒂,对吗?"

"我见过她。"乔治说,想要拖着伯尼说话。乔治已经把餐刀的利刃放在从腰部延伸到脚踝的紧绷的绳索下。

"那么你很可能知道,比起杀死她,我更想揍她一顿。你知道她多大吗?二十二岁,看起来却像八十二岁。她成为瘾君子还不到一年。不过,这是怎样的一年啊!"伯尼爆发出一阵大笑,"你知道是谁介绍她吸毒的吗?你所珍视的简。她对女士们很有一套,就像你。"

乔治开始感到身体虚弱,头晕目眩,汗流浃背,他需要聚集仅剩的所有能量,用来割断这最后的绳索。阳光直射着他的脸,让他感到自己像烤箱里的一片烤肉。

他听见伯尼抱怨地嘟哝着,然后塑料制品的沙沙声再次响起。"人死了之后会变得更重,你知道吗?当她还活着时,我举起过这玩意儿好多次,她并不比一个破布娃娃重多少。可是如今,耶稣啊,我老了。"

乔治正在对付的绳子终于一分为二了,他的双腿获得了自由。他的脚踝还是被捆着,但他不再被绑得像只火鸡了。他只能忍住不让自己舒展麻木而抽筋的腿部肌肉,因为他不知道伯尼正在看向哪里。他尽量把头往后仰,却只能看到蓝天,如今空中点缀着几片翻滚的云彩。当凯蒂·阿勒被丢进水里时,他听到了水花声。如今,他单独和伯尼待在船上,他意识到他没有机会割断缠在他脚踝上的绳子了。他把头扭向另一个方向,回头看着被绑住的利安娜刚刚躺过的地方。船边有个突起物,就是她提到的工具盒。旁边还有一件鲜红色的救生衣。乔治正在考虑,如果只是抓起救生衣跳入海中碰碰运气,会不会是一个更好的主意?

他听到身后响起了伯尼的鞋子踩在甲板上的摩擦声。他试图深吸一口气,但他吸入肺中的空气很稀薄。"伯尼随时会揭开我身上的防水布,"他心想,"看到我是怎么挣脱绳索的,然后我就不得不采取行动,用餐刀攻击他,虽然它只是被设计用来切割西冷牛排的。"

伯尼在他身后发出响动。他从嗓子里发出短暂的哼哼声,听起来像是在提问。然后他朝船舵方向走了三步。乔治看着他弯下腰,拉开了小隔间的门闩,掏出一只双目望远镜。他把望远镜放到眼睛上,凝视着远方。乔治已经得到了他想要的机会。

乔治用尽积蓄的力量,以最快的速度翻了个身,双手和膝盖着地,然后凭借膝盖的力量把自己往前一推,冲向工具盒。他的肌肉既迟钝又僵硬,仿佛已经被绑了好几天,而不是几个小时。他咔嗒一声打开盒盖,把里面的东西倒在甲板上。工具、渔具,以及几个鱼饵撒出来,还有一把黑色左轮手枪,被包裹在油布中。乔治用右手抓住它,并往后一滚，转换成了坐姿。伯尼还是冷静地站在船舵那里，手里拿着望远镜，唇边带着一丝嘲弄的微笑。乔治看着伯尼的目光从他的脸上转移到他手里的枪上，然后又回到他的脸上。

"它没有装子弹。"伯尼说道。

"你确定吗？"乔治问道，并把枪上了膛，这个机械比他想象的还要容易准备就位。他的手臂正在颤抖，既是出于恐惧，也是因为虚弱，可他并不在乎。

"开枪吧，"伯尼说，"它真的没装子弹。你为什么不直接拿走救生衣，并——"

乔治扣动了扳机。轻微的后坐力震动着他的手，枪口发出尖锐的爆炸声，听起来像炮仗。伯尼把望远镜掉到了甲板上，举起右手捂住他的脖子。他发出了可怕的咕嘟咕嘟的冒泡声，一大片深色的血液蔓延到他的胸前，浸湿了他的缎子衬衫。

伯尼把脖子捏得更紧了，但是鲜血还是迅速流过他的指关节，淌到他的手背上。他伸出另一只手，抓住驾驶员的转椅的靠背，俯身钻进驾驶室，就像一个关节有问题的老人。

伯尼的眼睛直直地瞪着乔治，看起来既不害怕，也不愤怒——只是很困惑，仿佛他正在纳闷，他的脖子为什么会突然开了花，这和乔治手里还拿着的那把枪到底有什么联系。伯尼耷拉着脑袋，坐在椅子里，还是面向乔治，他那被鲜血覆盖的手垂落到大腿上。他衬衫的整个前襟都被鲜血浸透了，他的脸逐渐失去血色，已经变成了幽灵般的白色。他的眼神看起来也不再困惑，它们什么表情都没有。他已经死了。

乔治转过脸去，看看四周的海洋。他本以为会在地平线上看到一艘船，或其他分散伯尼注意力的东西，然而他看到的只有朝四面八方无限延展的地平线。在二十码外，一只海鸥在蓝色的波涛中沉沉浮浮，那是唯一的生命迹象。

他闭上眼睛,试图花些时间理清思路,试图理解刚刚发生了什么。烈日让他的皮肤发痒,在他眼中,甲板开始倾斜。梦中的景象正在他意识的边缘嬉戏着。在这短暂的幻觉中,乔治几乎快要睡着了。

当他睁开眼睛时,什么也没有改变。他独自待在甲板上,身边是工具盒里散落的物品,还有本来为他准备的水泥块。左轮手枪在他手中微微震颤着。伯尼垂头坐在驾驶座上,随着海浪轻柔的起伏,有节奏地前后摇晃着。

24

乔治回到了马瑟学院。虽然他前往枫糖镇的旅程感觉就像持续了一生,实际上,他离开才一个礼拜不到,就回到了自己的寝室。他告诉室友凯文,还有问及此事的任何人,他回家休息了一些日子,回到了马萨诸塞州,和他父母在一起。没人对此产生质疑。

他很有罪恶感,但他告诉自己,这是在保护利安娜。

乔治已经决定相信查尔方特是对的。利安娜可能会回到马瑟学院找他。她不能回到佛罗里达,她已经没有其他家人了。她还能去哪儿呢?乔治已经下定决心,如果利安娜来找他,他会帮助她的,不管付出什么代价。他可能会尝试说服她自首,但是如果这不起作用,那么他愿意做任何事,以确保她不会被抓住,并确保他在她的生活中占有一席之地。

在大学的第一学期,乔治不是特别喜欢社交,主要原因就是利安娜。不过,在第二学期,他变得更足不出户了。他从不去参加派对,也不再跟宿舍尽头庭院里的舍友们经常厮混了。他经常独自在食堂里吃饭,躲在一张校报后面吃喝。他独自从一个教室走到另一个教室上课,耸肩弓背地缩在冬装大衣里,双唇间总是叼着根香烟。他的业余时间都花在同样与世隔绝的图书馆地下室的小单间里。即便以图书馆的标准来看,那里也安静得出奇,唯一的声音就是古旧暖气片发出的咔嗒声和嘶嘶声。他学习得很用功,努力弥补他第一学期获得的平淡成绩。他敢说,他宿舍楼的其他新生,特别是凯文,为他的突然疏远而感到很受伤。然而,奥德丽去世这件事保护了他,他们只是认为他太过悲伤了。

这个冬天是五十年纪录中最冷的,温度连续好几周维持在个位数。寒冷和黑暗把白天变短了,让乔治在佛罗里达的时光和上个学期看起来就像异世界的一个梦。然而,无论何时,只要电话铃声在他与凯文同住的宿舍里响起,乔治的胃里都会微微一抽,让他很想知道那是不是利安娜联系他了。然而,打电话的从来都不是她。

在二月的假期中,乔治回到家里。他的母亲从没提起过奥德丽,但他父亲说了,问乔治在听到坏消息后,还好吗。乔治告诉他,自己好多了,而父亲给了他一杯苏格兰威士忌兑水,这是乔治第一次在家里得到酒精饮料。他接受了,他们两个坐在一起,沉默不语,在他父亲的小窝里,举杯对酌。

"你喜欢这个吗?"

"也许还得慢慢适应吧。"

他父亲大笑起来,露出一口黄牙,那是长期抽烟斗的结果。"我本该给你加些姜汁汽水。"

"不,这很好。我长大了。"

回到学校后,白天变得更长了,气温也回升了。乔治很想念他那件带兜帽的冬装大衣,它让他有了隐身人的感觉。步行穿过校园,他感到有些人的目光在他身上停留得有点太久了,超过了必要的范围。他知道人们在想些什么:那是乔治·福斯,他的女友在圣诞期间自杀了,如今他几乎不跟任何人说话,只是活在自己的世界中。乔治不是特别在意。他依旧独来独往,但一想到利安娜总有一天会出现,或打电话给他,他就有了活下去的希望。

终于有个电话打过来了,是来自查尔方特探员的。凯文接了电话,那是一个周六的早晨,乔治还在食堂。

"你遇到麻烦了?"在转达了电话的内容和回拨的号码之后,凯文问道。

"他是我家人的朋友,自称为'探员',只是在开玩笑。"

乔治没有用宿舍的电话打回去,而是带着一张电话卡,前往学生中心的公用电话亭。没人使用这种储值电话,乔治知道这能保护他的隐私。他点燃一根香烟,深深地吸了一口,然后拨打了那个号码。

铃声响了两下后,查尔方特接起了电话。

"是乔治·福斯,给你回电。"

"嗨,乔治。你还好吗?"

"还好。"

"我们共同的朋友有消息了吗?"

"呃,没有。我还没有听到过她的消息。我还以为你也许有什么新闻呢。"

"我恐怕也没有。我们还没有找到任何线索。她真的消失得无影无踪了。"乔治听到了搬移的声音,似乎查尔方特把电话从一只手换到了另一只手,"乔治,我想给你一个警告。我不知道你是否在关注我们当地的新闻,但利安娜·德克特的父亲死了。他死在利安娜离开栗树镇的当晚。我当时没有告诉你,是因为我不想把事情弄复杂。而老实说,在那个时刻,我们还不知道我们手头到底掌握了哪些信息。但如今,我们发布了第二张利安娜的逮捕令。这次是一级谋杀罪的逮捕令,乔治,因为她谋杀了她父亲。"

"什么?"

"事情已经很明显了。我们怀疑,它都已经家喻户晓了,在这里附近,也在全国范围内。正因为如此,我才会打电话给你。我希望你是第一时间从我这里听到这个消息的。"

"她为什么要杀死她父亲?"

查尔方特叹了口气。"这个理由让我们困惑了好久,这才发出第二张逮捕令。我们本来有理由相信,库尔特·德克特是被他的赌注登记经纪人所杀,因为他欠了对方的钱。"

"戴尔。"

"没错,戴尔·瑞安。我忘记你认识他了。我们找他来问话了,他承认,德克特欠他钱,但他声称与德克特之死毫无关系。他有很确凿的不在场证明,而且没有可呈上法庭的证据,因此我们放他走了。现在,我们开展工作的假设前提就是:利安娜在逃逸前杀死了她的父亲,为了……当然,这只是一种推测……保护他不受戴尔的伤害。为了偿还她父亲的一些债务,利安娜似乎偶尔会提供一些性服务。"

查尔方特停了一下,但乔治什么也没说。虽然他早就知道这件事了,但再次从其他渠道听到它,还是让他的胃部感到微微收紧。

"我们认为当利安娜决定离开小镇时,她知道今后她父亲只能任凭这位债主的摆布了。她之所以这么做,很可能是因为她知道他难逃一死。"

"他是怎么死的?"

"他被杀死在自己家里,被小刀割断了喉咙。"

查尔方特没有提供更多细节。他再一次提醒乔治,如果利安娜联系他,他有通知当局的法律责任。乔治向他保证,如果利安娜露面的话,一定会打电话给他。

那年的后半年,当乔治某次沉浸在马瑟图书馆的期刊区时,他发现一篇关于那个案子的长文,刊登在一份佛罗里达主要报纸的杂志版上。这是一篇猜测性的报道,主要基于对罗伯特·威尔逊警官的采访,他显然不再为枫糖镇警察局工作了。

乔治读了那篇文章很多次,多得他觉得自己都能背下来了。

库尔特·德克特的尸体是在第八街那栋房子的客厅里被发现的。"在那条丑屋林立的大街上,那是最丑的一栋。"威尔逊说。那两个警探,查尔方特和威尔逊,当时一起前往那栋房子,发布他们对利安娜·德克特的逮捕令。甚至在他们推开门并闻到一股刺鼻气味之前,就已经知道他们进入了一个犯罪现场。栗树镇的老百姓在上午不会不锁门就出去。

他们的眼睛过了一会儿才适应屋内的黑暗。尸体笔直地坐在客厅中央一个褪色的棕色沙发上。他的头向前低垂着,下巴抵着胸口。他穿着宽松的短裤,双腿伸开,双手几乎有些随意地搁在大腿边。一开始,他们以为德克特穿着一件黑色的背心,但随后,他们恍然大悟。那件衬衫本来是白色的,从肩部开始,它的前襟都被喷涌而出的鲜血染成了深棕色。黑色的苍蝇绕着尸体乱撞乱飞,嗡嗡作响。

没有必要检查脉搏了。德克特的喉咙已经被割断了,那道口子又深又宽,足以让他下颌两边的皮肤绽开来。血液不仅浸透了他的衬衫,还在他的膝盖上形成一个小水洼。从动脉中喷出的鲜血越过玻璃台面的咖啡桌,喷洒到它另一边的米色粗毛地毯上。

查尔方特和威尔逊都不知道库尔特·德克特长什么样,但根据那两条布满老年斑的瘦弱手臂,以及被太阳晒伤后导致的斑秃,他们判断这位死者大概有七十岁了。电视遥控器还塞在他的屁股旁边,而且他还光着脚。咖啡桌上胡乱堆放着银子弹啤酒的空罐子。一个巨大的陶瓷烟灰缸,被做成抬起头的短吻鳄的样子,里面塞满了烟蒂和几个短粗的大麻烟头。烟灰缸的旁边有一个敞开的小袋子,里面有些大麻的芽叶。一把厨用小刀被平放在沙发后面的靠垫上，它那深棕色的刀柄上绑着格子花呢布。

两个警探都绕了个圈，走到沙发的背面，在犯罪现场调查员到来之前，小心翼翼地不碰任何东西。威尔逊向记者描述了小刀被仔细地放在受害者身边的景象，就像在切好胡萝卜之后，把小刀留在旁边的砧板上一样。比起库尔特·德克特被割开的喉咙，不知为何，这番景象更让他感到毛骨悚然。

当威尔逊站在尸体的后面解读犯罪现场时，查尔方特已经检查过其他房间了。四四方方的超大屏幕电视机已经被关上了，但它还是从看起来很廉价的家庭影院里被拉了过来，朝向德克特的视线范围。一个看起来灰扑扑的高尔夫球袋倚靠在墙上。地板上有一碗水，旁边是一堆干猫粮，已经被倒进了一个空的速食餐盒里。在食物和墙根一条深深的裂缝之间，一队蚂蚁奔走忙碌着。桌上放着一个脏盘子，里面还有一块吃剩的丁骨牛排，盘子上沾满了鲜红的肉汁。一只肥胖的黑苍蝇优雅地从死者的膝头起飞，画出一道弧线，降落在一块软骨上。

威尔逊记得他当时在想：这个库尔特·德克特，喝得烂醉，又磕了药，胃里塞满了昂贵的牛排，做鬼也逍遥啊。

乔治靠自己的智慧弄明白了，利安娜为何要杀她父亲。当然了，这是一种惩罚，因为他是这种人：一个意志薄弱的堕落之人，为了抹去赌债，很乐意为自己的女儿拉皮条。然而，这也是一种安乐死。利安娜准备永远离开小镇，再也不见她父亲。她知道她父亲会继续赌博，并继续输下去。没有利安娜在这里保护他，戴尔会一直骚扰他。库尔特·德克特已经是一具行尸走肉了，他总有一天会痛苦地离世。利安娜只是加快了这个进程，用小刀迅速一割，让他解脱。

然而，奥德丽死去的那晚发生的事，就要另当别论了。那篇文章陈述道，有可靠的证据表明，利安娜和奥德丽一起待在后者的车里。乔治可以想象，她们在酒吧里起了争执。乔治相信利安娜告诉他的情况——奥德丽想要终止约定，她想讨回她的人生和名字。他也相信在棕榈酒吧，奥德丽很可能完全失去了知觉。利安娜开着奥德丽的车带她回到贝克家的房子，她自己的车就停在那里。当奥德丽的车被送回封闭的车库时——引擎还在空转着，奥德丽在她身边醉得不省人事——于是，利安娜下定了决心，把奥德丽留在车里，让她窒息而死。难道她以为奥德丽死了之后，她就能继续过奥德丽的生活吗？她不可能这么想。这说不通。也许她已经想好了，随着奥德丽之死，她也会有个全新的开始。在她胸口，代替心脏的那个时钟会完全停下来，她永远不必面对被她抛在身后的生活和她曾说过的谎言。这是一个干脆利落的了结。

而乔治却出现在葬礼上，破坏了这个计划。

25

乔治给艾琳拿来了咖啡,小心地放在她面前的桌上。诺拉也待在桌上,嗅闻着那杯咖啡,然后厌恶地扭过头去。它优雅地跳到地板上,昂首阔步地走向厨房,查看它的饲料碗。

"谢谢,"艾琳说,"我们本可以出去喝咖啡,你知道的。"

"想得美。"乔治说。

"你可以出去喝咖啡,你知道的。"她的语气中透着一种虚张声势,在事实昭然若揭的情况下,显得十分刺耳,"你并没有完全被禁足,是吧?"

"我能出去。"他说。

严格来说,这没错。在射杀了伯尼·麦克唐纳后的十天中,乔治偶尔会离开自己的公寓。在大多数情况下,他是去街角的杂货铺大采购,或者顺便去它右边的酒类专卖店。他也会应警方要求,拜访几个警察部门。他没有变成一个广场恐惧症患者,至少他骗自己说他不是。只不过,当他看到平常人过着平常的生活——或者更糟的是,过得很快活——就会感到一种不安,甚至接近恐惧。他已经开始接受这个事实：就他目前的状态，他的脑中就像有块电影银幕，只会播放一部电影，内容是，周一下午，他和伯尼一起在新艾塞克斯县的那艘船上。他没有在冷汗中惊醒，也没有在睡梦中尖叫，或者因为听到陌生的声音而吓得发抖。只是，他无法控制地一遍遍看到当时发生的事情。他想起大学一年级有段时间，他无可救药地迷恋上了他电脑上的俄罗斯方块，已经到了这六种彩色的图形经常在他脑海中漂浮的程度，有时甚至渗透到他的梦境中。

"总有一天，我们会出去喝咖啡的。"艾琳说着，抿紧嘴唇，同情地皱了一下。

"你的面部表情对我毫无帮助。"他说，"而且，我从来不喜欢出去喝咖啡，你知道的。"

"如果你同意去见那人，我是不会这么缠着你的。"艾琳用双手拢着她装咖啡的马克杯，仿佛现在是冬天。八月已逝，但这座城市还是被困在炙热中。而乔治公寓里的温度已经高达七十华氏度，只能靠窗式空调让它凉爽下来。她提到的那人是她希望乔治去看看的专家。她已经做过调查，找到了她认为完美的人选。乔治在理论上答应了她，但还没有付诸实践。

"我会的，"他说，"等我准备好了。才过了两个星期，你花了更多时间才从《沉默的羔羊》的阴影中走出来。"

她露出微笑，把她的咖啡放回到桌子上，然后在他的沙发上舒展着身子。她穿着黑色的紧身裤和无袖的波尔卡圆点衬衫。伯尼·麦克唐纳的拳头留下的淤青几乎痊愈了。乔治还能侦测出一点淡淡的黄色光泽，但也许这只是他的想象。"好吧。今天你赢了，因为我太累了，不想跟你争。你想听听我那些微不足道的小问题吗？"

"我很乐意。"他说。

她告诉他，她答应了与离婚编辑的灾难性约会，详细陈述了他是如何带着她去一个小型啤酒厂，对她畅谈大麦酒的乐趣，然后喝个烂醉，在回家的路上，在自己的车里泣不成声。乔治倾听着，并发表了充满挖苦的言论。然而，就像这些天经常发生的那样，他的思维还是停留在那一大堆死人的身上，那些人的形象就像俄罗斯方块一样翻转并坠落。

在开枪打死伯尼后，他把注意力转向割断他脚踝上的绳索。他的手已经开始剧烈地颤抖，就像当飞机在乱流中翻滚时，有人试图把一个塑料杯举到嘴唇边。他快要成功了，低着头，目不转睛地盯着这项任务。当他的双脚终于重获自由之后，他后退，靠在船尾上。伯尼纹丝不动，还是坐在轻轻摇晃的驾驶座上，下巴抵着胸口，要不是他的胸前涂满了自己的鲜血——如今已经从鲜红色变成了土褐色——他看上去就像睡着了。某种巨大的苍蝇绕着伯尼低垂的脑袋嗡嗡作响。在这荒无人烟的大海中央，它怎么会如此迅速地抵达这里？乔治突然开始害怕起来，他有可能花了几个小时才让双脚重获自由，而不是几分钟。他凝视着太阳，试图搞清楚这是白天的什么时段。夜幕将在多久之后降临？他还要和一具尸体在海上沉浮多久？

正是这种想法推动着他采取行动。他用麻木的双腿站起来，试图走向船头。可是他颤抖的肌肉让他被迫跪了下来，他是慢慢爬向伯尼的。够到尸体后，乔治用手指戳了戳他的小腿，然后猛地缩了回来，还在害怕伯尼可能会活过来。见什么也没发生，他再次站起来，把伯尼推下座椅，取代了他的位置。随着沉重的一响，那具尸体落到地上，伴随着一种恐怖的气体泄漏声。乔治没有看，但闻到了刺鼻的臭味，是粪便混合着海水和血的味道。

他眺望着空荡荡的海面。这是风平浪静的一天，但海面上还是零星泛着涟漪。在阳光下，雪白的浪花闪闪烁烁。他往四面八方看去。一切如故，随着地球的弧度，海面也逐渐降低。他突然产生了一种想法，他永远都找不到陆地了，他会死在这一片虚无之中。太阳高高挂在天空，既没有东升，也没有西沉，似乎在用它本身的无为来嘲弄他。他看着船上的操控装置，操纵台的旁边连着一只指南针。自从他当了一年失败的童子军之后，再也没有看过这种仪器一眼。上面覆盖着一层盐水，等他擦干净之后，它的箭头告诉他，小船正在朝北前进。他只知道自己必须往西走，回到陆地。只要能让别的小船看到就行了。回到人群中之后，他可能会以谋杀罪被捕。不过，这也意味着他们会带他离开那艘船，离开摇晃得令人作呕的大海。当然了，也离开躺在自己的血液和排泄物中的伯尼。

他找到了引擎点火开关，它被一圈圈的绳子绑在马林鱼形的泡沫块上。他打开了开关，什么也没有发生，他的胸口因为恐惧而收紧了。然后，他摆弄着油门杆，确保它挂在空挡上，然后又试了一次。马达咳嗽了几声，活了过来。乔治此生从未驾驶过一艘船，但他还是成功地操纵了油门杆，让小船以令他满意的速度前进。然后，他转动方向盘，直到指南针告诉他，他正开往西方。之后，他终于平静下来。

大约十分钟后，乔治发现在他的北边有一艘大小适中的船。他考虑过让船继续驶向陆地，但他不知道还剩多少汽油。而且，他觉得他宁可趁早离伯尼的尸体越远越好。他猛打方向盘的速度太快，船就像在平坦的水面上跳跃一样。猛烈的震荡激起了一层水幕，在阳光下形成彩虹。

当他靠近那艘船时，看到它在水面上没动，松了口气。它闪着白得发亮的光，那是一艘大型海钓船，它的舱顶上似乎安装着一个卫星系统。他能看到两个身影站在甲板上，他们的面前是高扬的钓鱼竿。在大约五十码远的地方，他看到两个男人都转向他的方向，并看到两个女人从椅子上站起来，看看是什么东西正在靠近。乔治降低了船速，挥动双臂，他希望自己看起来像同时在说"我需要帮助"和"我没有恶意"。他突然想到，自己要是用防水布遮住伯尼的尸体就好了。

当他靠得越来越近时，可以看出那两个男人都已过中年，皮肤都晒成了深深的古铜色。每个人手里都拿着一罐啤酒，显得舒适惬意。那两个女人，也同样晒成了古铜色，迅速穿上比基尼上衣。她们刚刚正裸着上半身在晒日光浴。

乔治慢慢靠近那艘船，切换了油门杆，以防止撞上他们。当他离那艘船只有十码左右时，他关掉了引擎，让小船在水面上漂着，锵的一声撞到了他们那艘船的侧面。其中一个男人，他的肚腩有实心球那么大，说道："耶稣基督啊，真是该死。"

乔治再次伸出双臂，说："对不起，我需要帮助。"

其中一个女人，她的比基尼是黑色和金色的，从渔船的边缘朝乔治的船里张望，发现了伯尼的尸体，并发出一种古怪而悲恸的尖叫声。"这是一场意外，"他说道，这很接近真相，他所愿意接受的真相，"你能打电话给海岸警卫队吗？"

"那个男人死了吗？"第二个女人问道，她也走到了围栏旁边。她的容貌比这个派对上的任何人都要至少年轻二十岁，她刚刚点燃了一根新拿出来的香烟。那股烟味飘到了乔治那里，对他来说，那就像天堂的味道，暂时掩盖住了空气中的血腥气和海腥味。

"他已经死了，"乔治说，"在你打电话给海岸警卫队之后，我会解释的。我能上船吗？"

那个大肚腩的男人走向了船舵，乔治看着他从复杂的操纵台上举起一个无线电发报器。其他三个人则面面相觑，仿佛在私下里决定，是否要让这个显然是杀人犯的疯子上他们的船。乔治发现他们审视着他的甲板，那个更年轻的女子发现了乔治丢掉的左轮手枪。"我没有武器，"他说着，掌心朝外摊开，"我被这个男人绑架了。如果你们不想让我上船，那么拜托了，能否给我点水喝？"

直到讨水喝之前,他都没意识到自己有多渴。他的嘴巴里有一股金属味和血腥味。那个更年轻的女子,穿着亮黄色的比基尼,转身面对另一个还没说过话的男人。"他可以上船,是吗?"她问道。

他回头看着他的渔夫同伴,后者还在摆动着发报器,然后他转向了乔治。"我猜可以。让我放下绳梯吧。"

海岸警卫队在乔治登上这艘名为"钓线时代"的船后十五分钟内赶到了。在等待的时候,别人让他躺在一把轻便折叠躺椅上,他咕嘟咕嘟地喝水,揉搓着自己的手腕和脚踝,直到他意识到,这只会使伤口变得更糟。松弛的皮肤被扯破了,导致鲜血涌出来,洒到甲板上。男人们还是与他保持距离。不过,那个更年轻的女子自我介绍说她叫梅拉妮,并问他发生了什么。他想开口说话,却开始剧烈颤抖,并不得不把水杯放下来。突如其来的寒意、一个遥远的声音,以及他自己,都告诉他,他快要休克了。当海岸警卫队的船抵达那里并把他带上船时,有人给了他一条毯子。这个小小的善意举动让他失声痛哭。

在接下来的几天里,乔治面对无数个执法部门,无数次地重复他的故事。从他们不同的态度和主要的问题中,他能感觉到,对于是否要逮捕他,他们还存在着争议。他射中了某人的颈部,但后者直接导致了另外四个人的死亡,也直接参与了一起数额巨大的盗窃案。根据针对他的问题,一切也越来越明朗了:从麦克莱恩的保险柜里偷走的钻石仍然下落不明。他开始相信罗伯塔·詹姆斯探长正在保护他,她相信他说的每一句话。当然了,她也是仅有的定期向他提供新情报的警探,让他知道他们在深深的大西洋里并没有找到任何尸体,并主动告诉他:麦克莱恩的妻子终于死了,据这位探长所知,她至死都不知道她丈夫是被谋杀的。

现在回想起来,乔治并不介意没完没了的审问。一遍遍地重述,似乎让整件事变得可以忍受了。只有当警察一整天没有联系他时,当他一整天足不出户时，他才开始觉得曾经发生的事情是多么令人发指的暴行。某些景象从未离开过他的脑海：伯尼垂头坐在驾驶座上；在凯蒂·阿勒的家里，卡琳·博伊德的脸色逐渐变灰；当利安娜被丢进海里时，她脸上的表情。阅读毫无帮助，电视也是。当他离开自己的公寓时，那个曾经相对温和的世界，在他看来是危机四伏。大楼摇摇欲坠。汽车在拐角处转了个危险的弯，仿佛随时会侧翻。看起来有暴力倾向的陌生人注视着他，仿佛他们能读出他脑中的可怕想法。各种思绪的海洋用莫名其妙的恐惧将他填满。

他已经跟杂志社的人力资源部谈过了，他们允许他有条件地休"照顾家庭和处理危机假"。他们只需他的私人医生填一张表格，并传真给他们。每天他都想打电话给他的医生，并约他见面。而每天他都没有打电话。他的办公室给他发邮件，他也没有回。

艾琳的来访不是特别有帮助，但也没什么坏处。它们能帮他填补白天的空虚，虽然这不是他的最大问题，如何度过漫漫长夜才是。

"我还以为他恨他的妻子。"

"哦，你在听啊，"艾琳说着坐起来，喝着剩下的咖啡，"他是这么说的。"她耸耸肩。

"那么，没有下次约会了。"

"上帝啊，当然没有了。我对情伤男人的试验正式结束了。"这句话脱口而出，她的脸就后悔地羞红了，"我不是……"

"当然了，除我之外。"

"我不认为你是个情伤男人。"

"谢谢。头破血流，但还没有屈服。那就是我。无法摧毁你的东西都会让你变得更强。顺便说一句，不管这句话是谁说的，他都应该被扔到海里，与伯尼·麦克唐纳的灵魂为伴。"

"我会找出这句话是谁说的，并好好料理他的。"她从肩头摘去一根诺拉的毛发,然后往前挪了挪身子。

"你真准备这么做?"乔治问道。

"除非你求我不要做。"

他陪着艾琳走到门口,在那里她吻了他,一如既往地吻在嘴上。"我觉得你会好起来的。"

在艾琳走了之后,乔治整理了卧室衣橱,把一些他认为不会再穿的衬衫塞进购物纸袋里。也许稍后,他会带着这个袋子走过两个街区前往慈善商店。这可能是他今天仅有的外出时间。

他重新在杯子里倒满了咖啡,抵抗着在里面加上一点波旁威士忌的冲动。然后,他回到客厅里,继续写被他秘密地称为"死亡日记"的东西。这是詹姆斯探长的意见,在他们最后一次交谈时。如往常一样,她陪着他走出警察局。他们在这灰色城市的暮色中站了一会儿,他感谢了她的好意。

"因为什么?"她问道。

"因为你相信我的故事。没有逮捕我。没有像其他男警察那样看我……也包括女警察。"

"我没有帮你任何忙。事实上,我真的相信你的故事。"

"但你还是一直让我回忆那件事。"

"我希望你能记起一些新的信息。还存在许多疑点。"

"你们还是没有找到钻石,对吗?"

"没有。"

乔治点燃一根香烟,自从重回陆地之后,他就重拾了这个习惯。他鼓起肺部,深深地吸了一口,然后避开詹姆斯探长,吐了出来。然而晚风卷起烟雾,把它吹到了她的脸上。他道了歉。

"别担心,闻起来不错。我是个仍然喜欢吸二手烟的前烟民。我甚至怀念酒吧里的烟味。"

"有时候，我觉得你就是我的真命天女，探长。"

她爆发出一阵大笑。"我可不是每天都能听到这种恭维的。"

"因为你总是和错误的人在一起。"

"你算是说对了。"

他又深深地抽了一口烟。"你觉得你还会需要我过来吗？"

"很可能会。我还不很确定你已经想起了你能想起的所有事情。"

"这是因为我试图忘记我能忘记的所有事情。"

"我想给你个建议。"她说着，搓了搓后颈部，然后抚平了她的衬衫领子。她没有涂指甲油。事实上，除了可能涂了些口红，乔治觉得罗伯塔·詹姆斯完全没有化妆。

"是什么？"他问道。

"我觉得你应该尝试把这一切写下来。"

"我还以为你们这些人已经在做这件事了呢。"

"我觉得你能写的东西更多。写下每个小细节。尝试着仔细描写那些事物。我还是坚信，我们错过了些什么。这能帮助我们厘清发生的事情，但我觉得这也可能会帮到你……在处理一些事情上。"

"你觉得我很窝囊。"

"不，我认为你只是碰上了一件很窝囊的事情。把那些事情写下来又不会有什么损失。如果我不认为这是你应该做的事，我是不会提出这个建议的。"

他接受了这个建议，在书架上找到一本旧的空白笔记本，并开始写作。在他密密麻麻到几乎难以辨认的手稿上，每件事情都被详细地写出来了。他不是按照时间顺序写的。他只是想到什么已经发生的事，就努力把它描述出来。这个过程并不愉快，但它真的能消磨时间。

最近，他把注意力放在为了躲避伯尼·麦克唐纳，他企图从凯蒂·阿勒的房子里逃跑那次。他描述了房间的内部，藏着凯蒂尸体的洗衣间的外观。他努力回忆着他当时的思考和疑问：伯尼是怎么知道我们在那里的？他开着道奇车跟踪了我们？如果是这样，他为何等了那么长时间才拿起麻醉枪接近我们？他为什么不担心我们会在房子里用自己的手机报警？

他继续写下去，包括他决定从前门逃跑的事情，还有当他经过走廊里的卡琳·博伊德时，她看起来是什么样子的。包括她皮肤所呈现的灰色，以及她那别扭地跌坐在地的身体姿势。当时，她一定已经死了，或者濒临死亡。对她的体型来说，麻醉剂量太大了。然后，他写到他看见利安娜躺在道奇车的后座里，她是怎么四肢摊开，昏倒在那里的。他想了起来，他之所以知道她还活着，是因为……因为她的眼皮眨动了几下。他反反复复地回想着这个场景，他所目击的细微动作。他是看到利安娜的眼皮在无意识地抽搐着，还是看到她迅速地闭上了眼睛，因为她意识到有人从车边经过？他记得自己当时觉得这是个无意识的动作，她已经被打晕了，或者也被麻醉了，而她的眼皮还在抽搐着。为什么直到现在他才完全弄明白，在道奇车的后座里，利安娜的意识是完全清醒的，她只是假装昏过去呢？

是因为这符合他自始至终的想法吗？利安娜和伯尼从一开始就是同伙，而每件事，包括小船出海那次，都是事先精心策划好的吗？

如果这就是事实，那么他们两个为什么都死了，而他还活着呢？利安娜怎么会允许伯尼把她丢到海里呢？为什么伯尼这么确信工具盒里的枪没有子弹呢？

他只知道，把所有事情写下来，总会有用的。他记录的细节越多，他就越清楚那个漫长的周末真正发生了什么。他感到自己越来越接近真相。

他翻到日记本的背面，在那里开始涂鸦。他画了几幅船的图画，努力回忆起船上发生的一切。这次，他在那些船的上方画了一个草图，表明四个人的位置，两个活的，两个死的。他凝视着这张图，直到他的视线焦点变得模糊，只能转过头。就在此时，他听到远处的教堂钟声，告诉他已经是中午了。

他站起来，去了厨房。在那里，他把壶里剩下的咖啡倒进他的马克杯里。这次，他真的加了一些波旁威士忌。

26

第二天早晨,警察又突然而至,那是个周三,刚过了九点。乔治已经开始煮咖啡了,并考虑着如何消磨眼前漫长的一天。

突然传来三下响亮的敲门声,跟着是大喊:"警察,开门!"是一个男人的声音。乔治已经做好被逮捕的充分准备,打开了门,迎接他的是欧克莱尔,两个穿制服的警官相伴左右。"乔治·福斯,我是波士顿警察局的约翰·欧克莱尔探员。我拥有对以下房屋的搜查令。"他拿出两张叠起来的纸。他看起来就像拿着中了大奖的刮刮乐彩票,在空中炫耀地挥舞着。

乔治坐在沙发上,喝咖啡,读着他的搜查令副本。与此同时,两个穿制服的警官开始工作,从厨房查到客厅,又走向卧室。诺拉饶有兴趣地跟着他们,在他们的腿间绕着八字,凝视着打开的柜子。欧克莱尔没有参加搜查,只是站在客厅里。他穿着闪闪发光的灰色西装,踮着脚尖上下晃动着,偶尔查看一下他的手机。"詹姆斯探长在哪里?"乔治问道。

"哦,她已获悉了这一情况。"

"你们究竟在找什么?"

欧克莱尔没有回答。

乔治想起了利安娜给他的钱,他还没有跟警察提过这事呢。他已经把现金转移到了大楼的地下室,用破布包裹着,塞进一个烘干机的下面。当时,他怀疑自己是不是过于警觉了。但如今,他很高兴他不必向波士顿警察局解释这一万元现金。

"探员,我们找到了一些东西。"一个制服警官在卧室里说道。

欧克莱尔没有掩饰脸上的欣喜之情,他告诉乔治待在原地,然后进入了卧室。乔治绞尽脑汁,努力想弄明白他们可能找到了什么,将他更深地牵扯其中。他希望自己已经整理好了床铺,捡起了角落里的那堆脏衣服。闪光灯的光芒从卧室里射出来,他们正在拍照片。乔治呆呆地站在那里,这时欧克莱尔从房间里出来了,后面跟着一个制服警察,那是一个娇小的西班牙女子,有着类似弗里达·卡洛[①]的眉毛。她戴着白色的橡胶手套,拿出了一张展开的白纸,上面有两块小石头,一块是浅绿色的,另一块是粉红色的。

"你认得这些吗?"欧克莱尔问道。

"我以前从来没有见过它们。你在哪里找到的?"即便它们看起来像石头,乔治也知道那一定是钻石。他的后颈感到一阵刺痛。

"我们会没收这些作为证据。你得跟我们去警局走一趟了。"

乔治等在一个审讯室里。在告诉欧克莱尔,他放弃让他的律师在场的权利之后,他独自在那里待了一个多小时。乔治很好奇,他现在是不是已经去过波士顿警察局的每个审讯室了。这个房间有扇真正的

[①] 弗里达·卡洛(Frida Kahlo,1907—1954),墨西哥最受欢迎的现代女画家,因车祸而残疾,从此开始学画,并展现出惊人的天分,以自画像而闻名。

窗户，上面布满了栏杆。乔治透过窗户能辨认出扎基姆桥，以及在远处的查尔斯敦的邦克山纪念碑。天空是洗旧的蓝色，或许是蒙尘的窗户让它看起来是这个颜色。

"嗨，乔治。"

他转身面对那个熟悉的声音，很高兴地看见詹姆斯探长。她穿着黑色的西装外套，里面是丝质的白衬衫，领子展开来盖在西装的翻领上。如果乔治最终被逮捕，他希望她会是那个给他戴上手铐的人，而不是欧克莱尔。毫无疑问，后者的脸上会挂着自鸣得意的表情。

"探长。"乔治说道。

"我的搭档通知我，你放弃了让律师在场的权利。你现在还是这么认为吗？"

乔治告诉她是的。

"好吧，坐下来。我需要让你知道，这场谈话正在被录音。"她指了指房间角落里的小摄像机。乔治点点头。

在确认了她自己和乔治的身份，以及审讯的时间和地点之后，詹姆斯说："关于我们找到的钻石，你有什么想对我们说的吗？"

"我以前从未见过它们。"

"那么，你觉得它们是怎么进入你的衣柜抽屉的？"

"它们是麦克莱恩的钻石吗？"

"我不知道，你告诉我们吧。"

"我也不知道。不过，我觉得如果它们不是，那才是见了鬼呢。"

"那么，它们是怎么进入你的抽屉的？"

"利安娜·德克特把它们放在那里的。在麦克莱恩被谋杀的那天，她在我的公寓过夜了。"

"当时你不知道这件事？"

"不，我不知道。"

"那她为何要这么做,还不让你知道?"

"我能想到两个理由。第一,她想感谢我帮助她欺骗了麦克莱恩。并不是说我当时知道自己正在帮她这个忙。"

"那另一个理由呢?"

"她想陷害我。"

"她为什么要这么做?"

"你有时间吗?"

詹姆斯探长露出了微笑。"我有一整天的时间。为什么利安娜·德克特要陷害你,我会洗耳恭听的。"

"她之所以想陷害我,因为我是唯一知道她还活着的人,如果我蹲了监狱,就不能继续跟着她了。"

"先前你告诉我们,你亲眼目睹利安娜·德克特被伯尼·麦克唐纳杀死了。"

"我想修正一下我的故事。"

"那么,你没看见她被绑在水泥块上并丢进海里?"

"不,我是说,虽然我看见这件事发生,但我还是认为她仍然活着。"

"这怎么可能呢?"

"我也不能完全确定她是怎么做到的,但在我内心深处,我不认为她那天溺水而亡了。"

詹姆斯把脖子扭向一边,然后是另一边,仿佛准备参加一场拳击赛。"你为什么不从头说起呢?"

"你确定要听?"

"我说过了,我有一整天的时间。"

"好的。"乔治开始说了,说出来并不困难,在过去的几天里,他已经在脑海里排练过这场演说了,"因为找不到更好的开头,我只能说一切始于巴巴多斯岛。我们知道这个事实,利安娜或简·伯恩,正好路过那里,在科克尔海湾度假村里工作。就在那里,她遇见了杰拉·麦克莱恩。她知道他很富有,也知道他做过违法勾当,这意味着他很可能有大量的现金资产。他成了她的目标,她骗了他。她知道他的两个妻子长什么样。她模仿了她们的外貌,勾引了他,并赢得了他的心,甚至让他带着她去亚特兰大当他的情妇。他给她一份工作——或者是她自己要求的——这让她有机会接触到他的业务记录。然后,不知用什么方法,她发现他把大量现金都转换成了钻石,而且它们都保存在马萨诸塞州的一个保险柜里。

"那么该如何打开保险柜呢?她想出了一个绝妙的计划。她偷了他的钱,这很容易,因为他定期把现金运到岛上,而她能接触到它们。她偷偷拿走了其中一笔,然后远走高飞。他很着急,但她知道,由于这些资金的性质,他不会联系警方。她很可能知道,他会唆使他常用的调查员唐尼·詹克斯追踪她。然后,她所要做的只是想办法把赃款在波士顿还给他。而如果有人把现金送到你的家里——非常多的现金——你会怎么做?你会打开你的保险柜,把钱放到里面。这正是她所期待的。

"她需要帮手,因此她拉拢了亚特兰大当地的一个酒保,名叫伯尼·麦克唐纳。然后,她又拉拢了凯蒂·阿勒,或者至少联系了她。凯蒂是她在加勒比海一个度假村工作时认识的。我发现了她的很多资料。她是独生女,在她十八岁时,她的双亲都死于船只事故。他们非常富有,而这些财富都由她继承了。他们在新艾塞克斯县拥有一块土地,包括上面的一栋房屋和一间乡间小屋。他们在佛罗里达和墨西哥也拥有一些产业。她的父亲在劳德戴尔堡卖豪华游艇。凯蒂是个瘾君子,也许是因为受利安娜的影响,也许不是。当利安娜知道自己和伯尼在波士顿需要一个落脚点时,她就与凯蒂取得了联系。我的猜测是,她把凯蒂带到这里，把她安顿在她自己的老家，用足够的毒品让她保持开心，然后就能随心所欲地使用这套房子了。事实证明，这里是安排我与伯尼见面的完美舞台，或者也可以用我刚认识他时的名字称呼他，唐尼·詹克斯。"

"他为什么要假扮成唐纳德·詹克斯？很显然，你总会发现他不是的。"

"就算我最终查明了真相，也没什么关系。她一直知道，总有一天，我会发现自己是被利用来夺取麦克莱恩的钻石的。我的推测是，唐尼·詹克斯是她最容易想到的名字，既然他已经在为麦克莱恩工作了。在同意送钱之前，也许我本该再调查一下。我真的不了解内情，但是我知道，利安娜需要做的只是说服我出面帮忙，把钱带给麦克莱恩。利安娜不确定光靠自己能否搞定这件事，因此她推测，如果把我介绍给伯尼，而他看起来真的很可怕，那么我的保护欲也许会被激发出来，我就会同意送钱给麦克莱恩。"

"我能理解她为什么需要伯尼，为什么需要凯蒂，但她为什么如此需要你呢？"

"她并不真的需要我。至少在计划的一开始不需要。她完全可以自己去麦克莱恩的家，或者可以派凯蒂去做这件事。她希望我去送钱的唯一理由是，她想把我也牵扯进来。当她被丢进海里时，她需要我当目击证人。每件事都是在为这件事做准备。从麦克莱恩那里偷走钱只是个开始。她还有个更大的计划。她不仅想要钻石，还想要完美地抽身离去。一个完结的案件，因为她已经死了。"

"因此，你认为那天在船上你肯定会幸存下来？"

"是的。我不仅认为自己会活下来，还认为伯尼也知道我应该活下来。他也参与其中。而伯尼不知道的是，他也被写在死亡名单中了。"

"往前倒退一点。伯尼为什么要威胁你的朋友……艾琳，对吗？他为何要威胁她？而且，他为何要在车里向你开枪呢？"

"伯尼必须看起来像是个偏执狂，他已经有点疯掉了，要么想让我闭嘴，要么想杀掉与抢劫案有关的所有人。至关重要的是，必须让我知道这个故事，因为我将会是说出它的人。故事的概要是：利安娜盗走钻石之后，并没有立刻跟伯尼远走高飞，而是想要再见我一面。正是这个惹得伯尼大发雷霆，歇斯底里。这很牵强，我知道，但我当时却信以为真。我认为利安娜正在利用我的虚荣心，认为我会选择相信她愿意再和我共度一晚。"

"你说的是周六晚上的事情？"

"没错。在伯尼盗走钻石之后，最明智的做法是，他们两个走得越远越好。而恰恰相反，利安娜在九龙餐厅见了我，然后和我一起回到我的公寓，在那里过夜。在离开前，她把两颗钻石放在我的衣柜抽屉里，并藏得好好的，让我不会立即发现它们。她走得很急，知道麦克莱恩的尸体很快会被发现，而警察会开始寻找我。我认为她很愿意冒这个险，与我共度一晚，这对她的计划非常重要——引我上钩，放置钻石，也为伯尼·麦克唐纳采取强硬行动提供了貌似合理的动机。

"让伯尼假装妒火中烧，这是第二步计划的关键点。第一步是从麦克莱恩那里拿走钻石——事实证明，这足够简单；第二步是假装她死了，并除掉伯尼。然后，所有钻石就都是她的了，而且人们会停止搜查，因为她已经死了。她知道自己能够顺利完成计划的第一步，第二步只是锦上添花。为了弄清究竟发生了什么，以及我相信发生了什么，这一步至关重要。抢劫案后发生的每件事，就像一个四分卫跑到得分区碰运气。当你的队伍已经领先的时候，在下半场的末尾来个万福玛利亚传球①。你能听懂吗？"

"你谈论的是橄榄球吗？不要紧，继续，我能听懂。"

"好的。这对她来说太复杂了，她不可能知道自己能否侥幸成功。这是个万福玛利亚，但如果这行不通——举个例子说，如果我突然决定向你们告发她，或如果我无法在船上杀掉伯尼——那么她还是会得到钻石，还是会消失无踪。这样想这件事是唯一合理的解释。"

"那么说说船上发生的事吧。"

"根据我的推测，利安娜一定告诉过伯尼，她的计划是让我活着，作为目击证人向警方证实她的死亡。他为什么会同意这个计划，我不太清楚，但我猜他至少有点被利安娜迷住了，想取悦她。她肯定已经说服他，她需要永远地消失。因此，全部的计划是，把我带到阿勒的船上，它就拴在乡间小屋的旁边，然后乘着它出海。我出现在凯蒂·阿勒的家里，对他们来说，事情变得相对容易了。虽然不幸的是，我是和卡琳·博伊德一起出现的，而她成了一个附加的威胁。"

"如果你没出现在那栋房子里，又会怎么样呢？"

"那么伯尼会找其他方法绑架我。他显然在跟踪我。那晚我去剑桥拜访艾琳的时候，他就跟踪了我。那晚他向我开火，并撞倒了真正的唐纳德·詹克斯。当时他就能干掉我，然而，这不是计划的一部分。他还在演戏。真正的计划是让我活着，而正因为如此，他带来了麻醉来复枪。不然，他还有什么理由要带那种东西呢？"

"顺便一说，我们追踪了枪的来源，找到了亚特兰大的一个动物园。他们上报过有把枪被偷了。伯尼似乎有个朋友在那里工作。"

---

① 万福玛利亚传球（Hail Mary pass），是一个美式橄榄球术语，指成功率很低的长距离直传，一般在比赛快结束的时候使用，孤注一掷地传出去以求在最后时刻得分，剩下的就只有祈求圣母玛利亚保佑。

"这表明，这个计划已经施行了一段时间。那把枪让我有活下来的机会，这是关键所在。卡琳是计划的一个小瑕疵，但这只不过意味着伯尼必须除掉我们两个。他已经配好了麻醉剂，足以放倒一个像我这种体型的男人。然而，这对卡琳来说太多了，她死于麻醉剂过量。既然她最终也会被杀死，这也没有什么不同。

"当那件事发生时，当伯尼把我逼进凯蒂·阿勒的房子里时，利安娜正在车里等待着。我现在的看法是，她的意识是完全清醒的，躺在后座上假装被打晕，以防万一我路过那辆车并看到她。我真的这么做了。当时我相当确信，我看到的是一个失去意识的女子。但我真的看到她的眼睛动了，我很确定。那个时候，我以为这只是被打晕后的副作用，某种抽搐症状，但如今，我想起了其中的不同。我认为我实际上看见的是：当我突然出现在车窗玻璃旁时，利安娜迅速地闭上眼睛。"

"在你签了字的口供上，你不是这么说的。"

"我知道，我改变了想法。也许是我对此思考得太多了，以至于无法看清事实。不过，我认为她只是躺在汽车的后座上。她正在等着伯尼抓到我。当伯尼追我的时候，利安娜锁上了汽车，躺在后座上。如果我看见她，我会以为伯尼也把她逮住了。而我真的看到了她，我也确实是这么以为的。"

"可是，如果你没有看见她，你可能不会犹豫，有可能直接逃走了。"

"这没错。我能逃到树林里，然后跑到马路上。如果这事发生了，那么我相信利安娜和伯尼会就此停手并远走高飞。请记住，整件事只是万福玛利亚。"

"而利安娜是那个四分卫。"她说道。

"是的，你讲到点子上了。利安娜是四分卫，伯尼最多是一个边线防守队员。"

探长大笑起来。"好吧，我明白了。我认为你低估了一个优秀防守队员的价值。不过，我理解你的意思了。继续说下去。"

"因此，一旦我被打晕，就只剩下把所有的死人和活人搬到船上的问题了。我们被汽车运往乡间小屋，小船就系在那里。利安娜也帮了忙，然后让自己也被伯尼捆住。我们面对面躺在防水布下面。伯尼会出航到公海，绕着圈子，直到我醒过来。一旦我恢复了意识，利安娜就会采取行动，对我说她偷偷带来了一把餐刀，主要为了让我切断绑在我身上的绳索。这一步的关键是把握时机。我必须获得自由，这很重要，但是不能在利安娜被丢下船之前。我认为他们有某种暗号，这样利安娜就能让伯尼知道何时停船，并开始抛尸。我认为那暗号就是她会踢着船侧。当时我听到这个声音，还以为是船停下来的声音。因为此后，伯尼立刻抓住利安娜，把她丢下了船。然而，当船停下来时，不会发出这样的巨响，除非有什么东西掉下去了。利安娜给伯尼发出信号：是时候让我目睹她的死亡了。对此我什么都做不了，但利安娜留给我一把餐刀，而伯尼正在不急不忙地抛弃其他两具尸体。他正在拖延，给我时间切断剩下的绳子。"

"并拿到那把枪。"詹姆斯探长说道。

"好吧，不是这样的。伯尼不知道枪的事情。他可能知道工具盒里有把枪，但他很确定里面没有装子弹。不，他以为我应该会获得自由，并抓住救生衣，跳入海中碰碰运气。"

"你就像个澡盆里的小黄鸭。他有一艘船，他可以直接把你撞飞。"

"但他不应该把我撞飞。他应该让我逃走。而伯尼不知道的是，她给了我杀死他的方法。她留给我一把上膛的枪。让我杀掉伯尼，这正是她希望发生的事情。这样的话，就没有活人知道她还活着了。我会向世界宣布，她已经死了，即便从未找到过尸体，或者相关的钻石。

没有理由再继续寻找她了。这简直太完美了。"

"这不太可能是真的吧。有太多的事情会出差错。如果麻醉枪杀了你呢，就像卡琳·博伊德那样？如果你没能挣脱绳索呢？如果伯尼还活着呢？我可以继续说出很多种可能性。"

"如果伯尼还活着，对于利安娜来说也不是世界末日。他不会背叛她的。她所要做的只是与他分钱。正如你所说的，有足够多的可能性，谁知道呢——我的猜测是，她已经找到了某种方法能在事后杀掉他。他信任她。这不会很难的。"

詹姆斯探长看起来一脸狐疑，她的嘴唇紧抿着。

"我以前也有同样的疑虑和问题，直到我开始从不同的角度思考。"乔治说，"正如我之前说的，这个计划分为两步。第一步计划是万无一失的，或者就百万美金抢劫案来说，是接近于万无一失的。那步计划就是盗走麦克莱恩的钻石。第二步计划则是一个白日美梦——一种既能将钻石占为己有，又能除掉伯尼，更能让自己永远消失的方法。那个计划很有可能会出差错，比如你说的所有那些可能性，外加许多其他问题。在麦克莱恩的谋杀案发生后，如果你更快发现其中的联系，凯蒂·阿勒可能会立即被你们逮捕。我可能已经离开了小镇。伯尼可能在艾琳的住所外向我开冷枪。如果其中任何一件事发生，那么利安娜就会索性放弃。在你们的人知道她的全名之前，她就已经逍遥法外了。然而，她还留在附近，想把事情做到最完美，而她成功了。

"钻石在任何地方出现过吗？这没有给你什么启发吗？"乔治继续问道。

"好吧，正如你所知，它们中的一些已经出现了。"

"我指的是大部分钻石。我确定它们肯定不止两颗。"

"让我们姑且认为你是对的，"詹姆斯说道，"利安娜计划了整件事。在伯尼把她丢进水里之后，她又怎么可能逃脱呢？你说她被绑住了。你亲眼目睹伯尼把水泥块绑在她身上。"

"那个我不知道。我的猜测是，她没有被绑牢，只是看起来被捆住了。我确定那是货真价实的水泥块，但也许他用一种特殊的方法绑住了她，一旦丢到水里，绳子就会松开。"

"你说你听到水花的溅落声，然后就是一片沉寂。"

"我记得是这样的。也许她在水里潜泳了一段时间，游到足够远的地方才浮出水面，我没有听到她发出的响动。也许附近有另一艘船，或者某种浮潜装置。而这时候，我还被捆在甲板上——我无法看到船外的任何动静。"

"我不知道该作何感想，乔治。"詹姆斯探长说道。

"我承认这个部分也让我非常难以接受。那里是公海。在利安娜被丢进海里之后不久，我就从船里站了起来，但我什么也没看见。可是，如果有人能单凭自己的力量游向新生活，那就是利安娜了。我不知道她是怎么做到的，但她真的做到了。这是一个精彩的魔术。"

"一个不可能完成的魔术。你们离陆地有几英里远。"

"我知道这听起来很荒谬，它是很荒谬，但是跟你的看法无关。我一直在回忆我在船上度过的时光。每件事都是设计好的，以便让我成为目击者。这太方便了。利安娜偷偷把餐刀带上了船，让我能够接触到。等我抓住餐刀后，问她是否想让我割开她的绳子，她却拒绝了。然后，一等到我的双手获得解放，伯尼就找到了抛尸地点。他选择先把利安娜扔下船。但是接下来，他没有立即把我也丢下船。这说不通。他本该先除掉两个活人，然后再处理死尸。所有一切都是事先安排好的，这样我就能割断绳索，获得自由，并逃之夭夭。这样，我才能成为目击者。"

"可是，即便你跳入了水中，也不能保证自己会活下来。"

"任何事情都没有绝对的保证。这就是个万福玛利亚。我知道这听起来不太可能是真的。但你认为这可能吗?利安娜让伯尼占了上风,现在他俩都死了,而钻石全都消失无踪了?"

"我认为这些都不太可能。我认为有这种可能性……而我不是唯一一个相信……你拿了所有钻石。"

"如果我拿了所有的钻石,那我为什么要把其中两颗留在我的内衣抽屉里呢?"

"也许你这么做是为了证实你的故事,使之看起来像是你被陷害了。"

"我觉得你错把我当成犯罪天才了。你给了我太多的信任,探长。"

"你不是唯一这么想的人。"

在审讯后,乔治又被独自留在那里一个小时。他想象着他们在隔音房间外可能的对话。他们正在做出一个决定:是现在就对他立案,还是稍后再说。他努力把注意力集中在这件事上,但还是想着他抽屉里的那些钻石。它们是利安娜的谢礼吗?或者是对他最后的报复?

詹姆斯探长再次踏入这个房间,并说:"你自由了,福斯先生。我们今天到此为止。"

乔治站起来。"你会送我出去吗?"

一到外面,乔治就点燃了一根香烟。"我很确定,我会被逮捕。"他对詹姆斯探长说道,后者与他一起来到警察局总部的砖头台阶上。

"你让局里非常纠结。但你最终会被逮捕的,这只是罪名和时间的问题。"

"感谢你的提醒。"

"我们普遍相信,你会带我们找到利安娜·德克特。"

"这么说有人同意我的观点,她没有淹死在海里。"

"不,我认为我们的共识是,她根本没有上那条船。至少,没有证据显示她在船上。"

"只有我的证词。"

"只有你的证词。"

"我猜我会尽量享受我的自由,趁我还拥有它的时候。"

"哦,但不要离开小镇。我记得我已经说过这句话了。"

"你为什么还信任我?"乔治问道。

"我不知道我是否信任你,但我相信你说的是真话。在工作中,我从很多骗子口中听过很多谎言。当你说你还钱给麦克莱恩是出于好意,以及你被利安娜和伯尼骗了时,我相信你。我认为你并不知道你卧室里有钻石,而且,我相信你真的认为利安娜还活着。"

"但你不相信她还活着。"

"你知道奥卡姆剃刀原则[①]吗?"

乔治点点头。

"最简单的结论是:利安娜·德克特和伯尼·麦克唐纳偷了很多钻石,伯尼变得贪婪,或嫉妒,或兼而有之,决定杀了每个与此事有关的人。他几乎成功了,但他自己也被杀了。至于钻石呢……谁知道?它们可能在任何地方。"

"那么,我为什么会在这里?如果伯尼真想杀我,早就做到了。我怎么可能打赢他呢?"

"我认为你很幸运,"她说,"非常、非常的幸运。"

---

① 奥卡姆剃刀原则(Occam's Razor),由14世纪逻辑学家、圣方济各会修士奥卡姆的威廉提出。他主张"如无必要,勿增实体",也就是说当有两个不同的理论能得出同样的结论,那么简单的那个更好。

27

回到自己的公寓后,乔治知道他必须做什么了。

那是傍晚时分。他喂了诺拉,然后拿起绅宝车的钥匙,出了门。他已经决定重返新艾塞克斯县,他相信利安娜在那里留下了什么。

等我找到它的时候,就知道自己在找什么了。

当他开车穿过了闹市区的环形交叉路时,他的心率加快了一倍,而且脑袋轻飘飘的。他没有直接去船长索耶巷,而是先从海滩路开进了教堂停车场。他摇下车窗玻璃,大口呼吸着带着咸味的空气。不知为何,他记起了当他第一次开车来到乡间小屋时,看见一个倒在教堂长凳上的身影。他记得他当时看着那个熟睡的人,觉得他可能已经死在长凳上了,而且无人注意,因为他看上去只不过是某个正在晒太阳的老年教民。

乔治的心跳已经恢复正常,他挂上离合器,驶出了教堂停车场。他往右转向船长索耶巷,然后立刻再右转,开上了阿勒家布满车辙的车道。黄昏降临,松林间一片黑暗,但他仍能依稀辨认出黄色警用带还围绕着那片房产。

在找到利安娜的《蝴蝶梦》，以及书页间夹着的来自墨西哥的明信片后，乔治开车摸黑回到了波士顿。他一直开着空调，并把车窗开了条缝，这样他就能把烟雾吐在夜空中了。他不清楚那本书究竟是什么意思——是特意留给他的吗？就像那些钻石？或者这只是利安娜计划中的一个错误？——但是他知道，这本书对他意味着什么。这是一条线索，一段信息，除他之外，没人能懂。

回家后，乔治坐在沙发上，翻阅着这本书。上面有很多做了记号的段落，都被蓝色钢笔画上了方框，这是利安娜常用的标记图书的方法。他用手指抚摸着钢笔标记，那精致的四角、完美的直线。他翻回到第六页，玛雅遗迹的明信片原来就夹在这里。他读了有标记的段落："说实在的，戏剧性的曲折离奇，这辈子我领教够了，要是能让我俩一直像现在这样安安稳稳过日子，我宁愿拿自己所有的感官作代价。幸福并不是一件值得珍藏的占有物，而是一种思想状态，一种心境。[①]"

那晚，乔治失眠了。利安娜萦绕在他的每个想法里，直到他开始相信，既然她总是在他的脑海中存在着，更加证明了她还活在某处。可是，当她从海里逃生之后，又去了哪里呢？她拿了那些钻石——他确定有很多——她会拥有一个新身份、新名字、新发色，住在很远很远的地方。那就是她的天赋。改头换面。她曾告诉过他，那是对她的诅咒，但事实并非如此。那是一种天赋，一种专长，一种才能。她能变成任何人，她也能轻松杀死自己扮演的那个人，铲除恰巧挡路的人，不管他是谁。而且，如果改头换面是她的特殊才能，那么乔治终于知道他为什么能吸引利安娜了，因为他是一个永不改变的人。他始终如一。

"正因为如此，她才来波士顿寻找我。"乔治心想。不是因为她需

[①] 摘自上海译文出版社2006版《蝴蝶梦》。

要做个了结，或者想再次见到他，或者在需要时寻求他的帮助。她回到了他身边，是因为他能扮演一个角色——小小的龙套——而让他扮演这个角色非常容易，只需在酒吧里现身，给他点美色和威吓。

晨曦开始充满乔治卧室的窗户。他听到《环球报》的派送货车在下面的街边隆隆作响。即便乔治一夜未眠，他还是感到自己异常清醒。他知道他必须做什么了。

"艾琳·迪马斯。"

"嗨，是我。"

"哦，我没有认出这个号码。你在哪儿？"

"我真的走了，离开一段时间。我想知道你是否愿意帮我个忙？"

"好的，当然了。"乔治能听到艾琳的工作场所那繁忙的背景音。他终于成功地在她的办公桌前逮住了她，即便现在已是周五的下午五点多。

"我需要你照顾诺拉。"

"这个我可以帮忙。你会离开多久？"

"事实上，我很希望你能把它带回家。我可能会离开一段时间。"

艾琳提高了嗓门。"你被逮捕了吗？你是从哪里打电话过来的？"

"不，不。现在还没有。我出城了。我只是不知道这趟旅程会花多长时间。知道诺拉和你在一起，我会感觉好受些的。"

"求你告诉我，你不是在找她。"

"好吧，我不是在找她。"

"我不相信。你只需把这件事交给警方处理就行了。"

"警方不会寻找利安娜。他们正在盯着我呢。他们在我公寓里发现了一些失踪的钻石。"

"什么时候？怎么会？"

"我必须走了。你能确保诺拉没事吗?"

"当然没问题。你不能告诉我你在哪里吗?"

"我不能,抱歉。"

"如果你找到了她,你会做什么?"

"我必须走了。照顾好诺拉。我会回来的。"

在艾琳提更多问题之前,乔治挂断了电话。

如果他真的找到了利安娜,他会做些什么呢?真相是,他自己也不清楚。他希望能对自己说,他会让利安娜为她的所作所为付出代价的。然而,他也不是很确定。他只知道,如果他没有找到利安娜·德克特,并向世界证明她是有罪的,他就会被逮捕,坐很长时间的牢。而他知道发生在波士顿的每件事——从她出现在杰克乌鸦酒吧,到伯尼的那艘船上的大屠杀——都按照预想的样子展现出来,而这无疑是利安娜一手策划的。

他把廉价的一次性手机裹在包装袋里,塞进野餐桌旁边的垃圾桶下。一只黄眼睛的黑鸟突然飞落在垃圾桶的边缘,很好奇他丢弃的是不是食物。乔治站起来,把他的邮差包背在肩上,一万美金被包裹在前一天的《波士顿环球报》里,放在拉上拉链的口袋里。这是他的所有盘缠,还包括他的护照和几套换洗衣物,他表现得就像前一天离开公寓时一样。他知道警察可能在监视他,不敢带大包出去。

从他的公寓走入凉爽的晨曦中,他没看到什么可疑的东西,只有一辆黄色的出租车停在街角,没有熄火。然而,他还是走向他的车库,他的绅宝车就停在里面。他穿过前门,然后从夜班服务人员身边偷偷溜过去,后者正俯在桌上睡觉。接着他从后门出去,来到垃圾遍地的小巷。从那里,他走到了最近的地铁站,乘地铁来到了南站。他很确定如果他前往罗根城,并试图在那里乘飞机离开,他会被拦下来。不过,他认为他可以在加拿大的飞机场碰碰运气。这里并没有开往蒙特利尔的火车,因此乔治买了一张单程的汽车票。

在边境上,加拿大的海关人员给他的护照盖了章,几乎没看他一眼。在蒙特利尔特鲁多国际机场,情况也是如此。在那里,他买了一张前往墨西哥坎昆市的机票。乔治已经非常确定,他在安检处会被问询,或者他的邮差包会被检查,然后那些现金就会被发现。当飞机载着四分之三的乘客,飞过蒙特利尔的城区和圣劳伦斯河,开往墨西哥时,他几乎无法相信。

一辆破旧的客车载着他开了一小时,从坎昆市南部来到图卢姆。他需要找个旅馆住下,某个便宜的住处,可以什么都不问就接受现金。不过,他先买了个电话,并奔向玛雅遗址。

"它和明信片上的一模一样。"乔治心想。当时他正看着灰色的废墟沿着悬崖铺展开来,在远处,是宁静的海平面,被阳光照得斑斑驳驳的。直到这时,乔治才完全肯定,利安娜没有躺在大西洋的海底。她还活着。

致　谢

如果没有我的文学经纪人纳特·索贝尔（Nat Sobel），这本书就不会存在。他读了一个关于一群大学新生的故事，很好奇如果他们二十年后再相见，会发生什么事情。自始至终，都是他指导我完成这条故事线的。每次当我觉得写出了很完美的东西时，纳特会让我知道，它完全能变得更好。每次他都是对的。

我也要衷心感谢乔·德马科（Joe DeMarco），他在《神秘-E》（*Mysterical-E*）上首次刊登了《时钟女孩》的中短篇版本。很少有文学杂志，更别说电子杂志，会对超过一万字的小说感兴趣。乔不仅读了我发给他的长篇故事，还给它找了个家。还要感谢《惊喜杂志》（*Spinetingler Magazine*），让我的故事入围"网络最佳短篇小说"（Best Short on the Web）。

感谢大卫·海菲尔（David Highfill），我在威廉·莫罗出版社（William Morrow）的编辑。大卫的智慧和热情让编辑过程比我想象中少了很多痛苦。还有安格斯·卡吉尔（Angus Cargill），我在费伯和费伯出版社（Faber and Faber）的编辑，提供了很多高明的建议，所有这些都让这本书臻于完美。还要感谢整个索贝尔·韦伯（Sobel Weber）版代公司的团队成员——朱迪丝（Judith）、阿迪亚（Adia）、朱莉（Julie）和柯尔丝滕（Kirsten）——他们的专业水准高于一切，但他们的友善更胜一筹。

米丽娅姆·斯坦贝克（Myriam Steinback）是那种最稀有的结合体——她既是个伟大的老板，又是个亲密的好友。在超过十六年的时间里，我们在教师培训领域一起合作，她努力适应我的进度表，给我时间写作，并提供持续的鼓励，不仅是对我项目经理的工作，也对我在业余时间的写作。谢谢你！

最后，我要把感谢的爱心送给查伦（Charlene），我的第一个读者、最大的粉丝，以及最严厉的批评者。感谢你让我经常关上办公室的门。

这是一本虚构小说，其中的人物、事件和对话都出自作者的想象，不能被当作现实。如与真实事件或人物有任何雷同，不管是在世的还是过世的人物，都纯属巧合。